KB264222

한국신화의 입사의례적 탄생담 연구

한국신화의 입사의례적 탄생담 연구

윤 혜 신 著

한국학술정보㈜

책머리에

일반적으로 신화는 '신이나 신적 존재에 대한 이야기', '신성한 이야기'이며 '신성성(神聖性)'이 신화의 장르적 특징인 것으로 여겨져 왔다. 즉 '신적 존재에 대한 신성한 이야기'정도의 개념으로 이해되어져 왔다. 그런데 신화에만 신이 등장하는 것이 아니기 때문에 문제가 생긴다. 전설(傳說)이나 일반 설화(說話), 서사무가(敍事巫歌), 심지어 소설(小說)에도 신이 등장한다. 따라서 엄밀하게 본다면 소재적 차원에서 신(神)이 등장하는 이야기를 신화(神話)로 볼 수 없다.

또 널리 받아들여지고 있는 신성성이 신의 혈통으로 확보된다는 논리는 혈통이 확실히 드러나지 않는 신화들을 설명하기 어렵다. 이 원칙에 서 있는 연구는 신(神)이 하늘에서 출자했다는 사실을 신화가 기본적으로 혈통적 신성성을 추구하기 때문이라고 본다. 그런데 출자(出自)한 '원향(原鄕)에 대한 관심'을 '혈통 관념'으로 관련시키는 것이 필연적인가에 대한 의문이 생긴다. 정작 신화가 형성되던 시기에는 생물학적 혈통에 대한 관심이 거의 확인되지 않는다. 고대국가 초기까지는 왕위(王位)가 혈통관계로 계승되지는 않았으며 혈통에 대한 관심은 고대국가 초기 이후에 왕위계승문제와 관련되면서 형성되었다.

대부분의 신화에 설정된 '천(天)'은 '신성성의 근원적 존재'로 그 속성이 신화마다 다소간의 차이가 있으며 주인공과 혈통적 관계를 확신하기 어렵다. 그리고 신화와 유사한 설화, 후대 장르인 서사무가, 소설 등에도 신성한 혈통을 지닌 인물이 있기 때문에 혈통의 신성성은 신화의 장르적 특징을 규정하는데 충분하지 않다. 그렇다면 '신성성'이 서사(敍事)의 어느 지점에서 구축되고 있으며 어떠한 방식으로 이루어지는가에 대해 생각해보아야 한다.

이 연구는 한국 고대신화의 '신성성'이 주인공의 탄생담에서 입사의례(入社儀禮, Initiation) 원리로 구현되고 있다고 보았다. 신화의 가치로서 '신성성'은 전세계적으로 신화 장르가 지닌 보편적 속성이지만, 해당 지역에서 이 가치가 추구되는 방법이나 현상화(현상(現象化)되는 양상은 전세계적인 보편성보다는 지역성 특수성을 지닌다. 즉 예를 들어 그리스 신화에서 신성성은, 한국 신화에서 신성성이 드러나는 방식과 같지 않을 수 있다. 즉 그리스 신화든 한국 신화든 일본 신화든 신성성을 추구하는 원리는 같지만 그 가치가 표출되는 현상적 방식은 지역마다 차이가 있다. 그렇다면 한국 신화에서는, 그 중에서도 '건국'이 주요 사건이 되는 고대신화에서는 신성성이 어떻게 드러날까? 이 질문이 본 연구를 착안하게 된 주요 동기이자 문제를 제기하게 된 배경이다.

연구의 목적은 첫째, 한국 고대신화 주인공의 탄생담이 입사의례의 원리로 진행되고 있음을 입증하고 둘째, 한국 고대신화의 장르적 특징이 입사의례 원리의 탄생담에 있음을 밝히는 데 두었다. 본론에서 논의된 주요한 연구 결과를 제시하면 아래와 같다.

1. 탄생담의 입사의례 양상

탄생담을 보면 탄생의 현상들에서 구조적 연대성이 발견된다. 신화의 주인공은 일단 부모로부터 버려지거나 이계(異界)로 보내어진다. 주몽, 혁거세왕, 김수로왕, 탈해는 알로 태어나 이계(異界)로 버려지거나 보내졌다. 허왕후나 삼을나의 배우자들, 김알지도 타계에서 도래한 자들이다. 이들이 나타나는 장소도 일관성을 보인다. 고대에 신이 임하는 장소로 여겨졌던 산과 숲으로 둘러싸인 물가, 나무 밑, 산봉우리 등이다. 그리고 의례를 인도하는 자가 있다. 종교계에서는 생물학적 부모가 아닌 정신적 부모가 있다. 이들은 샤먼의 신어머니, 신아버지의 기능을 한다. 이 인도자들은 이미 입문한 자들이며 신성한 자였다. 김알지를 발견한 호공(瓠公), 탈해를 발견한 아진의선, 박혁거세왕을 발견한 소벌공(蘇伐公)이 대표적이다. 이들은 입문자를 발견하고 나서 그 지역 왕(王)이나 촌장(村長) 등 정치체 수장(首長)에게 그 사실을 알린다.

신화의 주인공들이 머물렀다가 출현하는 탄생의 장소도 보편성을 지니고 있다. 알, 석총(石塚), 함, 합자, 나무상자, 궤, 이물(異物)의 내부, 땅 등이다. 결국 만물의 탄생 장소인 땅의 자궁(子宮) 이미지에서 파생된 소재들로 인위적으로 조성된 산실(産室)이다. 여기서 나온 자는 의례를 치르기 전과는 다른 전혀 새로운 존재론적 층위를 획득한 자로 여겨졌다. 정신적 차원의 변환이며 이 세상의 형이상학적 질서, 신적 질서를 인식한 자로 여겨졌다. 생물학적 탄생이 아니므로 인식적 탄생이라고 할 수 있다. 신화에 나타나는 입사의례 양상을 공동체와 의례 대상자와의 관계를 중심으로 살펴보면 아래와 같다.

가. 준비: 신적 질서가 결핍된 인간사회

· 신적 질서를 표상하는 수장(首長), 왕(王)이나 배우자, 또는 이에 해당하는 자가 부재(不在)하여 요청되는 사회적 상황이 제시된다.
· 특정일, 특정장소(聖所)에 촌장(村長)과 군중들이 모여 수장의 출현을 기원한다.
· 절대신이 신적 질서가 결핍된 인간사회에 참여하려는 의지를 보인다.

나. 의례적 죽음: 수장(首長) 후보자의 입사의례 수행

· 신화의 주인공은 산실(産室)로서 자궁의 상징인 동굴, 외딴 집, 돌무덤, 금궤, 알, 이물(異物)의 내부, 배(船), 돌함, 나무 상자 등 안에 머문다.
· 이계(異界)로 격리되거나 버려진다.
· 음식 금기, 시간 금기, 장소 금기 등을 겪는다.
· 군중은 춤과 노래로 축원(祝願)을 올리면서 집단적 트랜스(trance)에 빠진다.

다. 재탄생: 신성성을 획득한 수장의 출현

· 신화의 주인공이 탄생 혹은 출현한다.
· 산실(産室)로서 자궁에 해당하는 사물의 내부로부터 나온다.
· 입문자에게 새로운 이름이 부여된다.
· 군중은 입문자를 맞아들이며 경배하고 기뻐한다.

한편 고대 사회에서 '신성성(神聖性)'은 종교적 가치만이 아닌 정치적 효용을 지닌 정치적 가치였다. 이 가치를 보유한 자는 해당 사회에서 정치적 권력을 용이하게 유지할 수 있었다. 소국(小國)통합과 중앙집권적 고대 국가 건설이라는 정치적 의도를 지닌 정치체 수장은 자신의 능력을 공인(公認)받을 필요가 있었다. 일례로 고구려 동명왕과 비류국(沸流國) 송양(松讓)은 조상의 신성성(神聖性) 우위(優位)논쟁을 하며 이를 통해 일정 부분 승복(承服)관계가 형성된다. 또 신들의 변신경쟁은 그들이 지닌 능력이 다름 아닌 신성계(神聖界)와 교통하고 물리적 세계를 제어할 수 있는 샤먼적 능력임을 보여준다. 결국 입사의례 구도(構圖)를 통한 신화 주인공의 신성한 탄생담은 소국(小國)통합의 정치적 지배이데올로기로 기능하였다.

현재까지 전승된 신화 중에서도 서사적 완결성을 갖춘 신화는 고대 국가 형성기의 건국(建國)이나 왕위계승, 성씨 창시(創始) 등의 정치적 사건과 결합이 되면서 형성된 이야기이다. 이 신화들은 서사화되지 않은 신화와 달리 정치적 긴장 속에서 구성되었다.

2. 서사적 기능에 따른 신격(神格)의 층위

신화의 신(神)들은 크게 신성성의 근원적 존재와 주인공 신으로 나뉜다. 모두 신격(神格)을 지니고 있지만 이들의 서사적 기능은 다르다. 신화의 주인공에게는 신성성(神聖性)을 전이(轉移)해주는 근원적 존재가 있다. 이 근원적 존재가 있어야만 신화의 주인공에게 '신성성'이 전이된다. 신화 전승 지역의 정치적 상황, 역학 관계에 따라 근원적 존재들의 속성은 다원화되어 있다. 신화 주인공의 신성성(神聖性)을 보장하기 위한 배경으로 혈통관계가 항상 유효했던 것은 아니며 또 신성한 근원적 존재에게 인격성(人格性)이나 부모 지위를 부여하는 것은 해당 공동체의 관념과 정치적 상황에 따른 것이다. 특히 신화시대의 '탄생 관념'은 혈통을 통한 육체적 탄생이라기보다는 예측하기 어려운 신비로운 자연사(自然死)의 일부로 인식하였던 것으로 보인다. 일반적으로 신화의 고유한 특징처럼 여겨지는 천부지모(天父地母)형의 신화가 보편적 형태는 아니다. 이러한 유형의 신화는 상대적으로 정치적 갈등이 많은 지역에서 형성되었다. 하늘과 땅이 인격화되거나 부모화된 신화는 다른 신화보다 상대적으로 정치적 효용성을 도모하고 있다.

3. 신화의 계기적 구조와 입사의례적 탄생담의 서사적 기능

신화의 계기적(繼起的) 구조는 입사의례적 탄생담을 중심으로 그 이전, 이후로 나뉘고 마지막으로 종결담이 따른다. 이 다섯 단락들 중에서 서사의 중심을 이루고 있는 이야기는 두번째인 입사의례 원리로 구성된 신화 주인공의 탄생담이다. 전후(前後) 서사단락에 대하여 서사 진행의 근거와 전제(前提)가 되므로 중심이 된다. 주인공은 입사의례적 탄생을 통해 신성성과 정치적 권위를 얻었기 때문에 세계를 대상으로 능력을 제시하고 과업을 실현한다. 탄생담에서 입증된 주인공의 신성성을 기반으로 후속담의 내용과 신화 주인공의 활동 수준, 행적의 범위가 연계된다. 탄생담은 신화의 장르적 특징을 구성하는 중추적 역할을 한다.

(1) 탄생이전담: ① 탄생 이전세계담
(2) 탄생담: ② 입사의례적 탄생담
(3) 탄생이후담: ③ 능력제시담   ④ 과업실현담
(4) 종결담: ⑤ 신적 질서로의 복귀담

4. 탄생의 유형(類型)

신화에서 탄생 유형은 크게 두 가지로 나눌 수 있다. 첫째는 의례를 통한 탄생이며 둘째는 주인공 신의 탄생을 예비하는 신성혼(神聖婚)에 의한 탄생이다. 첫째에 해당하는 신화는 신성성의 근원적 존재와 탄생·출현 동기(動機)에 따라 다시 두 가지로 나눌 수 있다. 즉, 〈박혁거세왕 신화〉, 〈금와왕 신화〉, 〈김수로왕 신화〉, 〈김알지 신화〉, 〈삼을나 신화〉처럼 하늘이 명(命)하고 땅에서 태어나는 유형과 〈탈해 이사금 신화〉, 허왕후와 삼을나의 배우자 도래담처럼 샤먼부모의 명(命)에 따라 수평적 세계로 설정된 먼 지역으로부터 도래하는 유형이다.

둘째 신성혼에 의한 탄생으로는 〈단군 신화〉와 고구려 〈동명왕 신화〉를 들 수 있다. 〈단군 신화〉와 고구려 〈동명왕 신화〉는 천신(天神)과 고래(古來)의 지신(地神)을 인격화, 고유명사화하면서 신성성(神聖性)을 공고히 한다. 그리고 이로 인해 정치적 권위를 얻는 효과가 생긴다. 천신(天神)과 지신(地神)은 다른 신화의 하늘, 땅과 질적 차이가 발견된다. 자연으로 숭배되던 하늘과 땅이 인격화되고 부모화되었다. 신성혼(神聖婚)은 신화 주인공의 신성성을 보장하기 위해 예비된 의례적 사건이다.

이 연구는 2002년 8월에 제출된 박사학위논문이다. 이후 3년이 넘는 시간이 흐르면서 보완할 점이나 부족한 점이 드러났지만 수정하지는 않았다. 다만 다음 연구를 기약하며 발표 당시의 모습으로 남겨두고

윤문(潤文) 작업만 하였다.

연구가 이루어지기까지 지도해주신 설성경 교수님, 2년 동안 신화관련 세미나를 베풀어주신 민긍기 교수님, 같이 공부하고 토론한 최선경 님, 여러 동학, 선후배님께 감사드리며, 멀리는 동서고금의, 지적 물줄기를 이어 온 여러 지성인들에게 마음으로 감사드린다. 또 부족한 논문에 대해 출판 제의를 해주신 한국학술정보 측에 연구자로서 감사드린다. 학계의 선후배님의 질정을 기대하며 이제 다시 떠날 채비를 해야겠다.

윤 혜 신

목 차

표 목 차

I. 서 론

1. 연구 목적과 방법

본 연구는 '신화의 장르적 특징을 무엇으로 보아야 하는가' 하는 문제의식에서 출발하였다. 일상적으로는 신(神)이 등장하는 서사물을 '신화(神話)'라 불러도 무방하다. 그러나 학문적 의미에서 신(神)이 소재 차원으로 등장하는 이야기를 모두 신화라고 할 수는 없다. 왜냐하면 신이 등장하는 서사문학은 각종 설화나 서사무가, 심지어 소설에도 등장하기 때문이다. 또 현대에도 원초(原初) 관념이 없을 수 없으며 신이 주인공으로 기능하는 서사물을 창작할 수도 있다. 따라서 신의 등장 여부는 자동적으로 '신성성'을 보장하지 않는다.

각 장르에서 신들이 구현하는 신성성(神聖性)과 신들의 속성은 질적 차이가 있다. 예를 들어, 대개의 서사무가(敍事巫歌)의 주인공은 일개 개인의 신분에서 출발한다. 그리고 일련의 사건을 거쳐 신성성을 획득하여 신격(神格)을 인정받는다. 그들이 보여주는 신성성은 고대신화의 신성성과는 같다고 할 수 없다. 고대신화의 신과 서사무가의 신은 샤머니즘적 세계관을 공유하지만 고대신화의 신은 개인에게 직접적인 복록(福祿)을 주거나 분권화된 일정 영역을 맡고 있지는 않다.

신화의 장르적 특징으로 인정되어 온 '신성성(神聖性)'은 '신(神)'의 등장으로 담보되지 않으며 각 장르마다 서사의 일정 지점에서 일정한 방식으로 구성되고 있는 장르적 속성이다.

본격적으로 문학 관련 논의를 하기 전에 신화를 배태한 사회의 역사적 상황을 살펴보고자 한다. 현재 서사화(敍事化)되어 전승되는 한국의 고대

16

신화는 고대국가 형성 전후시기의 정치상황과 관련되어 있다. 주인공은 결국 정치체의 수장(首長) 혹은 수장급(首長級)이며 이들은 당 시대에서 요구되는 정치적 의도를 가지고 있다. 소국(小國)을 통합하여 중앙집권적 국가를 건설해야 하는 필연성이 증대되어 있었다. 그들은 정치체 수장(首長)으로서 자신들의 능력을 효과적으로 입증할 필요가 있었다. 당시의 관점에서 수장의 능력은 다름 아닌 물리적 세계를 넘어서 공동체의 생명력을 보장해 줄 샤먼적 능력이었다. 이를 입증한 인물은 신성한 존재로 여겨지고 경외(敬畏)되었다. 이러한 정치적 필요성이 신화에서 '신성한 탄생의 추구'로 나타난다. 신(神)과의 교통(交通)을 가능하게 해주는 의례적(儀禮的) 제도를 통해 자신들의 능력, 정체성을 입증하려는 의도가 신화에 남아있다. 입사의례는 고대국가 형성 전후의 사회에서 그 시대의 종교적 가치이자 정치적 가치였던 '신성성을 입증하는 제도'로 기능하였다.

고대의 문명사회에는 보편적으로 신(神)의 세계가 등장한다. 이 세상에는 신성한 신들의 세계가 있으며 그 신들의 활동으로 말미암아 만물과 세상, 공동체가 생겨났다고 한다. 즉, 신 활동의 결과적 소산이 그 자신들의 사회이고, 국가였다. 이러한 사회에서는 신과의 합일, 접촉을 추구하려는 노력이 정기적으로 있었으며 이는 의례로 표현되었다. 의례적 삶은 그들의 생활이자 종교행위였다. 그 신과 합일, 접촉되면 신적 질서를 획득할 수 있고 세상을 갱생할 수 있다고 생각하였으며 일련의 절차를 통해 신성한 존재가 되는 것으로 여겼다. 신성함과의 결합을 가능하게 하는 일련의 통과의례, 그중에서도 입사의례(入社儀禮, Initiation)[1]라고 일반화할 수 있

---

1) 필자가 아는 한, 우리나라에서 어떤 특정 의례가 입사의례(入社儀禮)라고 불리워졌던 예는 없다. 그러나 중요한 것은 고대사회에서 존재의 층위가 변환되는 사건(예: 일개 개인에서 샤먼, 주의(呪醫), 수장(首長), 집단구성원, 어린이가 성인으로 인정받는 일.)들이 의례적으로 구성되었다는 사실이다. 그리고 이러한 의례적 경험의 절차와 구조가 공통적이라는 점이다. 이 의례는 상고대(上古代)라는 시간에 의미가 있다. 왜냐하면 이 시기의 인간들은 현대의 우리와는 세계를 구획하는 시각이 다르다. 세계를 구분짓되 신성계와 인간사회의 구도로 보았다. 신성계에 대한 관념이 의례의 전제가 된다.

는 의례를 통해 성(聖, the sacred)[2]의 세계를 경험하고 존재의 변환을 꾀하였다.

입사의례의 사례[3]는 전 세계적으로 꽤 축적이 되어 있어 참고할 수 있

또 이 의례는 공동체에서 중요한 가치를 지닌 개인이나 집단, 사회구성원을 대상으로 하며 목표는 의례 대상자들의 사회적, 문화적 층위를 바꾸는 데 있다. 그리고 신성계와의 접촉, 접신(接神)이라는 종교적 방식을 사용하였다. 따라서 일련의 기우제(祈雨祭), 천상제(川上祭) 등과 같은 기복(祈福)적인 의례와는 다르다. 고대의 많은 의례를 분류해보면 '입사의례'로 묶을 수 있는 의례들이 발견된다.

이러한 현상들이 여러 문명권에 보편적으로 시행되었으며 이를 명명해 줄 개념으로 '입사의례'라는 용어가 외국 인류학, 종교학 학자들에 의해 사용되었다. 우리나라에서는 입사의례 현상은 있었으나 이 현상들을 묶어 줄 개념적 사고까지는 하지 않았었다. 우리나라의 연구자들은 'the initiation', 'the initiatory rites'을 입사의례, 입문제의, 입사의례, 입사식, 통과제의 등으로 번역하였다. 필자는 이 중에서 '입사의례'라는 용어를 사용하고자 한다. '제의'라는 용어는 전통사회의 제례(祭禮)의 영향하에 놓이게 되는 느낌이 들어 피하고자 한다. '제의'라는 용어보다 '의례'라는 용어가 일반적인 의례들을 포괄하는 객관성을 가지고 있다고 보았다. '입사(入社)'라는 말은 국내 연구자, 번역자들이 사용한 맥락과 같다.

2) 성(聖)이라는 개념은 추상적인 것이 아니다. 이 가치는 신성한 공간, 시간에 처해있는 물리적 속성을 지닌 존재이거나 사물을 통해서 나타난다. 엘리아데에 의하면 인간이 성스러움을 아는 것은 그것이 속된 것과는 전혀 다른 어떤 것으로서 스스로를 현현하고 보여주기(聖顯) 때문이라고 한다. 즉 어떤 성스러운 것이 우리에게 나타나기 때문에 알 수 있다고 본다. 엘리아데, 『성과 속』, 1957, 이은봉 옮김, (서울: 한길사, 1998), 48-49면.
또 필자는 성(聖)이란 관념이 절대적 속성이 아니라 특정 상황에 따라 달라질 수 있는 상대적 속성이라고 보는 반 겐넵의 견해에 동의한다. Arnold van Gennep, *Le rites de passage*, 1908, 『통과의례』, (전경수 옮김, 서울: 을유문화사, 1985), 42-43면.

3) 입사의례의 사례에 대한 연구는 많지만 일차적으로 다음 연구를 참조할 수 있다.
Mircea Eliade, *Rites and Symbols of Initiation*, Translated by Willard R. Trask, (London: Harvill Press. 1958; Reprint, Spring Publications, Incorporated, 1993).
______, 『샤마니즘』, (이윤기 옮김, 서울: 까치, 1992).
Simone Vierne, *Rite, Roman, Initiation.*, 『통과제의와 문학』, (이재실 옮김, 서울: 문학동네, 1996).
반 겐넵, 『통과의례』, 1908, (전경수 옮김, 서울: 을유문화사, 1985).
이재실, 「신화적 상상계와 샤머니즘－통과제의 시나리오로 본 내림굿」, 『샤

18

다. 그리고 각 사례들을 총괄하는 원리나 구조상의 연대성도 연구되었다. 입사의례는 다른 의례와 달리, 고대인들의 사상이 보편적으로 집약된 의례 절차를 가지고 있다. 만물이 탄생하고 시작되기 전에, 일단은 그 존재들이 소멸되어 죽어야만 다시 다른 존재로 재탄생한다는 입사의례의 원리는 고대인들이 세계를 인식하는 방식을 보여준다. 고분(古墳)들에서 발견된 부장품들 중에 의·식·주와 같은 인류 경제활동과 직접적 관련이 없는 의례 목적의 유물들로부터 고대의 세계관을 가늠할 수 있다. 자연관찰 속에서 터득한 죽음과 소멸, 그 후의 재생(再生), 재탄생(再誕生)이라는 순환적 사고방식이 인간에게도 적용되었으며 이것이 입사의례의 원리가 된 것으로 보인다. 상고대(上古代)에는 이러한 신성(神聖)한 세계와의 합일을 이끄는 일련의 절차와 의례가 있었으며 이를 인류학자나 종교학자들은 '입사의례(入社儀禮, Initiation rite)'라고 개념화하였다. 현재 전하는 자료 중에서는 삼한(三韓)시대에서 그 흔적을 볼 수 있다. 국가의 주요 행사에 일정한 나이에 이른 젊은이들이 일정 장소에 모여 부역을 한다.[4] 그러나 이는 단순 노동이 아니며 집단적 의례의 면모를 지니고 있다. 또 왕이 되거나 시조가 되는 이야기에서 나타나는 공통 에피소드나 모티브에는 입사의례 양상이 반영되어 있다. 제정(祭政)이 분리된 이후에는 종교 방면으로는 샤먼이 되는 내림굿, 승려의 입사의례 등으로 그 전통이 계승되었으며 정치적으로는 견훤, 궁예 등의 설화에 의례적 탄생의 유흔이 남아 있다. 또 삼국통일의 과업에 핵심 역할을 한 화랑 이야기에서도 입사의례의 모습을 찾아볼 수 있다. 이러한 입사의례의 구조와 사상은 이후 민속과 관습에도 영향을 미쳐 성인식(成人式)이었던 관례(冠禮), 계례(筓禮)에서 동

머니즘 연구』 제2집, 한국샤머니즘학회, 2000. 2.

4) 그 나라에 무슨 일이 있거나 관가(官家)에서 성곽(城郭)을 쌓게 되면, 용감하고 건장한 젊은이는 모두 등의 가죽을 뚫고 큰 밧줄로 그곳을 한 발쯤 되는 나무막대를 매달고 온종일 소리를 지르며 일을 하는데도 아프게 여기지 않는다. 그렇게 작업하기를 권하며, 또 이를 강건한 것으로 여긴다. 其國中有 所爲及官家使築城郭, 諸年少勇健者, 皆鑿脊皮, 以大繩貫之, 又以丈許木鍤之, 通日嚾呼作力, 不以爲痛, 旣以勸作, 且以爲健. 「韓」, 『三國志』 권 30.

질적 원리를 확인할 수 있다.

입사의례의 소용(所用)은 종교적 소용만이 아니라 정치적인 이유와도 관계가 있다. 신적 존재로부터 신성성(神聖性)을 전이받아 신성한 존재로 변환한다는 입사의례의 구도(構圖)는 소국(小國)들을 통합해야 할 당시 고대국가 수장(首長)에게 종교적인 소용만이 아닌 정치적인 이데올로기와 명분을 제공한다. 그들은 병력(兵力)만으로 사람들을 통합할 수 없었으며 지배 이데올로기[5)]가 필요했다. 이 의례의 소용은 정치적이면서 종교적이었고 생활과 유리된 관습이 아니었다. 왕이 된다는 것은 그의 질서를 대상 사회, 세계에 펴는 창조행위였다.[6)]

고대 우리나라 기록을 살펴볼 때 '六部人以其生神異, 推尊之, 至是立爲君焉'[7)]이라 하여 신이한 탄생을 한 자를 왕으로 삼았다거나 부자(父子)간의 혈통관계로 왕위를 계승하지 않고 성지인(聖智人)[8)]이나 유덕인(有德人)을 바람직한 임금으로 여겼다는 사실은 이 시대가 신정국가(神政國家) 시대였음을 말해준다. 신정국가는 법치(法治)와 행정(行政) 중심보다는 본질적으로 제의(祭儀)와 점복(占卜) 중심[9)]의 정치체로 신성왕권(神聖王權, divine kingship)이 핵심이다. 시기적으로는 지도자격(指導者格)의 개인이 드러나는 청동기시대로부터 시작된다.[10)] 수장국(首長國)단계의 사회

---

5) 지배 이데올로기란 지배층이 피지배층을 지배하기 위한 사상이나 이념이다. 최광식, 「韓國古代國家의 支配이데올로기」, 『韓國史의 時代區分』, 韓國古代史硏究會 編, (서울: 신서원, 1995), 152면.

6) 왕이 되는 것을 새로운 창조라고 인식한 예가 다른 문명권에서도 발견된다. 일례로 피지군도에서는 왕의 즉위식을 '세계창조'라고 부른다고 한다. 시몬느 비에른느, 앞의 책, 100면.

7) 「始祖 赫居世居西干」, 『三國史記』.

8) 初, 南解王薨, 子弩禮讓位於脫解, 解云, 吾聞聖智人多齒, 乃試以餅噬之. 古傳如此. 或曰麻立干(立一作 袖). 「第二代 南解王」, 『三國遺事』.
   解云, 吾聞聖智人多齒. 「第二代 南解王」, 『三國遺事』.
   朴弩禮尼叱今(一作 儒禮王). 初, 王與妹夫脫解讓位, 脫解云, 凡有德者多齒, 宜以齒理試之. 乃咬餅驗之, 王齒多故先立. 「第三 弩禮王」, 『三國遺事』.

9) 李成九, 『中國古代의 呪術的 思惟와 帝王統治』, (서울: 一潮閣, 1997), 252면 참조.

로부터 고대국가 초기까지로 상정할 수 있다. 권력은 생업(生業)을 풍요롭게 할 수 있는 자, 종교적 직능을 수행하는 자와 관련을 맺게 된다. 이러한 사회에서 정치적인 권위나 능력이 혈연관계로 전수되기 전에 추구되던 가치이자 지배 이데올로기가 바로 '신성성(神聖性)'이다. 임금이 될 자격이 있는 자는 신성계와 통하는 자여야 했다. 이런 점에서 고대국가의 왕은 샤먼적 면모를 지녔다. 신라 남해왕은 무(巫)로서 '事鬼神尙祭祀'[11] 하였다. 또 가야국의 좌지왕(坐知王)은 신탁에 따라 부인과 그 무리를 내쳤다.[12] 부여의 대신 아란불(阿蘭弗)의 꿈에 천신(天神)이 나타나 도읍천도를 명하는 등 신의 의지(意志)가 세속 정치에 영향을 미치고 있는 모습을 확인할 수 있다. 고대 왕들이나 그 배우자들은 샤먼적 존재이며 신화에 나타나는 그들의 탄생담은 샤먼의 입사의례를 반영하고 있다. 당시 사람들은 입사의례적 탄생을 진정한 탄생으로 인식하였다. 샤먼은 각종 의례적(儀禮的) 죽음의 단계를 통해 신성한 탄생, 즉 생물학적 탄생보다 고차원적인 인식적 탄생을 하는 것으로 여겨졌다. 새로운 존재로의 탄생, 즉 인식적 탄생을 한 결과는 성지인(聖智人)이고 유덕인(有德人)으로 표현되었다.

개인에 초점이 맞추어진 수장(首長)의 입사의례는 상대적으로 천제나 산천제, 기우제, 일월제 등의 여타 의례와 달리, 서사적 속성이 있어서 서

---

10) 일반적으로 신석기시대까지는 개인이 다른 공동체 성원들과 분리되어 나타나지 않는다고 한다. 발굴된 고분(古墳)에서도 신석기시대의 묘는 집단 묘적 형태를 띠며 부장품에서도 격차가 보이지 않는다. 반면 청동기시대부터는 점차 권력현상이 보이기 시작한다. 고분에서도 특정 개인이 전체 공동체는 물론이고 자신이 속한 소집단으로부터도 분리되어 다량의 청동기를 독점적으로 부장하고 있다고 한다.
권오영, 「무덤에 나타난 불평등성의 발생과 심화과정」, 『한국 고대의 신분제와 관등제』, (서울: 아카넷, 2000).

11) 「第二代 南解王」, 『三國遺事』.

12) 又卜士筮得解卦, 其辭曰, 解而拇, 朋至斯孚, 君鑑易卦乎. 王謝曰, 可. 傭女, 貶於荷山島, 改行其政, 長御安民也, 治十五年, 永初二年辛酉五月十二日崩. 王妃道寧大阿干女福壽, 生子吹希. 「駕洛國記」, 『三國遺事』.

사회될 개연성이 높다. 여기에 공동체를 통합하여야 할 정치체 수장은 신성계의 권위를 빌어 효과적인 사회통합을 이루고자 하는 정치적 의도를 갖게 되는데 이러한 상황이 서사화를 가속시켰다. 서사화되지 않은 신들의 이야기들은 정치적 배경이 약하다. 후대에도 시조설화와 정치의 관계는 상당히 밀착되어 나타난다.[13]

이 연구의 목적은 한국의 고대신화 중에서 서사화된 자료를 대상으로 신화의 주인공(神)의 탄생담이 입사의례담이며 이와 같은 입사의례 원리의 탄생담이 신화의 장르적 특징을 형성하는 데 본질적 요소임을 밝히는 데 있다. 본 연구는 다음과 같은 방법으로 진행한다.

-. 한국 고대신화의 주인공 탄생담에서 입사의례 양상을 밝힌다.
-. 이상의 결과를 바탕으로 입사의례와 문학 관련 문제를 논하였다.
  논제는 다음과 같다.
    ○ 입사의례와 신화의 장르적 특징
    ○ 신화에 나타난 입사의례의 형상화 방식
    ○ 탄생담을 중심으로 본 신화의 계기적 구조
    ○ 탄생담의 유형

1.1. 자료에 대한 관점

같은 자료를 대하는 문학적 연구와 역사적 연구의 차이와 관점을 정리해 보고 본격적인 연구로 들어가겠다. 기왕의 신화 연구에서 문학 연구와 역사 연구의 영역이 서로 넘나들면서 혼란을 빚은 면이 있기 때문에 연구

---

13) 고려나 조선의 시조설화는 정치와 강력한 관계를 맺고 있다. 일례로 나말여초의 궁예, 견훤, 왕건의 설화는 정치적 관계를 반영한다. 이 세 사람은 각각 신이한 탄생을 하지만 궁예와 견훤은 오히려 그 영웅의 조짐, 영웅됨이 문제로 인식되었다. 탄생 시의 비범성은 왕실체제의 수호를 어렵게 한다는 점에서 제거되어야 할 위험의 상징이었다. 임성래, 「영웅설화의 연구」, 『梅芝論叢』 15권, (延世大學校 梅芝學術研究所, 1998. 2), 8-9면 참조.

22

의 층위를 명확히 할 필요가 있다.『삼국유사』,『삼국사기』 등에는 사료(史料)로 믿기 어려운 이야기들이 많이 등장한다. 이에 대해 역사학 연구는 이 자료들 근저(根底)의 사회적 역학관계에 관심이 있기에 구체적 전개나 양상에는 별다른 비중을 두지 않으며 부가적인 의미로 취급한다. 즉, 숲 속에서 발견된 아이, 궤짝이 나무 끝에 달려있다거나 입이 닭부리 같았는데 떼어졌다거나 계룡(鷄龍)의 겨드랑이에서 탄생했다거나 하는 기록에 대해 별로 사료적(史料的)인 가치를 두지 않고 있다. 역사 연구는 이들의 설화성(說話性) 때문에 역사적인 해석을 가하지 않는다.

　예를 들어 신라에서 제2대 남해왕(南解王)이 돌아간 후, 탈해 이사금과 노례 이사금이 서로 왕위를 사양하다가 '성지인(聖智人)은 이가 많다'고 하며 떡을 물어 잇금이 많은 자로 후계자를 정한 문제에 대해 생각해보자. 이에 대해 역사 연구는 표면상으로는 겸양에 의한 교대이지만 실상은 박씨 집단과 석씨 집단 사이에서 야기된 갈등을 거쳐 이사금위가 교대된 사정을 반영하는 것[14]이라는 관점을 취한다. 역사적 실재의 층위에서 볼 때 사실(史實)을 추구하기 때문이다. 이를 문학 연구는 어떻게 보아야 하는가? 일차적으로 문학 연구의 층위는 역사적 사실 여부보다는 서사적 진행을 이루는 사건들 간의 관계에 관심을 둔다. 떡을 물었다거나 성지인(聖智人)은 이가 많다거나 하는 관념 역시 어디서부터인가 전통적으로 존재해 온 것임에는 틀림없다. 또 사건과 사건해결을 잇는 구실을 제공한다는 점에서 서사적(敍事的)이다. 중국의 경우에서도 요순(堯舜)의 왕위계승이 실제로 어떻게 이루어졌던지 간에, 문면에 나타나는, 현명한 성인(聖人)에게 왕위계승이 이루어져야 한다는 관념과 전통도 분명 존재하던 것이다. 그리고 이 상황은 서사적 진행에서 인과적 관계로 나타난다. 바로 이 지점에서 역사학적 접근과 본 연구에서 취하는 연구 대상을 보는 관점이 달라진다. 본 연구

---

14) 河日植,「신라 京位 관련 사료와 경위의 기원 문제」,『한국 고대의 신분제와 관등제』, (서울: 아카넷, 2000), 246면.

에서는 신화나 설화에 대해 사료(史料)로서 집단과 구성원 간의 역학(力學) 관계나 실재성(實在性) 여부에 관심을 두지 않는다. 역사적 사실, 실재 여부를 정밀하게 점검하기는 쉬운 일이 아니며 섬세한 논증이 필요하다.

본 연구는 문학 텍스트 내 서사(敍事)의 진행을 이루는 계기와 각각의 이야기, 에피소드가 결합되는 인과관계, 근거에 관심을 둔다. 상상한 소재와 사건은 실재하지 않았을지라도 그 소재와 사건을 상상했다는 점은 사실이며 그 사실은 서사적으로 구성된다는 점을 주목한다.

역사적 사실이 반영되는 방식은 그들의 역사관을 통해서 인식되고 기록된다. 왜곡되어 보이는 설화성은 역사적 사실을 말해주지 않을지 몰라도 결국 그들이 사실(史實)을 보는 관점을 보여준다. 역사학 연구는 설화성(說話性)이 있다고 판단되는 사료는 이용하기를 꺼리지만 당대의 사람들이 왜 설화적 방식으로 그들의 역사를 표현했는지 그리고 그 이유가 무엇인지, 그 방식의 구성은 어떠했는지를 생각해 볼 필요가 있다.

동시에 문학 연구가 역사적 사실과 전혀 무관할 수 없다는 명제도 성립된다. 문학에서 취급되는 사실들은 기본적으로 역사적 사실이기 때문이다.

2. 연구사 검토

신화 연구는 여러 방면에서 이루어졌으며 접근하는 방법론도 다양하다. 신화에 대한 전반적인 연구가 어떻게, 무엇을 중심으로 이루어져 왔는지에 대해서는 근래에 정리가 이루어졌으므로 이를 참고할 수 있다.[15] 본 연구

---

15) 黃浿江, 「研究史」, 『說話文學關係論著目錄』, 華鏡古典文學硏究會, (서울: 단국대학교 출판부, 1999).
　　김영일, 『한국무속신화의 서사모형론』, (부산: 세종출판사, 1996), 9-51면.
　　李福揆, 「建國神話」, 『說話文學硏究(上)·總論』, 華鏡古典文學硏究會, (서

사 검토에서는 일정한 기준을 가지고 살펴보겠다. 선행 연구에서 신화의 장르적 특징을 무엇으로 보았는지 알아보겠다. '신화(神話)'라는 장르를 어떻게 규정하고 있는지 즉, 작품의 어떤 속성, 특징을 신화의 본질로 설정하고 있는지 알아보겠다.

신화는 인류학이나 문화비평, 역사학 등 여러 분야에서 연구되었다. 본 연구사 검토의 목적이 신화에 대한 다양한 접근 방법을 살펴보기 위한 것이 아니므로 문학적 대상으로 신화를 연구한 예나 문학적 연구에 도움을 준 관련 연구에 국한하겠다.

엘리아데에 의하면 모든 고대사회는 신화적 전통, 즉 "세계에 대한 관념"을 가지고 있으며 그 신화가 의례대상자의 입사의례과정에서 알려지게 된다. 입사의례는 신적 존재나 신화적 조상에 의해 형성된 것이며 이 의례를 통하여 원초적 시간과 통합된다. 신적 존재에 의해 개발된 입사의례의 반복은 의례가 처음 시행되던 원래의 시간을 재연한다. 이것이 왜 제의가 의미 있는지를 말해주며 제의에 의해서 신화가 현재화된다[16]고 보았다. 의례와 구전(口傳)으로 행해지는 가르침이 서로 관련되어 있다고 보았지만 서사문학으로서 신화를 규명하는 데 관심을 두지는 않았다. 그는 스스로를 종교사학자로 여겼으며 의례와 구전 가르침으로 구성된 입사의례의 종교적이고 철학적 기능에 관심을 기울였다. 그러나 연구의 전제나 방법론을 살펴볼 때 그는 신화나 사거(saga) 등에 입사의례가 반영되어 있다고 본다.[17] 예를 들어 주인공인 영웅이 치르는 모험, 전투는 고대인도 유럽인 입사의례를 보여준다는 것이다. 그의 인용에 따르면 뒤메질 역시 이러한 전제를 취하고 있음을 알 수 있다. 고대문학 신화의 주인공의 행적이 당시 사회집단이나 개인의 입사의례를 반영한다는 것이다. 그러나 이들의 주된

울: 단국대학교출판부, 1998).
羅景洙, 『韓國의 神話研究』, (서울: 敎文社, 1993), 13-19면.
16) Mircea Eliade, op. cit., p. x, p.6.
17) Mircea Eliade, op. cit., p.85.

관심이 문학 연구가 아니었기 때문에 더 이상의 장르논의로 진척되지는 않았다. 엘리아데의 연구는 우리나라의 종교학과 민속학, 문학 연구에 많은 영향을 미쳤다. 본격적인 문학 방면의 연구는 아니었으나 신화 연구를 위한 전제를 탐색하게 하였다.

정신분석학 방면의 연구도 문학 연구에 시사점을 주었다. 프로이드는 꿈 상징의 중요성으로부터 꿈과 신화 사이의 유사성을 이끌어내었다.[18] 신화 속의 인간이나 꿈을 꾸는 인간은 똑같이 의식적 지성으로는 용납할 수 없는 충동이나 소망들을 다른 모습으로 가장하여 드러내기 때문이라는[19] 것이다. 그의 제자인 융은 이에서 더 나아가 신화는 민족의 집단무의식이 반영, 투사된 것[20]이라 하고 반복적으로 등장하는 신화적 인물이나 상황 및 사건들을 원형(archetype)이라고 하였다.[21] 그러나 프로이드의 이론에 따라 신화가 용납할 수 없는 충동, 소망 등을 담고 있다는 점을 인정한다 해도 한국신화는 프로이드가 예로 사용한 그리스신화와는 다른 면모를 지니고 있어, 보편적으로 적용되는 이론이라고 보기 어렵다.

블라디미르 프로프(Propp)는 1926년에 나온 『민담형태론』을 필두로 세계 설화학계에 지대한 영향을 미친 학자이다. 『민담형태론』은 러시아 마법담을 대상으로 한 이야기 형태에 관한 연구였다. 관련 연구를 진일보시켰으나 그는 이야기의 발생론에 대한 연구가 이루어져야 함을 느끼고 있었다. 그리하여 이야기의 발생을 제의와 관련해서 연구하였고 그 결과가 『민담의 역사적 기원』이다. 이 연구에서 그는 이야기의 구성요소나 모티브들이 서로 다른 사회제도들로 소급되며, 그중에서도 중요한 위치가 입사의례로 돌아간다고 하였다. 즉 수많은 구성요소가 주제가 다르더라도 동일하며

---

18) Mark P. O. Morford., and Robert J. Lenardon. *Classical Mythology*, (Longman publishing Group, Fourth ed., 1991), p.10.
19) Harris, Stephen L., Platzner, Gloria, *Classical mythology: images and insights*, 『신화의 미로찾기』, (이영순 옮김, 서울: 동인, 2000), 80면.
20) Mark P. O. Morford., and Robert J. Lenardon, op. cit., p.10.
21) Harris, Stephen L. op. cit., p.87.

상호간에 논리적 연관을 지니면서 하나의 전체를 이룬다고 하였다.[22] 그가 말하는 하나의 전체란 많은 모티브 등의 구성요소가 서로 논리적으로 연관되면서 입사의례 계열로 소급됨을 뜻한다.

신화의 형태론적 구조에 대한 연구는 적지 않아 신화 연구의 초기부터 이루어졌다. 프로프를 비롯하여 던데스, 그레마스 등 많은 연구자들이 신화의 형태론적 구조를 규명하기 위하여 기준을 제시하고 이에 따른 분석을 하였다. 일례로 던데스는 프로프를 계승하여 기능(機能)을 단락소(段落素, motifeme)로 바꾸어 톰슨 식의 '화소(話素)'와 연결시켜 'L-LL' 즉, 결여와 이의 해소 그리고 '과업-과업수행' T-TA, '금제-금제의 위반' Int-Viol, '사기-기만행위' DCt-Dcpn으로 L-T-TA-LL-Int-Viol-Conseq-AE가 민담과 신화의 항구적인 형태론적 구조[23]라고 하였다. 이러한 연구는 적지 않으며 특히 입사의례나 통과의례의 구조와 신화의 상관성에 대해 연구한 예도 있다. 라그랑 등의 학자들은 영웅담(英雄譚)에서 모티브 항(項)을 추출하여 설정하고 이러한 전기적(傳記的) 유형의 이야기들이 통과의례와 대응한다고 하였다.[24]

본 연구도 의례와 신화와의 형태론적 상관성을 전제하는 연구 방법에 동의한다. 그러나 이 두 항이 서로 어떠한 관련을 맺고 있느냐를 묻는 데는 큰 차이가 있다. 전기적 유형 전체, 서사의 처음부터 끝을 입사의례로 설명하는 데는 무리가 있다고 본다. 왜냐하면 입사의례의 목적은 존재론적 변환이고 신화에서 이 사건이 적용되는 서사적 지점은 탄생담이기 때문이다. 물론 전설이나 민담에 이르면 입사의례로 서사의 진행을 설명할 수 있는 개연성이 커진다. 그러나 신화에서 입사의례가 온당하게 유지되고 있는 서사적 지점은 탄생담일 뿐이다. 입사의례의 모형을 서사가 진행되는 처음

---

22) 블라디미르 프로프, 『민담의 역사적 기원』, 1946, (최애리 옮김, 서울: 문학과 지성사, 1990), 451면.
23) 김영일, 앞의 책, 17면. 이 책은 위와 같은 방향의 외국 연구에 대해서 설명하고 있다.
24) 김영일, 앞의 책, 88-89면 참조.

과 끝까지 일관되게 적용하려는 전제나 방법은 개별 자료에 대한 사례가 충분히 논의된 다음에 가능하다고 본다.

문학과 관련한 근래의 연구서를 보면, 신화의 정의(定意)나 개념(槪念)을 설정하려는 시도보다는 타 문명권과의 비교 연구에 관심이 높아지고 있다. 비교를 통해 각 문명의 신화를 더 잘 알 수 있는 것이다. 예를 들어 그리스신화의 크로노스에 의해 우라노스가 거세되는 신화는 히타이트족(Hittite) 신화에서 쿠마르비가 천신(天神)인 아누를 거세하는 것과 비교할 때 그 정체성이 드러난다고 보고 있다. 자세한 사실은 두 신화가 다르지만 기본적인 기능 면—왕권, 반란, 거세, 삼키기, 게워내기, 새 왕에 의한 왕위교체—에서 동일하고 같은 순서로 나타난다는 점을 의미 있게 살펴볼 수 있다고 전망하고 있다.[25]

이번에는 국내 연구에서 신화 장르의 본질을 무엇으로 보고 있는지 알아보겠다. '신화(神話)'라는 용어는 우리나라에서 개발된 것이 아니다. 세계적으로도 신화를 연구 대상으로 여기고 학문으로서 시작한 것도 18세기 이후로 이르지 않은데다가 우리나라에서 주도된 학문이 아니다. 동아시아에서 근대학문을 일찍 시작한 일본의 경우, 1900년대에 이르러서 신화 연구서가 나오기 시작한다.[26] '신화(神話)'라는 용어는 영어, 독일어, 프랑스어를 번역한 말이었다.[27] 이러한 번역어를 우리나라에서도 받아들여 사용하여 왔다. 만물의 기원이나 신과 인간과의 관계에 대한 이야기[28]를 신화로 보고 있으며 신이나 기원(起源)과 같은 소재와 원초나 태초라는 시간적 요소가 중시되고 있음을 볼 수 있다. '신화'라는 용어는 서양의 학문을 받아들인 일본에서 번역된[29] 것이며 당시 우리나라의 유학생들이 일본학계의 '신화(神話)'라는 번역어를 취하였다. 초기 우리나라 연구계를 살펴보

---

25) Mark P. O. Morford., and Robert J. Lenardon, op. cit., p.20.
26) 大林太良, 『神話學入門』, 兒玉仁夫·權泰孝 譯, (서울: 새문社, 1995), 9면.
27) 大林太良, 앞의 책, 11면.
28) 大林太良, 앞의 책, 54-55면.
29) 大林太良, 앞의 책, 11-12면, 20면.

면 신화 해당 작품을 전설(傳說), 설화(說話) 등으로 광범위하게 명명하였으나 점차 신화(神話)라는 용어로 정착되어 감을 볼 수 있다.

이 용어를 보면, '신(神)'을 뜻하는 글자와 이야기를 뜻하는 '화(話)'자로 이루어져 있어서 신(神)이나 신(神格)과 같은 층위의 영웅 이야기를 뜻한다. 그리고 지금까지도 가장 널리 수용되고 있는 신화의 개념이기도 하다. 연구자에 따라서 신화의 범주에 고대신화만 포함하거나 또는 고대신화를 비롯하여 무가(巫歌)와 시조(始祖) 신화류를 포함하기도 한다.

최남선(崔南善)은 「壇君 及 其硏究」에서 다음과 같이 보았다.

> 신화란 것은 원시인이 모든 형상을 神意 神事로 보아서, 神格 중심으로 거기 해석 설명을 시험한 것……30)

위의 인용문에서 신화의 제작시기와 작자, 소재 등의 문제에 대해 그가 어떻게 생각하고 있는지를 알 수 있다. 제작시기는 원시시대이고, 작자는 원시인이고 신과 관련된 이야기라고 한다. 결국 '원시시대에 지어진, 신이 중심으로 활동하는 이야기'인 것이다. 이상과 같은 인식은 이후 학계에서 오랜 기간 동안 받아들여졌다. 그러나 후대의 연구에서 조금 달라진 것이 있다면 신화에 무가(巫歌)를 포함시키거나, 신은 아니지만 인간으로서 뛰어난 사람들의 이야기를 포함하고 있는 점이다. 연구자에 따라서 '신에 관한 이야기'에 다른 조건을 덧붙이기도 한다. 즉 자연현상이나 인문현상의 기원과 질서가 교훈적으로 설명돼야 하며 신성시되거나 이적시(異蹟視)되는 이야기여야 한다31)고 한다. 그러나 여전히 신과 관련된 이야기여야 한다는 것이 핵심이다.

신이 등장하는 이야기를 신화로 보는 연구의 문제점은 신화를 통시적으로 보지 않기 때문에 생긴다. 신이 등장하는 이야기는 현재도 만들 수 있

---

30) 崔南善, 「壇君 及 其硏究」, 『別乾坤』, 1928. 李基白 編, 『檀君神話論集』에 재수록, (서울: 새문社, 1988), 10면.

31) 金戊祚, 『韓國神話의 原型』, (부산: 新知書院, 1988 초판, 1996 4판), 12면.

다. 그러나 이는 이미 현대라는 시간이 투영된 결과물이며 고대적인 의미의 신화가 아니다. 그리고 일련의 무가들은 이미 고대를 지나 중세 혹은 근세를 거치면서 그 시대의 정체성을 담고 있기 때문에 고대사회의 신화와는 다르다. 고대신화 이후의 서사물은 그들의 전(前) 서사(敍事)의 전통을 살피고 그 관계와 변모를 파악하려는 연구 방법론을 취해야만 신화와 관련 서사물의 선후관계를 온당하게 인식하게 된다.

신화를 세상의 모든 시작과 종말, 유래, 인문현상을 다루는 이야기라고 보는 견해도 많이 수용되었다. 박시인은 알타이 어족의 신화를 수록한 『알타이 신화』에서 신화로 귀속할 수 있는 유형을 언급한다.

> 알타이 어족은 그들의 신화만 해도 대단히 많으므로 이 책에는 천지(天地), 인간의 시초와 종말에 관한 것과 나라들의 유래에 관한 것을 주로 다루었다.[32]

자연, 시초와 종말, 나라의 건국 유래 등에 대한 이야기를 다루고 있는데 신화에 대한 별다른 규정이 없다. 신화적 소재(素材)가 등장하는 이야기를 신화로 규정하고 있음을 알 수 있다. 물론 신화는 이상의 상황, 시초, 종말, 유래 등을 다룬다.

이러한 관점에서 본 신화 연구는 통시적인 시각이 결여되어 이야기군의 서사적 선후나, 관련 등을 알 수 없게 된다. 실제로 유래담이 얼마나 고형(古型)인지는 확인된 바 없다. 이러한 기원과 유래에 대한 이야기들은 그 공동체에서 주요했던 신의 입사의례담에 붙었다가 분리·파생되었을 가능성을 엿보이고 있다. 이러한 신화 개념의 문제점은 신화 발생에 대한 인류사적 관심이 결핍되어 신화를 소재적인 차원에서 이해한다는 것이다.

신화의 핵심을 본풀이, 신(神)풀이로 보는 연구가 있다. 신의 내력을 서술하는, 근본을 풀어내는 이야기를 신화라고 본다. 현용준(玄容駿)은 본풀

---

32) 박시인, 『알타이신화』, (서울: 삼중당, 1980, 서울: 청노루, 1994), 8면.

이의 어원을 '본(本)'과 '풀이'의 복합명사로 보고 '신의 본원과 내력의 해석 설명' 정도의 뜻[33]이라 하였다. 김열규는 신화는 무엇보다도 신성(神聖)이 확립되어 가는 과정을 두고 얘기된 서사문학(敍事文學)이라고 하였다.[34] 『우리 民俗文學의 이해』에서 다음과 같이 본풀이를 한국신화의 본질적 특징으로 설명하고 있다.

> 한국의 상고대신화는 상고대 왕조의 왕권이 무속 원리에 의해 신성화된 얘기라고 그 성격을 추상할 수 있다. 이런 면에서 상고대신화들은 오늘날에까지 전해져 있는 무속신화와 밀접한 연관을 갖게 된다. 그것은 오늘날의 무속신화가 지닌 가장 중요한 속성이 '본풀이'란 말로 표현될 수 있듯이 상고대신화도 역시 '본풀이'의 신화로 간주될 수 있음을 의미하고 있다. 오늘날의 무속신화가 무신의 '본풀이'라면 상고대신화는 무속적 원리를 지닌 신성 왕권의 '본풀이'인 셈이다.[35]

> 한국신화를 왕조신화를 비롯해 가계신화(家系神話), 그리고 촌락신화(村落神話)와 무속신화로 대별될 수 있다.(중략) 그것들은 '본풀이'라는 하나의 공질성을 나누어 갖고 있다.[36]

본풀이가 한국적 신화임이 강조되기도 하였다. 현용준은 본풀이가 한국적 개념의 신화[37]이며 고대신화(古代神話)는 왕권신화·건국신화인 동시에 왕조(王朝)의 조상본풀이[38]라고 본다. 『제주도 신화』에서 신화 개념을 다루면서 일반적인 설화의 세 분류 개념이 우리의 전통적인 분류 개념에 맞지 않음에 대해 문제제기를 하였다. 일반적인 가대신화인 제주도의 본풀이와 맞아 떨어지지 않는다는 것이다. 그에 따르면 제주도의 본풀이가 다음과 같은 성격을 갖고 있다고 한다.

---

33) 현용준, 『무속신화와 문헌신화』, (서울: 집문당, 1992), 17면.
34) 김열규, 『韓國 神話와 巫俗 硏究』 (서울: 一潮閣, 1977), 8면.
35) 김열규, 「神話」, 『우리 民俗文學의 이해』, (서울: 開文社, 1979), 20면.
36) 김열규, 앞의 글, 17-18면.
37) 현용준, 앞의 책, 286면.
38) 현용준, 앞의 책, 300면.

노래하고 있다는 면에서는 무가(巫歌)요, 그것이 서사적 허구적 이
야기라는 면에서는 설화가 되며, 또 그 시적 운율과 서사적 구조를 문
학적 견지에서 볼 때 서사시라 할 수도 있는 것이다. 이 본풀이를 설
화의 세 분류 개념에서 볼 때는 무엇이라 할 것인가. 위에서도 말한
바와 같이, 신을 중심으로 한 이야기라는 점, 반드시 태초적인 사실만
은 아닐지라도 자연현상이나 사회현상의 기원이나 질서 형성의 설명이
라는 점, 신성한 이야기라는 점 등, 신화에 가까운 것임은 두말 할 것
이 없다. 서구의 신화 개념에 비추어 얼마간 다르다 하더라도, 그것은
우리와 서구의 신화 개념의 차이로 봐야 할 것이다.[39]

위의 인용문은 서양의 신화 개념과 한국의 신화 개념이 다르다는 점을
말하고 있다. 제주도 본풀이들도 신화가 될 수 있는데 그 근거로는 '신을
중심으로 한 이야기라는 점, 반드시 태초적인 사실만은 아닐지라도 자연현
상이나 사회현상의 기원이나 질서 형성의 설명이라는 점, 신성한 이야기라
는 점'이다.

신화와 본풀이, 서사무가는 일반적으로 신의 이야기라는 점에서 '신화'로
묶일 수 있지만, 엄밀한 의미에서 같은 장르라고 하기 어렵다. 시대적으로
그 내용이나 신의 속성, 활동 범위, 신의 세계에 대한 의지 등이 다르기
때문에 신이 등장한다고 해서 모두 공시적 의미를 지닌 장르로 보기 어렵
다. 본풀이를 신화에 귀속시키기보다는 신화의 맥을 잇는 서사물로 인식하
는 것이 타당하다고 본다.

신화 연구의 선편에 서 있던 홍기문이 건국신화를 직접적으로 본풀이라
고 규정하지는 않았지만 그러한 속성이 있음을 지적하였다. 그는 건국신화
들 외에도 무당 소리에 관심을 두어 신화 연구에 도움이 될 바를 찾아보
자고[40] 하면서 신화와 무당 소리는 신의 내력을 서술하는 '본푸리'이기 때
문에 서로 관계가 있다[41]고 하였다. 즉 한국신화가 본풀이적 속성을 가지

---

39) 현용준, 「개설」, 『제주도 신화』, (서울: 서문당, 1972), 275면.
40) 홍기문, 『조선신화 연구』, (평양: 사회과학원 출판사, 1964, 서울: 지양사,
    1989).
41) 조선신화라는 말에는 대체로 각종의 건국신화와 〈단군 신화〉가 포괄되는 것이

고 있음을 지적한 것이다.

이상과 같이 홍기문을 포함하여 연구 초기의 학자들, 손진태 등은 신화와 무당 소리를 구분하여 인식했었다. 필자도 본풀이를 신화에 귀속시키기보다는 개별 본풀이의 형성과정을 천착하는 연구가 먼저 이루어져야 한다고 본다.

또 다른 흐름은 신화를 '신성시(神聖視)되는 이야기'[42]라거나 신성성을 본질로 한다[43]고 보는 것이다. 이러한 견해는 1971년에 출간된『구비문학개설』에서 본격적으로 명시되었으며 여기서 신화, 전설, 민담의 비교로부터 신화의 변별성을 설명하였다. 그 결과로 신화가 지닌 신성성을 도출하였다. 이 비교는 기존 연구에 여러 차례 적용되었으며 근래의 연구서[44]에까지 수용되고 있음을 알 수 있다. 기존의 견해를 확인해보는 의미에서 살펴보자.

다. 이제 이상으로써 조선신화의 기본되는 두 부분에 대한 연구를 끝마친 셈이다. 그러나 우리는 좀 더 시야를 넓혀 그 연구에 유조할 수 있는 모든 구석에 주의를 돌려야 한다. 우선 근세까지 구비로 전승되어 온 무당 소리가 조선신화와 어떠한 관련이 없겠느냐 하는 것도 알아보아야 한다. (홍기문, 앞의 책, 201면).
그런데 중부에서는 무당의 소리가 다시 두 부분으로 구별되어야 한다. 즉 한 부분은 반노래, 반이야기로써 그 귀신의 내력을 서술하는 것임에 대하여 다른 한 부분은 순연한 노래로써 그 귀신의 공덕을 찬양하는 것으로 된다. 귀신의 내력을 서술하는 부분을 '본푸리'라고도 하고 단순히 '푸리'라고도 한다. 대체로 '푸리'에서는 그 귀신의 부모이며 자손이며 특히 그 배필에 대해서 더욱 자세한 서술을 가한다. 일부 지역에서는 이 두 부분의 한계가 명확치 않으나 '푸리'의 부분만은 반드시 갖추어 있다. 그로 미루어 청배 절차의 중심이 '노래'라기보다는 '푸리'였다고 보지 않을 수 없다. 그런데 '푸리' 또는 '본푸리'란 것이 각 귀신의 내력을 서술하는 이상 그것이 바로 한 편의 신화가 아니겠는가? 만일 그것이 신화라고 한다면 고대의 신화와 어떻게 관련이 없을 수 있는가? (홍기문, 앞의 책, 213-214면).
42) 金泰坤,『韓國의 巫俗神話』, (서울: 集文堂, 1985), 11-14면.
43) 서대석,『한국신화의 연구』, (서울: 집문당, 2001), 4면.
44)『說話文學硏究(上)・總論』, 華鏡古典文學硏究會, (서울: 단국대학교 출판부, 1998).

전승자의 태도: 신화는 신성시되는 이야기이다.
시간과 장소 : 신화는 태초에 일어난 일이고 특별한 장소를 무대로 삼
              는다.
증거물   : 신화의 증거물은 포괄적이어서 천지창조 신화에서는 천
              지가 증거물이고, 국가 창건 신화라면 국가가 바로 증거
              물이다.
신화의 주인공 및 그 행위: 신화는 신의 이야기이되, 보통사람보다 탁월
              한 능력을 가진 신성한 자라는 뜻이지 인간과 전적으로
              구별되는 존재라는 뜻은 아니다.
전승 범위   : 신화는 민족적 범위에서 전승된다.

이상의 기준들은 신화와 전설, 민담을 비교하여 차이점을 나타낸 것인데 문제는 이상의 기준들이 장르의 속성을 기술하고 있을 뿐, 신화라는 장르를 본격적으로 구분하고 있지 않다는 점이다. 어떤 작품을 신화라고 분류하려면 속성들의 나열, 즉 필요조건만이 아닌, 작품에서 찾을 수 있는 충분조건이 충족되어야 한다. 이상의 속성들, 필요조건은 다른 장르의 작품에도 귀속될 수 있는 것들이기 때문이다.

이 입장의 연구에서 신화가 신성한 이유는 사람들이 이를 신성하다고 믿기 때문이다. 신화는 그 이야기를 믿는 집단에 의해서 전승되었으며 그들 자신의 신성한 역사로 여겨졌다. 그러나 신성시되는 이야기라는 기준은 신화가 가진 전승집단이 이야기에 대해 어떻게 생각하고 있는가에 대한 신뢰도에 근거한 기준이지 문학 장르를 규정하는 개념으로는 부적절한 면이 있다. 기준이 너무 일반적이어서 문학 장르 개념으로서는 좀 더 분화되어야 한다.

서사(敍事)의 관점에서 자아와 세계 관계의 양상에 따라 신화를 특징짓는 연구 흐름이 있었다. 조동일은 서사(敍事)에 대한 그의 체계인 자아와 세계의 대결 양상에 따라 신화와 전설, 민담을 나누고 있다. 신화는 신화적 질서를 보여주기 위한 이야기[45]라고 본다. 또 신화는 자아와 세계가

---

45) 趙東一, 『韓國小說의 理論』, (서울: 지식산업사, 1977), 111면.

상호 보완적이거나 동질적인 관계를 갖도록 대결하여 자아와 세계에 두루 통용될 수 있는 포괄적인 질서 즉 신화적 질서를 구현하는 것[46]이라고 한다. 이러한 연구에서는 신화를 신화시대에 형성된 신화적 질서를 보여주는 이야기로 보고 있다. 신화적 질서가 당연히 문제가 된 것이다. 신화적 질서란 앞서 본 바와 같이, 자아와 세계에 두루 통용될 수 있는 포괄적인 질서로 자아와 세계의 동등한 작용에 입각한 대결을 통해 둘이 상호 보완적인 관계에 이르는 질서를 뜻한다.[47] 예를 들어 주몽은 적대적인 세계와 대결하면서 우호적이며 동질적인 세계와 계속 화합한다고 보고 있다.

위의 이론은 신화시대의 신화와 더불어 이후 중세와 근세를 거치면서 형성되었던 무가들도 신화의 범주에 귀속하고 있다. 무속신화를 무언가 온전하지 못한 신화로 여기고[48] 있긴 하지만 무가를 신화로 분류하였다면 이에 대한 근거를 제시해야 할 것이다. 신화시대의 신화에만 적용되는 분류라면 그 이후의 무가를 신화로 보아서는 안 될 것이며 아니면 무가를 포괄할 기준을 제시해야 한다.

제의(祭儀) 관련 연구도 신화 연구의 한 흐름을 이루고 있다. 신화가 전설 등과 달리 보다 넓게 문화적인 것과 관련되어 있으며 이야기 자체보다는 생활환경에서의 실생활과 문화를 경건하게 반영한다고 본다.[49] 제의와 관련하여 연구한 국내학자로는 김열규가 연구의 선편을 잡았다. 신화가

---

46) 조동일, 앞의 책, 135면.

47) 조동일, 앞의 책, 124면.

48) 신화시대 이후에는 신화가 다시 나타나지 않은 것은 아니다. 무속신화, 마을신화, 가문(家門)신화 같은 것들도 있다. 무속신화는 서사무가 또는 본풀이로 구전되는 긴 이야기이다. 전승방식에서는 아주 고형을 유지하고 있는 셈이며, 그 내용도 고대의 건국신화와 여러 모로 상통하는 바 있으나, 후대의 무속이 지니는 사상적 한계랄까 하는 것 때문에, 서사무가는 신화로서 온전한 것은 아니다. 조동일, 『구비문학의 세계』, (서울: 새문社, 1977), 33-34면.

49) 李相日, 「說話 장르論」, 『民談學槪論』, (서울: 一潮閣, 1982. 초판, 1997 중판), 57-58면 참조.

발생적으로 제의와 관계된다고 보았다. 신화는 통과의례의 구술상관물(口述相關物)이고 따라서 의례의 차이에 따라 신화의 변이도 이에 따를 것[50]이라는 전제를 갖고 있다. 제의와 서사 장르의 관계를 상당히 직접적인 것으로 보고 있다. 제의가 관련 맺는 영역이 문학만이 아니므로 민속 등 인접 학문 영역에도 관심을 기울였다. 그리하여 신화의 제의적 표현이 농촌사회의 마을 공동제(共同祭)이며 이는 서낭굿, 당굿, 당산굿 등으로 불린다고 하였다. '神話의 차원에서 보면, 入社式은 영웅이 그 사회 전체를 재생시켜야 하는 淨化者로서의 운명이 실현되기 전에 겪어야 하는 通過祭儀'[51]라고 보았다. 이러한 입사의례의 모티브로는 정신착란, 광기, 犧牲, 여행, 단식을 들고 있다. 문학적으로는 신화에서부터 소설에까지 찾아볼 수 있는 제의적 유형을 제시하였으며 나무, 말, 비둘기, 용 등 신화적 소재들에 대해서도 당대적 관점에서 분석하였다.

민긍기는 신화시대의 생활이 주기적인 제의를 필요로 하며 바로 이 제의들과 신화가 관련된다고 보았다. 제의의 목적은 애초 초자연적 존재, 신들이 존재했던 시간과 공간으로 돌아가, 제의를 치르는 그들도 초자연적 존재와 동일시되어 천지창조를 되풀이하는 역사에 참여하게 되는 것이다.[52] 이러한 목적에 따라 신화는 천지창조신화와 영웅신화로 반영되어 나타난다고 보고 있다.

의례가 당시 생활에서 요구되었던 제도임은 분명하다. 그러나 제의 혹은 의례에서 신화가 구술되었을지를 말해주는 근거가 아직은 충분하지 않다. 다만 분명한 사실은 그 의례의 방식으로 그들은 자신들의 가치관을 갈무리하였고 역사적 관점을 구성하였다는 점이다. 이에 따라 우리가 신화라고

---

50) 김열규는 韓國神話가 탄생·성년·혼례·책위·사망 등의 通過儀禮의 口述相關物인 한에 있어서 그러한 여러 통과 의례의 차이는 한국신화 그 자체의 변이를 초래케 될 것이라고 하였다. 김열규 1977, 40면.
51) 김열규, 「民談과 文學에 있어서의 入社式談」, 『民談學槪論』, (서울: 一潮閣, 1982 초판, 1997 중판), 238면.
52) 민긍기, 「신화시대에 대하여」, 『檀山學志』 제6집, 旆檀學會, 23면 참조.

36

부르는 이야기가 구성되었다. 여기에는 정치적 사건이 영향을 미치기도 하였다. 신화 이후에는 그러한 의례적 방식이 관습화되고 역사적 사실 여부와 달리 이야기들이 의례적 원리를 전제로 제작되기에 이른다. 따라서 의례의 모든 측면이나 절차 등이 일대일로 서사화되는 것은 아니며 뭇 의례 중에서 입사의례는 서사화될 개연성이 많은 의례였다. 인물이 중심이 되고 신성한 배경이 필요하기 때문이었다.

신화는 신성한 이야기이고 특히 신성성이 혈통을 중심으로 발현된다고 보는 연구가 있다. 신화의 신성성은 신화 전반에 걸쳐서 나타나지만 비교적 분명하게 드러나는 부분이 신 또는 시조의 혈통[53]이라고 한다. 또 혈연적 관계에 더하여 신으로서 좌정하는 과정을 신화의 본질로 보기도 한다.[54] 이 연구에서는 건국과정이 신화에 깔려 있다고[55] 보므로 기본적인 원리로 혈통을 중시하면서 직계에 해당하는 초자연적 신들을 사실화(史實化)하는 경향을 보이고 있다.

그러나 신화 속의 신이나 뛰어난 인물들의 관계는 혈연적 관계를 갖추지 않은 예가 적지 않다. 혈통의 신성성은 왕위계승문제와 관련된 이데올로기적 소산이며 몇몇 신화에만 가계(家系)가 나타난다. 우리나라를 비롯하여 중국 등에서도 문명의 초기에 왕위는 자식에게 이양되기보다는 성인(聖人), 성지인(聖智人), 유덕인(有德人)에게 전수되어야 한다는 의식이 강했으며 실제로도 그들의 관계는 혈통관계가 아니기도 하였다. 혈통 중시 관념은 결국 권력을 갖게 된 남성적 질서와 가부장제를 중심으로 한 제도의 소산이다. 이는 고대국가가 강성해지고 왕위계승문제와 관련되면서 형성되었다.

신화의 신은 다양하며 이들을 같은 층위의 신으로 인식해서는 신의 본질을 이해하기 어렵다. 환인. 환웅. 해모수, 하백 등의 신들은 신화의 주인

---

53) 서대석, 앞의 책, 4면.
54) 李志暎, 『韓國神話의 神格由來에 관한 研究』, (서울: 太學社, 1995), 1면.
55) 이지영, 앞의 책, 10면.

공의 배경으로, 가상(假想)으로 설정된 절대 신이다. 또 고대국가 이전 사회에서 닭이나 거북, 호랑이 등을 신으로 섬겼던 부족들이 있었음은 '신화의 주인공의 신성성'이 부모화된 신과 그 자손 간의 관계에서 오는 충분조건이 아님을 말해준다.

따라서 신성성의 전이(轉移)라는 맥락에서 신화를 볼 때, 어느 한 신의 신화만이 단독적으로 다루어져서는 안 된다는 결론에 이른다. 특히 건국신화는 자신들의 신성한 역사를 전하기 위해 만들었으므로 건국의 시조(始祖)인 신화 주인공과 다른 신들의 관계가 중요하다. 개별 신들을 분리하여 보면 현재의 서사 형식을 해명하기 어렵게 된다. 개별 신마다 신화가 있던 것을 확인하기 어려우므로 일단 현전하여 정착된 텍스트에 준하여 연구하여야 한다. 정착된 신화의 텍스트는 현재의 모습으로 결합된 모종의 이유가 있다.

문학 연구는 신화가 서사적 짜임새를 통하여 이야기를 전달하는 측면에 주목하여야 한다. 신화는 신성한 역사, 시조가 건국한 사실이나 신성한 근본, 혈통을 전하되 그 전하는 사건들이 서사적으로 엮여있다. 예를 들어 신의 혈통이 나타나 있는 경우일지라도 신화의 주인공의 신성성은 '신성한 부모가 있다'는 사실의 전달만으로 이루어지는 것이 아니라 그 혈통을 어떻게, 어떠한 사건을 통하여 보여주고 있는가에 대해 고찰해야 문학의 작품 형성문제를 밝힐 수 있다.

본 연구는 신화에서 고대국가 형성기의 종교적 가치이자 정치적 가치인 '신성성'이 전이되는 과정, '신성성이 입증되는 과정' 곧 의례적 구도(構圖)에 관심을 두었다.

3. 연구 대상 자료

연구 대상 자료를 선정한 기준은 다음과 같다. 첫째, 고대에 형성된 신화이다. 무가(巫歌)와 본풀이류 등은 고대신화와 다르므로 신화를 계승하는 후대 장르로 본다. 신화[56]는 상고대(上古代)에 형성된 작품들로 신들의 속성이 무가(巫歌), 본풀이류와 질적으로 다르다. 시대성을 고려하지 않고 단지 소재적 차원에서 신이 등장한다 하여 이를 신화라 보기 어렵다. 신이 나오는 이야기는 지금도 창작될 수 있다. 또 서사무가나 본풀이의 경우, 내재된 갈등은 소설적 갈등에 근접하기도 하며[57] 주인공이 떠나는 탐색여행은 그 수준과 목적 등에서 신화와는 질적으로 다른 양상을 보이기도 하기 때문이다. 사회와 개인 관계의 속성이 달라지며 주인공의 사회적 성격도 질적인 변화를 보인다.

신화에서의 신은 탄생 시부터 신의 세계와 통하는 존재이지만 후대 무가에서의 신은 초창기의 미미한 개인에서 출발하는 예가 많다. 무가나 설화 등에서는 입사의례를 마친 자의 활동범위와 기반이 되는 세계가 고대 초기의 경우보다 제한적으로 혹은 다른 양상으로 나타난다. 따라서 학계에서 고대(古代)에 제작된 것으로 보편적으로 인정하는 작품을 자료로 선정하였다.

둘째, 서사화된 신화이다. 신적 존재들의 모습을 건국신화에서만 찾을 수 있는 것은 아니다. 적지 않은 신적 존재들에 대한 이야기들이 고대서사의 한 측면을 담당하고 있다. 그러나 이들의 이야기는 여러 복합적인 이유로 부분적 면모만을 유지하고 있다. 따라서 이 연구에서는 일단 서사

---

56) 앞으로 '고대신화'를 약하여 '신화'로 지칭한다.
57) 기존 연구 중에서도 제주도 본풀이인 「초공본풀이」의 서사구조를 대상으로 '갈등과 그 갈등의 해결'형식을 중심으로 분석하기도 하였다.
　　설성경, 「초공본풀이의 서사구조 연구」, 『濟州道言語民俗論叢(玄容駿博士華甲紀念)』, (同刊行委員會, 1992. 10), 10면 참조.

화된 작품을 대상으로 하였다. 대상 자료는 다음과 같다.

① 〈단군 신화〉
　「古朝鮮 王儉朝鮮」, 『三國遺事』 권 1.

② 〈박혁거세왕 신화〉
　「新羅始祖 赫居世王」, 『三國遺事』 권 1.
　「赫居世居西干」, 『三國史記』 권 1.

③ 〈금와왕 신화〉
　「東扶餘」, 『三國遺事』 권 1.
　「始祖 東明聖王」, 『三國史記』 권 13.

④ 〈동명왕 신화〉
　「始祖 東明聖王」, 『三國史記』 권 13.
　「高句麗」, 『三國遺事』 권 1.
　「東明王篇 幷序」, 『東國李相國集』 권 3, 古律詩.
　「高句麗」, 『北史』 列傳 제82.
　「高句驪」, 『三國志』 권 30.
　「高麗」, 『隋書』 권 81.
　「高句驪」, 『梁書』 권 54.
　「高句驪」, 『魏書』 권 100.
　「高句驪」, 『後漢書』 권 85.

⑤ 〈김수로왕 신화〉
　「駕洛國記」, 『三國遺事』.
　「金官國」, 『增補文獻備考』 권 14.
　「金官城婆娑石塔」, 『三國遺事』 권 3.

⑥ 〈탈해 이사금 신화〉
　「第四代脫解王」, 『三國遺事』 권 1.
　「脫解尼師今」, 『三國史記』 권 1.
　「新羅 儒理王」, 『三國史節要』 권 2.

⑦ 〈김알지 신화〉
　「金閼智 脫解王代」, 『三國遺事』 권 1.
　「脫解尼師今」, 『三國史記』 권 1.

⑧ 〈삼을나 신화〉
  「耽羅縣」, 『高麗史』 권 57.
  『星主高氏家傳』.

  이외에 『新增 東國輿地勝覽』에 있는 뇌질형제 이야기와 『삼국유사』
와 『삼국사기』, 『고려사』 등에 기재된 이본 등을 참조하였다.

II. 탄생담의 입사의례 양상

1. 정치적 가치로서 '신성성(神聖性)'과 입사의례의 필요성

현재 전승되는 신화는 신성계(神聖界)와 인간사회라는 이원적 구도의 샤머니즘적 세계관이 유효하던 고대국가 형성기에 본격적으로 제작되었다. 원래 '신성성'이라는 가치는 고대사회의 특수한 상황에서 요청된 종교적 가치였다. 사람들은 만물의 근원에 신성계(神聖界)가 관련되어 있다고 생각하였으며 이에 하늘, 땅, 산천, 별 등에 의례를 행하였다. 고고학적으로도 온갖 청동 방울, 달을 닮은 곡옥(曲玉), 빛을 반사하는 경(鏡), 신적 권위를 상징하는 검(劍) 등은 경제적 소용과 거리가 먼 샤먼들의 도구였다. 신성계와의 소통이라는 목적을 지닌다. 고대의 시조제(始祖祭)나 천제(天祭), 일월제 등 많은 의례는 정기적으로 베풀어졌으며 신성계와 교통하고자 했다. 이러한 의례는 세계의 질서가 순환되는 것으로 여겨 일정 기간에 의례를 재수행함으로써 다시 신적 질서를 받아들이고 생명력을 확보하고자 하였다. 새해가 시작되는 시간, 5월이라는 파종기, 이를 거두는 10월은 대표적인 의례 기간이었다. 군중이 모여 가무(歌舞)하는 행위는 신을 청하는 행위이며 술과 음식으로 신의 음식으로 공동체가 정화되고 재생력을 받은 것으로 생각하였다. 대체로 군중이 모여 가무(歌舞)를 하고 술과 음식으로써 신성(神性)을 공유하였던 전통이 있었다. 이상과 같은 질서, 주기가 순환한다고 생각하는 세계관과 고갈과 죽음에서 다시 재생을 이룰 수 있다는 관념은 상고대사회에서 보편적으로 발견된다. 현전하는 신화에서도 이러한 사상이 발견된다. 3월 초라는 특정 시간과 물가 언덕, 산정(山頂), 숲 속 나무 밑 등의 특정 장소에 군중이 모여 집단적인 의례를 치른다.

그런데 '신성성'이라는 가치의 효용은 단지 종교적 측면에만 국한되지 않는다. 고대신화의 주인공이 역사적으로 특수한 상황에 놓인 존재이다. 현재까지 전하고 서사화된 신화에서 주인공은 샤먼기능을 하는 고대국가 형성기 정치체의 수장이다. 이들은 소국(小國)들을 통합하고자 하는 정치적 의도를 지니고 있다. 그 목적을 용이하게 하는 데 효과적인 지배 이데올로기가 필요했다. 물론 의도적으로 제작하지 않았더라도 당시 사회가 나아가는 방향이었다. 고대에서 이러한 정치 이데올로기는 샤머니즘적 전통에서 창출되었다. 상고대(上古代) 동북아 문명권에서 신의 세계와 교통(交通)할 수 있는 샤먼적 기능을 하는 인물은 정치체 수장(首長)이거나 권력층과 밀접한 대신(大臣)이었다. 결국 '신성성'은 종교적 가치면서도 정치적 효용을 지닌 '정치적 가치'였다.

고대국가의 수장들이 입사의례를 실제로 치렀는지 여부는 확인하기 어렵다. 그러나 신화의 주인공의 입사의례적 탄생담은 정치적 이데올로기로서 효력을 발휘했으며 다른 신화와 달리 현재까지 전해지게 되었다. 인류학적 차원에서 샤먼의 입사의례는 신성계와 교통할 수 있는 능력을 입증하는 제도였다. 이러한 입사의례적 탄생은 입문자에 대한 신성성과 경외심을 고취시켜 주었다. 정치적 수장이 샤먼적 기능을 행했던 만큼 신성성을 입증하기 위해 입사의례적 탄생을 추구했다. 신화에서 주인공의 탄생 모습은 결국 샤먼의 입사의례 양상이다. 하늘에서 내려왔다거나 이물(異物)의 내부에서 출현했다거나 땅으로부터 용출했다는 관념은 샤머니즘적 세계관에서 비롯된 것이다.

이러한 방식의 탄생은 경외심을 불러일으켰다. 사람들은 샤먼적 능력을 지닌 정치체의 수장들을 경외하였다. 신라 남해왕은 '事鬼神尙祭祀' 하던 무(巫)였으며 사람들은 이런 일을 하는 무(巫)를 경외했다. 탈해는 보지 않고도 무슨 일이 벌어지고 있는지 알아차리는 능력이 있어서 사람들로 하여금 두려움을 느끼게 하였다. 김수로왕도 다른 사람은 가지지 못한 예지(豫知) 능력을 지니고 있었다.

입사의례의 현상적 절차는 각 문명권마다 달랐지만 그 원리는 구조적 연대성을 지닌 것으로 밝혀졌다. 고대인들은 신성한 존재와 접신(接神)하는 의례적 절차와 행위를 통해서 새로운 존재로 변환가능하다고 생각했으며 이는 육체적 탄생이 아닌 정신적 탄생이었다. 이러한 탄생은 육체의 탄생과 차원을 달리하는 점에서 인식적 층위에서의 탄생, 즉 '인식적 탄생'이라고 개념화할 수 있다.

2. 입사의례의 구조

입사의례의 구성요소는 신성계(神聖界), 인간사회, 입사의례의 대상자인 신화의 주인공, 제도로서 의례이다. 이 요소들이 우리나라 고대신화에서 어떻게 나타나고 있는지 보겠다.

2.1. 신성계(神聖界)

(1) 서사적 기능에 따른 신격의 층위

기왕의 한국신화 연구에서 하늘과 땅은 남성과 여성으로 또 아버지와 어머니로 보아왔으며 신화의 주인공과 혈통적으로 관련되어 있다고 하였다. 그리하여 천부지모(天父地母)라거나 천남지녀(天男地女)라는 용어로 하늘과 땅의 관계를 설정하기도 하였으며 신화의 주인공이 혈통을 통해 신성성을 추구한다[58]고 보았다. 천신(天神)을 아버지로 지신(地神)을 어

---

58) 서대석, 앞의 책, 4면.

44

머니로 삼아 신성성을 확보한다고 보았다. 실제로 단군 신화나 주몽신화는 천부지모(天父地母)형임이 직접적으로 드러난다. 그런데 문제는 부모가 등장하지 않아서 혈연적 배경이 드러나지 않는 신화들을 적절히 해명하지 못한다는 데 있다. 혁거세왕이나 알영, 김수로왕, 석탈해, 김알지 등의 신성성은 어디에서 확보되는가?

당시의 관점으로 돌아가, 다음과 같은 문제를 생각해보아야 한다. 첫째, 신의 개념은 무엇인가? 둘째는 고대에 어떤 사람이 신과 관련 있다거나 부모가 신이라는 사실을 어떻게 알 수 있을까의 문제이다.

신격(神格)을 지니고 있다 해서 신의 속성이 어느 시대나 동질적이라고 하기는 어렵다. 신에 대한 관점은 시대마다 차이가 있다. 고대신화에 나타난 신(神)의 존재론적 추이를 보면 신(神) 관념은 설명하기 어려운 자연의 신이사(神異事)에서 비롯된 것으로 보인다. 그리하여 예측 불가능한 자연 현상의 소재들이 신령하게 여겨져 숭배되었다. 차차 현상의 배후에 인격성을 지닌 신을 상정하였다. 신(神)이라 할지라도 그 속성, 신 관념은 시대에 따라 인식이 다르며 정치적 상황과도 밀접한 관계가 있다. 많은 신화에서 신의 가계(家系)가 나타나지 않는다.[59] 중국의 경우도 천신을 뜻하는 제(帝)가 상대인(商代人)의 씨족신이라는 어떠한 근거도 없을 뿐 아니라 제(帝)와 왕족 간에 어떠한 혈연관계도 찾아 볼 수 없다[60]고 한다. 맡은 영역에 따라 성별(性別)이 고정된 것도 상대적으로 후대(後代)라

이지영, 앞의 책, 1면.

59) 사로 6촌장 신화, 운제산성모(雲梯山聖母)신, 선도산신모(仙桃山神母)신, 나림(奈林)·혈례(穴禮)·골화(骨火) 등 여성산신(女性山神), 예(濊)의 호랑이 숭배 등에서 신화의 주인공에게 항상 혈통관계, 즉 부모가 있었던 것은 아님을 볼 수 있다. 이들 신은 지고신(至高神)과 남성신(男性神) 관념이 확고해지기 이전의 신 관념을 반영하며 자체로 신성한 질서적 존재일 가능성이 많다. 또 사로 촌장 신화에서는 이들에게 신성성을 전이해주는 근원적 존재를 인격성을 갖춘 신으로 보기 어렵다. 신령한 자연물 정도의 천(天)으로 나타난다.

60) 張永伯, 「古代 中國人의 天觀 硏究」, 연세대 중어중문학 박사학위논문, 1994. 6, 23면.

서[61] 하늘이 남성적 존재로 인식되었다고도 할 수 없다.

따라서 서사문학에 나타나는 신의 속성도 같다고 할 수 없다. 일례로 고대의 신적 존재들과 후대의 바리공주, 당금애기 등의 무속신을 같은 속성을 지닌 동질적 존재로 보기는 어렵다.[62]

신(神)은 최소한의 인격성(人格性)을 전제한 개념이다. 그런데 신화에는 인격적인 신만 나타나는 것이 아니다. 따라서 신을 포함하면서 좀 더 광범위한 신성 존재를 뜻하는 '신성성의 근원적 존재' 개념이 필요하게 된다. '신성성의 근원적 존재'에 대해 가장 무리 없는 정의를 내린다면 '인간이 갖지 못한 경이로운 힘을 지닌 신성한 존재' 정도일 것이다. 그렇다면 기능의 측면에서 인격신과 더불어 비인격적인 신성 존재도 있을 수 있다. 실제로 신화에는 인격성이 덜 발달된 존재인 땅과 하늘이 신성시된 예가 발견된다.

둘째 '어떤 존재가 신적 존재라는 사실을 어떻게 알 수 있었을까'의 문제는 신화의 주인공이 범상한 인물이 아님을 당시 사람들은 어떠한 통로로 공인(公認)하였을까의 문제이다. 신화의 주인공은 보통 사람과 다른 능력을 가졌기 때문에 신적 인물로 여겨졌을 것이며 그 능력은 곧 샤먼적

---

61) 다른 문명권을 참조삼아 보면, 천신(天神)이 항상 남성으로 표현되지 않았음을 보게 된다. 대표적인 예가 이집트의 여신 누트이다. 반면 그녀의 남편인 게브는 땅의 신이었다. 우리나라에서도 하늘의 자연현상 중 천상의 질서 중 하나인 비(雨)를 주관하는 신이 여성신인 운제산성모(雲梯山聖母)가 있어 여성도 신적 질서를 표상하는 신적 존재였던 시기가 있었음을 알 수 있다. 이외에도 만주족의 천모(天母)인 아부카허허 등을 찾아볼 수 있다. 특히 이 여신은 버들신 숭배와 관련이 있어 고구려신화의 어머니신 '유화'의 기본적 속성에 영향을 미쳤을 가능성이 높다.

62) 서사무가의 신화의 주인공과 신화의 주인공은 신이라는 점에서 동일하지만 그 속성은 다르다. 신화의 신이 세계를 대상으로 자신의 신성한 질서를 펼쳐나가는 반면, 서사무가의 신은 일개 개인으로 탄생하며 잃어버린 신성성을 여러 사건을 통해 추구해나가는 이야기이다. 필자는 서사무가와 신화의 장르적 성격이 다르다고 보고 이를 비교한 바 있다. 윤혜신, 「신화와 서사무가의 비교연구-신격의 탄생담을 중심으로-」, 『檀山學志』, 제7집, 전단학회, 2001. 12.

46

능력이다. 대개 신화의 주인공은 마한 사회의 천군(天君)과 같은 존재, 신라 남해왕(南解王)같이 무(巫)적인 존재, 즉 신성계와 교통 가능한 샤먼이었다는 점에서 그들은 범상하지 않았다. 샤먼은 혈통으로 전수되지 않았으며 지금도 부모와 필연적 관련은 없다. 신(神)이 택한 자가 샤먼이 되어 지역사회의 일정한 권위를 행사하였다. 샤먼 후보자는 입사의례를 통한 재탄생을 거치면서 샤먼으로서 사회적 인정을 받는다.[63]

---

63) 강신무(降神巫)의 경우에 정식무당이 되기 위해서는 내림굿이라는 입사의례를 거친다. 이는 일반인의 신분에서 신과의 소통이 가능한 무당이 되기 위한 의례이다. 여기서 우리가 볼 수 있는 자료는 현대에 기록된 것이지만 내림굿의 과정이나 무구(巫具)나 정신적인 대모(代母)로서의 신어머니 등 요소에서 고대 중세 기록들과의 연관성을 발견할 수 있다. 내림굿의 절차에 대한 연구(김인회(金仁會), 『한국무속사상연구』, (서울: 집문당, 1987), 「내림굿」, 『한국민속대사전』, (서울: 민중서관, 1998). 이재실, 「신화적 상상계와 샤머니즘 - 통과제의 시나리오로 본 내림굿」, 『샤머니즘 연구』 제2집, 한국샤머니즘 학회, 2000. 2.)는 적지 않으며 이미 입사의례의 측면에서 고찰된 바 있다. 명(命)받기, 신청울림으로 시작하는 전체 굿 중에서도 가장 핵심이 되는 내림굿의 구조를 살펴보았다.
잡신들을 내쫓는 허침굿을 마치고 내림굿이 본격적으로 시작된다. 순서는 다음과 같다. ① 방울, 부채 감추기 및 일월맞이, ② 신을 고(告)하고 신복 찾기, ③ 숨겨진 방울과 부채 찾기, ④ 말문열기, ⑤ 녹타기, ⑥ 머리 풀고 다시 올리기, ⑦ 무구 던져주기, ⑧ 솟을굿.
①, ②, ③은 신(神)의 제자가 되어 가는 과정이다. 방울과 부채 등의 무구(巫具)를 찾아야 하고 자신이 모셔야 하는 신의 옷을 찾아든다. 방울 등의 무구는 고대의 유적에서도 적지 않게 발견된다. 결국 무당의 방울, 부채는 세속의 물건이 아니며 신의 물건으로 여겨졌다. 이를 찾는 것은 자신이 신으로부터 전이받은 신성성을 찾아가는 행위이다. ④의 말문열기 이하로는 새로운 만신이 되었음을 입증하는 과정이다. 말문열기는 신의 말인 공수를 하는 절차이며 말문을 연다는 것은 입사의례를 마친 자가 누리는 결과로 신의 제자가 되었음을 입증한다. ⑤ 녹(祿)타기는 무당으로서 해야 할 일을 상징적으로 보여준다. ⑥의 머리 풀고 올리기는 인간사회에 당당한 무당이 되었음을 알리는 표지이다. 머리를 올렸다는 것은 입사의례를 마쳤다는 하나의 징표인 것이다. 이 과정에서 소나무가지에 물을 축여 뿌려 주는데 역사적으로 물이 정화력(淨化力)을 가지고 있다고 보는 것은 오래된 일이며 여러 종교에서 입사의례에 쓰이는 소재이다. 주무(主巫)가 무구인 방울과 부채를 새 만신의 치마에 던져주는 ⑦의 과정도 입사의례를 성공적으로 마친 자에게 베푸는 절차이다. ⑧의 솟을 굿은 내림굿을 받은 입문자가 새로 탄생한 자신의 능력을 보여주며 입문을 마쳤음을 알린다.

신화 주인공의 신성성은 그가 물리적 세계를 제어할 힘을 가지고 있다는 데 있다. 그 힘은 처음부터 자생적으로 주어진 것이 아니라 전이된 것이다. 신화에는 그 힘을 전이해 주는 대상이 필요하다. 그 대상은 신성성의 근원적 존재였다. 많은 신화에서 신의 탄생은 혈통적이고 생물학적 탄생으로 인식되었다기보다는 신이한 자연사(自然事)로 인식되었다. 빛이나 새, 말, 구름, 나무, 물, 별빛 등 자연물을 매개로 탄생했으며 이러한 탄생으로 말미암아 해당자는 신적인 능력을 전수받은 것으로 인정되었다. 신화 주인공의 신성성 입증을 위해 탄생담이 의례의 방식으로 구성되었다. 이러한 의례의 구도(構圖)에서 신의 서사적 기능을 이해할 수 있다.

신화 속에서 신을 이해한다는 것은 결국 그의 기능이 무엇인가를 보는 일이다. 그렇게 본다면 신화에서 신은 일단 둘로 나뉜다. 신화의 주인공과 이 신화의 주인공을 둘러싼 배경으로서 신이다. 배경으로서 신은 그 존재론적 층위가 서사의 처음부터 끝까지 동일하므로 '절대신(絶對神)'이라고 부를 수 있다. 이 절대신은 신화의 주인공에게 신성성을 전이해주는 기능을 하며 입사의례를 통해 구현된다. 절대신의 소용은 입사의례의 맥락에서만 유효하며 독립적으로 이해될 수 없다. 신화의 서사적 배경은 신화의 주인공을 중심으로 설정되어 있다. 이 는 신화 속의 신이 모두 등가적이지 않다는 뜻이다. 신화를 보면 여러 신들이 동시에 한 이야기에 등장하거나 신화 주인공과 관련을 맺고 있다. 실제 각각의 신을 믿을 수는 있었겠지만 각각의 신을 위하여 구성된 이야기가 따로 전하지는 않는다. 예를 들어 〈환웅 신화〉, 〈단군 신화〉, 〈부루 신화〉 등이 따로 전하지 않고 있다. 이 신들은 하나의 이야기 안에서 서로 다른 기능의 관계를 맺으며 존재한다. 단군을 언급한 문헌들은 모두 환웅과 웅녀 이야기를 통해 단군의 의미를 제고(提高)하고 있으며 전하고 있는 이야기의 모티브나 에피소드도 『삼국유사』의 것과 대부분 일치하고 있다. 이는 〈단군 신화〉 이야기가 정형화되어 있었음을 말해준다. 즉 〈환웅 신화〉라든가, 〈단군 신화〉, 〈부루 신화〉 등은 따로 각각 존재한 것이 아니라 하나의 이야기, 하나의 서사적 틀에서 공존하였음을 말해준다.

신화에 여러 신이 신화에 등장하지만 서사의 주인공인 신이 있다. 신화는 주인공 신에 대한 이야기를 하기 위한 것이며 나머지 신은 주인공 신의 배경을 이루고 있다. 여기에 세련되지는 않지만 신화를 서사물로 귀속시킬 수 있는 이유가 있다. 신화는 다른 서사물처럼 여러 인물이 서로 관계를 맺으면서 신화의 주인공을 드러내며 그가 행한 과업을 보여준다.

이상에서 신의 개념과 기능에 대해 논하였다. 이를 바탕으로 서사적 기능의 층위를 나누어 보려 한다. 대다수의 선행 연구는 신의 층위(層位)에 대해 별다른 관심을 두지 않았다. 신의 층위를 분석함으로써 서사 장르로서 신화에 대한 이해를 깊이 할 수 있다. 신의 층위는 기능과 역할에 따라 나눌 수 있다.

1) 신격(神格)의 층위가 변하지 않는 신

① 절대신(絕對神)

신화에는 신화의 주인공 외에 다른 신들이 적지 않다. 절대신은 신화의 처음부터 끝까지 신격(神格)이 의심되지 않고 층위가 변화하지 않는 신들이다. 신의 대리자(代理者)인 주인공 신이 신성해지기 위해서는 신성성(神聖性)이라는 신적 가치를 전이해 줄 객체로서 근원적 존재가 필요하게 된다.

신성성의 근원적 존재로 절대신은 천신(天神)과 지신(地神)[64]이 대표적이다. 〈단군 신화〉의 환인(桓因)과 〈동명왕 신화〉의 천제(天帝)와 하백(河伯)을 들 수 있다. 환인과 천제는 신 중에서도 최상위 신으로 설정되어 있다. 물의 세계에서는 하백이 치권의 정점에 있다. 이들은 신성성(神聖性)의 원천이자, 배경으로 작용한다.

---

64) 원초적 물은 대지(大地)와 동급으로 취급되었으며 모두 어머니의 상징이다. 이러한 점에서 지신(地神)과 수신(水神)을 따로 보아 독립된 신으로 분류하지 않는다.

② 절대신에서 분화된 신

환인, 천제 등에 대하여 환웅, 해모수의 관계를 살펴보면 그들은 모두 절대신이지만 같은 층위는 아니다. 조부모(祖父母) 층위의 신들이 신성계의 근원적 상징이자 표상인 반면, 환웅이나 해모수는 각기 환인과 천제로부터 분화되어 나와 세계에서 활동을 하는 신이다. 천제의 대변자, 대행자라고 할 수 있다. 물론 이들도 신격의 층위 변화는 없다.

이 층위의 신은 주로 신성혼(神聖婚)을 한다. 남녀신의 결합은 결합 자체에 의미가 있지 않으며 그 신성성을 전이받는 존재, 즉 신화의 주인공(神) 때문에 유의미하다. 신성혼(神聖婚)은 새롭게 질서가 재편되는 과정을 나타내며 새로운 창조적 소산을 기대하게 한다. 이들의 결합으로 태어난 단군과 주몽은 자동적으로 '신성성(神聖性)'을 전이받는다.

③ 절대신과 분화된 신의 기능이 통합된 신

〈탈해 이사금 신화〉에서는 절대신과 분화된 신의 기능을 겸하는 신으로 함달파왕과 적녀국의 왕녀가 나온다. 이들은 인간처럼 제시되지만 각각 해모수나 유화, 환웅과 웅녀의 기능을 하고 있다. 용왕(龍王)이라는 지위와 탈해가 바다에 버려졌을 때 용이 수호했다는 데서 함달파왕의 절대신적 성격을 볼 수 있다. 적녀국의 왕녀도 인간의 모습으로 보이지만 유화와 웅녀의 기능을 하는 데서 신적 속성을 찾을 수 있다. 이들은 생물학적 부모, 절대신, 절대신으로부터 분화된 신의 속성이 통합되어 있다.

④ 입사의례가 소급된 신

입사의례가 소급(遡及)된 신이라 함은 원래 당시 사회에서 신이었지만 인간에게 베풀어졌던 입사의례가 이미 신격(神格)이었던 신에게 소급되어 적용된 경우이다. 웅녀와 유화가 대표적인 예이다. 그들은 신격을 지닌 신(神)인데도 신화 속에서 의례적 모습을 취한다. 선학들이 지적한 바대로 곰은 지신족(地神族)과 관련된 '신(神)'이었으며 유화는 수모신(水母神), 곡모신(穀母神)[65]이었다. 그들은 남성신으로 나타나는 질서적 존재와 결합하기 위한 배우자인데 이미 신격을 가지고 있음에도 입사의례를 하는 양상으로 제시된다.

이미 일정 공동체에서 신이었던 곰이 입사의례의 외피를 입게 된 것은 고대신화가 제작되는 과정에서 곰신보다 천신(天神)을 상위신(上位神)으로 위치지우려는 의도에서 비롯된 것으로 보인다. 이들은 입사의례 후 모두 신적 질서의 표상인 후손을 두게 된다. 그 후손은 바로 단군이며 주몽이었다.

의례절차상에서 흥미로운 점은 이들 모두 햇빛 금기와 관련되어 있으며 일정한 장소에 머물러야 했다. 곰은 동굴에 유화는 구리집 등으로 나타나는 해모수가 지은 집, 혹은 해모수의 집에 있었다. 이곳은 단순한 변신과 사통(私通)의 자리가 아니라 존재론적 변환을 위한 입사의례의 장소였다. 여기서 그들은 천신(天神)과의 결합을 위한 예비적 절차를 치른다.

2) 신격(神格)을 획득하는 신

신화의 주인공이 이 범주에 해당한다. 어떤 존재가 신성한 존재라는 것을 어떻게 아는가? 신화의 주인공이 신성한 존재인 신(神)이라는 사실은 무엇을 통해, 어떻게 확보되는가? 신화의 주인공에게 신성성은 그 자체로 주어지지 않는다. 신성성을 입증할 절차가 필요하다. 이는 의례적 방식으로 구성된 일련의 절차를 통해서 이루어진다. 의례적 방식의 절차나 사건이 없이 그들의 신성성을 확인하기 어렵다. 즉 우리가 단군과 동명왕이 신성한 존재임을 아는 길은 부모들의 신성혼(神聖婚)에 따른 신화의 주인공의 '인식한 자', '아는 자'로서의 탄생을 통해서이다. 또 혁거세왕은 일정

---

65) 김열규 1971, 125면.

성소(聖所)에 모인 사람들에 의해 맞이된다. 숲 속의 우물가에서 알로부터 출현했으며 알은 하늘에서 내려온 것으로 인식되었다. 이와 같은 일련의 절차를 통한 신이한 탄생을 했기 때문에 정치체의 수장인 '거서간(居西干)'으로서 자격이 의심되지 않았다. 신화 주인공들의 탄생담에 신이사(神異事)가 많고 수사(修辭)가 번잡한 것은 신성성을 드러내기 위해서이다. 샤머니즘이 유효한 사회의 제도였던 입사의례의 양상이 신화에서 탄생담에 반영되고 있다.

이상의 논의를 바탕으로 신화에 나타나는 신들의 층위를 도표화하여 보았다. '신(神)'이라 함은 최소한의 인격성(人格性)이 전제되므로 일단 이를 갖춘 신(神)만을 도표화하였다.

표 1. 인격성(人格性)을 갖춘 신을 중심으로 본 신격의 층위

작품＼신격	신격의 층위가 변하지 않는 신		신격을 획득하는 신
	절대신	절대신에서 분화된 신	
단군 신화	환 인	환웅, 웅녀	단 군
혁거세왕 신화			혁거세왕
금와왕 신화	천(天)		금 와
고구려 동명왕 신화	천제, 하백	해모수, 유화	주 몽
김수로왕 신화	황천(皇天)		수 로
탈해 이사금 신화	함달파왕, 적녀국 왕녀		탈 해
김알지 신화			알 지
삼을나 신화	신(神)		삼을나

표 1은 인격성을 갖춘 신들을 중심으로 하여 만들어진 것이다. 그런데 신화에 대한 오해를 일으킬 만한 소지가 있다. 왜냐하면 신성성의 근원적 존재들은 신화의 주인공에게 신성성을 전이(轉移)해 주는 기능을 하는데 인격신만이 신성성의 근원적 존재로 설정될 필요도 없을 뿐더러 실제로도 그렇지 않기 때문이다. 신성 존재는 인격신만으로 인식되지 않았다. 만물

정령 관념을 근간으로 하는 신성한 자연물로부터 토테미즘과 결부된 신성한 동물, 인격성이 덜한 신, 그리고 부모화된 인격신까지 그 형성되는 편차가 있다. 따라서 이번에는 인격신을 포함하여 '신성성의 근원적 존재'를 중심으로 도표화하였다.

표 2. 신성성(神聖性)의 전이(轉移) 기능을 중심으로 본 신격(神格)의 층위

신격의 기능 / 작품	신성성을 전이해 주는 존재		신성성을 전이받는 신
	신성성의 근원	근원의 대리자	
단군 신화	환 인	환웅, 웅녀	단 군
혁거세왕 신화	천(天)		혁거세왕
금와왕 신화	천(天)		금와왕
고구려동명왕 신화	천제, 하백	해모수, 유화	주 몽
김수로왕 신화	황천(皇天)		김수로왕
탈해 이사금 신화	함달파왕, 적녀국 왕녀		탈해 이사금
김알지 신화	천(天)		알 지
삼을나 신화	신(神)		삼을나

(2) 하늘에 대한 인식

신 관념은 문명권에 따라 그 내용이 다르고 역사적으로 전개되는 방식도 다르다. 일반적으로 '신(神)'이라고 하면 인간과 아주 동떨어진 존재 같지만 결국 인간과 유비되면서 형성된 관념적 존재이다. 우리나라 신화에 나타나는 하늘의 모습은 대략적으로 다음의 세 가지로 나타난다.

① 애니미즘 성향의 천신(天神)

인간의 관념·종교사에서 '신성성(神聖性)'을 지닌 표상이 항상 인격신이나 유일신으로만 표출되지는 않았다. 비형태적이고 비인격적인 존재도 충분히 신성한 힘을 지닌 것으로 인정되었다.[66] 신성시되고 절대적인 능력을 가지고 있지만 그 자체로 인격성을 내재하지는 않는다. 사물, 도구나 현상이 신적인 능력을 가지고 있지만 인격적이지 않은 예를 손쉽게 찾아볼 수 있다. 인류문명 초기에 인간은 이 세상의 거의 모든 존재를 숭배하였다. 이러한 경우는 그 사물이나 현상 자체가 인격신이라기보다는 만물에 정령이 내재하여있다는 애니미즘적 의식에 가깝다. 상대적으로 인격신 숭배는 만물 숭배보다 후대적인 신앙형태이다. 동북아시아에서 하늘(天)의 경우도 항상 최고신으로 인식되었던 것은 아니다. 중국에서 '천(天)'은 갑골문 안에서는 '크다(大)'는 의미로만 쓰였고 '천'이라는 최고신의 명칭은 시경과 서경에 와서야 상제(上帝)와 일치하고 보편화[67]되었다고 한다. 즉, 천(天)이라는 표현이 항상 최고신을 뜻했던 것은 아니었다.

우리나라의 몇몇 신화에서도 하늘이 신성성의 근원으로 설정되어 있기는 하지만 인격신으로 보기 어려운 예가 등장한다. 이러한 천(天)은 인격성을 구비했다기보다는 만물에 령(靈)이 있다는 애니미즘적 사상에 가깝다. 이를 자연신이라고 볼 수도 있겠다. 이러한 신적 존재는 인간사(人間事)에 개입하는 정도가 적극적이지 않으며 성별(性別)도 확인하기 어렵다. 그러나 신화에서는 신성성을 지닌 표상이자 원천이면서 이 '신성성'이라는 가치를 신화의 주인공에게 전이해 준다는 점에서 인격신과 같은 기능을 수행한다.

우리나라에서는 고대국가에 이르러 사회통합을 위한 정치적 이유에서 본격적으로 천신(天神)이 지고신화(至高神化)되고 부계화(父系化)되는 현상을 보인다. 반면 신성 존재의 관념이 확고히 인격적인 것으로 인식되지 않던 사회에서 상대적으로 다른 신적 존재들의 영향력이 확인된다.

신화의 주인공들은 하늘로부터 강림했다고 여기면서도 실제로는 땅 혹은 돌, 굴 등 땅의 상징물로부터 탄생한다. 일반적으로 신화가 형성되는

---

66) 안진태, 『신화학강의』, (서울: 열린 책들, 2001. 8), 25면.
67) 김승혜, 『유교의 뿌리를 찾아서』, (서울: 지식의 풍경, 2001. 10), 65면.

54

고대사회에서는 하늘보다 땅이 원초적인 것으로 나타난다. 구체적인 사물이 상대적으로 더 많기 때문이며 땅은 어머니적 이미지가 겹쳐있다. 우리나라 초창기 신화의 여신들이 산신이거나 대지를 상징하는 지모신(地母神)이었음도 이러한 관계를 보여준다. 특히 신라·가야권 신화에는 지모신 관념이 활성화되어 있다. 이러한 신화에서는 천신(天神) 관념이 있지만 천신의 인격화가 활발히 진행된 것으로는 보이지 않는다.

인간의 종교가 구체적인 사물 숭배, 유형의 물체에서 시작하는 것처럼 하늘에 대한 숭배는 결국 하늘 현상의 숭배였으며 태양과 달, 번개, 천둥 같은 구체적인 현상을 숭배하는 것으로부터 시작하였다고 할 수 있다. 〈박혁거세왕 신화〉에서 그가 하늘과 관련되었음을 나타내는 모티브로는 '하늘로부터 전광(電光)과 같은 이상한 기운이 땅으로 뻗쳤다'는 것과 '흰 말이 그의 존재를 알리고 하늘로 올라갔다'는 것[68] 두 가지이다. 이상의 모티브를 보면 확실히 하늘이 신성한 세계로 인식되고 있으며 혁거세왕이 그 신성성을 전이받은 것으로 보인다. 논자에 따라서는 천신 관념이 천둥신을 숭배하는 데서부터 출발한 것으로 보기도 한다.[69] 〈박혁거세왕 신화〉의 전광(電光)이라는 표현은 천신이 천제(天帝), 상제(上帝)로 표현되기 이전의 사회에서 하늘에 대한 숭배가 구체적인 하늘의 현상으로부터 시작되고 있음을 보여준다. 이 신화에서 하늘은 인격적 신이나 부계신(父系神)으로 설정되지 않았다. 물론 혁거세왕이 천자(天子)라고 여겨지기도 했다.[70] 그럼에도 불구하고 여기서의 천(天)은 확고한 인격을 갖추었다거나 가부장적인 신이 아니라 다양한 신의 세계 속에서 상대적으로 우세한 존재 정도로 표현되고 있다. 〈박혁거세왕 신화〉에는 하늘의 신성성을 말과 닭 등의 토템신이 나누고 있으며 지모신적 존재들이 확인되는 등 애니미

---

68) 異氣如電光垂地, 有一白馬跪拜之狀, 尋撿之, 有一紫卵(一云 靑大卵), 馬見人長嘶上天.「新羅始祖赫居世王」,『三國遺事』.

69) 加藤常賢,『中國古代文化の硏究·中國古代の宗敎思想』, (東京: 二松學舍大學 出版部, 1980), 58-59면. 장영백, 앞의 논문 11면에서 재인용.

70) 時人爭賀曰, 今天子已降, 宜覓有德女君配之.「新羅始祖 赫居世王」,『三國遺事』.

즘부터 토템적 신, 지모신(地母神) 관념이 보인다. 신라에 신적 존재가 다양하게 전승했던 이유는 혁거세왕이 이전 단계의 사회인 사로 6촌을 효율적으로 통합하지 못했기 때문이었을 가능성도 있다. 또 혁거세왕 이전의 〈사로 6촌장 신화〉도 분명 천강모티브를 가지고는 있지만 하늘이 부계신(父系神)이나 확고한 인격신(人格神)으로 나타나지는 않는다. 이러한 관계를 중국에 비교해보면 은(殷)나라의 경우에 최고신이었던 상제(上帝)도 그 공동체를 늘 수호하는 신은 아니었으며 자연 운행의 주재자로서 제사 등으로도 그의 마음을 바꿀 수 없었다[71]고 한다. 또 제(帝)는 부계신(父系神)도 아니었다.

〈김알지 신화〉에서는 자색구름이 하늘에서 땅까지 드리워져 있고 구름 가운데 금궤가 나뭇가지에 걸려 있다고 하는 모티브에서 그가 하늘과 관련되어 있음을 알 수 있다. 그러나 하늘은 인격적인 신이라거나 부계신(父系神)으로 나타나지 않는다.

이 신라·가야권 신화에서는 가부장적(家父長的) 신보다는 아직 모신(母神)의 신성성이 유지되고 있는 모습이 발견된다. 혁거세왕의 아들인 남해왕이 혁거세왕의 사당을 세우고 사시(四時) 제사하도록 하되 이를 누이 아로(阿老)에게 맡겼다고 한다. 아직 여성 제사장으로서 권위가 사라지지 않았음을 알 수 있다.

② 인격화된 지고신(至高神)

신화에서 하늘이 나타나는 또 다른 방식은 인격화된 모습의 지고신(至高神)이다. 역사적으로 볼 때 지고신에 대한 신앙이 성문화되고 영속화되는 것은 사회통합이 상당히 진전된 수장국(首長國, chiefdom)단계,[72] 다른 말로 군장사회(君長社會)다. 지고신은 황천(皇天), 상제(上帝) 등으로 불리웠으며 그의 명(命)은 어길 수 없기에 인간은 이에 따라야 했다. 그러

---

71) 김승혜, 앞의 책, 64면 참조.
72) 『한국사』 2, 317면.

나 이들이 아버지신으로 설정되어 있다고 보기에는 충분하지 않다. 동부여의 금와왕(金蛙王)은 생물학적 부모가 나타나지 않는다. 산천(山川)에 기자(祈子)의 제사를 지내 얻은 아들로, 아버지 해부루는 하늘이 후손을 내렸다고 생각한다. 하늘이 명한 것을 인간이 받아 들여야 한다는 생각을 하고 있음을 볼 수 있다. 그러나 금와왕의 아버지로 하늘이 설정된 것은 아니며 후에 해부루에게 천도(遷都)를 명한 천제도 아니다. 해부루 정권의 움직임을 볼 때, 천신(天神)의 기능이 당시 사회에서는 정치적 효용과 관계됨을 보게 된다. 천신(天神)은 보편적인 자연이 아니었다. 천제(天帝)는 자신의 자손에게 나라를 세우게 할 터이니 그 자리를 내주고 다른 곳으로 가라고 명한다. 여기서 천제는 정치적으로 고구려의 시조와 맞닿아 있는 천신이다. 따라서 금와왕을 해부루에게 보낸 천(天)은 고구려의 천제(天帝), 천손(天孫) 관념과 이어진 천신이 아니며 해부루집단을 위한 천신이었다. 천제를 부계신(父系神)으로 인식하는 관념이 고대사상에서도 후대적인 것이고 또 이 동부여 조목이 고구려에 정치적 무게중심이 주어져 있음을 감안할 때, 금와왕을 해부루에게 아들로 보내 준 천(天)은 고구려의 정치 이데올로기와 맞닿아 있는 천신(天神)과는 다른 존재이다. 확실한 것은 해부루집단의 천(天)은 그 공동체를 위한 천(天)이되 아란불이 꾸었다는 천제꿈에서 인격성이 발견되는 만큼, 금와왕 신화에서의 천신도 인격화된 신이었을 것으로 보인다. 또 인간이 그의 명을 거스를 수 없는 지고신의 모습을 가지고 있다.

〈김수로왕 신화〉에서는 구지봉에 여러 사람들이 모여 있을 때 어디선가 부르는 이상한 소리가 들렸다[73]고 한다. 스스로를 말하기를 황천(皇天)이 수로 자신을 명하여 이곳에 임하도록 하였다[74]는 것이다. 붉은 줄이 하늘로부터 드리워져 땅에 닿았다[75]는 모티브나 구간(九干) 등이 수로왕에게

---

73) 有殊常聲氣呼喚, 衆庶二三百人集會於此. 「駕洛國記」, 『三國遺事』.
74) 皇天所以命我者, 御是處, 惟新家邦, 爲君后. 「駕洛國記」, 『三國遺事』.
75) 唯紫繩自天垂而着地, 「駕洛國記」, 『三國遺事』.

올린 말 중에 '大王降靈已來'라고 한 점, 허왕후가 수로왕에게 하는 말에서 황천상제(皇天上帝)가 꿈에 나타나 수로왕을 보냈다거나 수로왕 스스로가 자신이 하늘이 명하여 내려왔음[76]을 말하는 데서 이 당시 사람들이 수로왕을 하늘로부터 내려온 자로 인정하고 있었음을 알 수 있다.

허왕후는 아유타국(阿踰陁國)의 왕과 왕비가 생물학적 부모로 되어 있다. 이들은 딸을 배에 태워 바다에 띄워 보내는데 이 모든 것에 대해 명(命)을 내리는 존재는 인격화된 황천상제(皇天上帝)이다.

③ 부계화(父系化)된 천신(天神)

〈단군 신화〉와 고구려 〈동명왕 신화〉에서 신화의 주인공에게 신성성을 전달해주는 기능을 하는 신으로 천신(天神)이 설정되어 있음은 이미 알려진 바이다. 이들은 천신에 더하여 부계신(父系神)으로 나타난다. 천신(天神)을 아버지로 삼는다는 의식은 당시 사회에서는 획기적이었던 것으로 보인다. 『삼국유사』나 『삼국사기』의 기록만으로도 고구려의 시조가 비류국 송양(松讓)과 부여의 해부루 등과 세력을 다투고 그 영역권에서 밀어내는데 천손(天孫) 관념을 정치 이데올로기로 구사하고 있음을 볼 수 있다.

고조선의 경우도 기존 정치체를 통합하는 과정에서 천신을 부계화하면서 정치적 기회를 극대화하였다. 기존 연구에 따르면 사회통합이 진전되지 않은 단계에서는 비록 지고신에 대한 관념이 존재한다고 하더라도 사회적 기능을 발휘하는 것은 하위의 영적 존재들[77]이라고 한다. 고조선에 흡수된 선주민들은 천신을 믿었다기보다는 곰신과 호신(虎神)을 그들 부족의 신으로 숭배하였을 것이다. 이러한 기존의 지역 정치체를 통합하기 위해서 고조선 정권의 주체집단은 천신의 신성성을 취하고 이를 부계화하였다. 여기서 신성(神性)의 우열이 감지된다. 신화에서 환웅과 곰, 호랑이, 웅녀의 관계는 일방적인 환웅의 우세로 나타난다.

---

76) 朕降于玆天命也, 配朕而作后, 亦天之命. 「駕洛國記」, 『三國遺事』.
77) 『한국사』 2, 317면.

제주도 〈삼을나 신화〉에서는 삼을나가 신인(神人), 신자(神子)로 표현되고 있다. 배우자들 말에 나타난 바로는 삼을나가 신의 아들로 여겨졌음[78]을 볼 수 있어 하늘로부터 강림했다는 의식을 가지고 있었음을 볼 수 있다. 여기서 신(神)은 물론 천신(天神)이었다.

(3) 땅에 대한 인식

땅에 대한 고대 관념은 참으로 풍부하다. 땅이 주는 느낌과 이미지는 여러 상징물로 표현되었다. 상징물을 보면 첫째 신성한 어머니이다. 이집트신화처럼 땅이 남성으로 표현되는 문명이 없지는 않지만 대체로 땅은 여성으로 그리고 어머니로 표현되었다. 그리스의 가이아를 비롯하여 많은 문명권에서 땅은 신성한 어머니로 인식되었다. 신성한 어머니들의 기능은 매년 삶을 부활하게 하여 죽음으로부터 풍요로움을 다시 불러일으키고 생명을 탄생하게 하는 일이다. 고고학적으로 발견된 지모신상[79]들은 부른 배에 손을 얹고 있거나 아이를 낳고 있는 모습, 아이를 안고 있는 모습, 하늘의 힘을 받아 피조물에게 전하는 모습, 유달리 하체가 발달한 모습 등을 하여 탄생과 관련을 맺고 있음을 볼 수 있다. 종족에 따라 지모신은 태초부터 있었기 때문에 창조될 필요가 없는 존재[80]라고도 한다. 중국에서도 서왕모나 여와가 남성 중심의 사회 이전 단계의 기록에서는 남성신을 보조하는 역할을 하는 것이 아니라 세계를 대상으로 자신들의 질서를 주도적으로 펼치는 형상으로 묘사되었다고 한다.[81]

---

78) 西海中嶽降神子三人.「耽羅懸」,『高麗史』, 제57권.
79) 세르기우스 골로빈 외,「위대한 모신(母神)」,『세계신화 이야기』, (이기숙·김이섭 옮김, 서울: 까치, 2001. 6)에서 지모신상을 볼 수 있다.
80) 앞의 책 72면.
81) 중국 여성신의 역사적 인식에 대한 연구는 다음을 참고할 수 있다. 이성구, 앞의 책, 197-198면. 金貞仁,「中國 神話의 女神 硏究」, 연세대 중어중문학과 석사학위논문, 1996. 6.

둘째, 땅은 땅에 부속된 여러 사물로 표현되었다. 이들은 지모신적 이미지를 가지고 있는 사물들이었다. 원형(原型, archetype)이론 연구자에 따르면 이러한 사물들도 결국 인간적 형태의 지모신이 나타나기 전(前) 지모신 원형을 지닌 소재들이라고 한다. 생식석(生植石)이라든가 땅의 속성을 닮은 동물들이 대표적인 예이다. 땅이 지닌 기능과 그로 인한 이미지는 여러 가지 소재로 파생되었다. 구체적으로 한국신화에서 땅이 어떠한 모습으로 인식되었는지 살펴보겠다.

1) 산실(産室)로서 자궁(子宮)

① 땅 자체

땅은 탄생의 장소인 땅 자체로 표현되었다. 〈삼을나 신화〉나 〈김수로왕 신화〉에서 신화의 주인공은 땅에서 바로 탄생한다. 하늘의 명(命)에 따라 땅으로부터 탄생하는 모습이 관찰된다. 일연의 각주를 살펴보면 삼을나는 모흥굴이라는 굴에서 의례를 치른 후, 땅에서 용출(聳出)한 것으로 여겨졌다.82) 땅이 탄생의 장소, 산실(産室)로 사용되고 있다.

〈김수로왕 신화〉의 탄생담에서도 생물학적 부모는 나타나지 않는다. 그는 백성들에게 자신의 탄생을 구하는 노래를 하고 춤을 추면서 구지봉 정상(頂上)의 흙을 파라고 명한다. 그리고 그는 하늘에서 내린 끈의 아래에 달린 금합자(金合子)에서 알로 출현한다.83) 삼을나의 경우와 마찬가지로 하늘의 명으로 이곳에 내려왔다고 여기면서도 정작 탄생은 땅으로부터 이루어지는 천명지출(天命地出) 방식의 의례를 치른다. 이처럼 일어난 일, 실제 행위와 이를 인식하는 사람들의 의식이 일치하지 않는 예들이 신화

---

82) 太初無人物, 三神人從地聳出, (其主山北麓, 穴曰, 毛興是, 其地也.) 長曰, 良乙那, 次曰, 高乙那, 三曰, 夫乙那. 「耽羅縣」, 『高麗史』 제57권.

83) 唯紫繩自天垂而着地, 尋繩之下, 乃見紅幅裏金合子. 開而視之, 有黃金卵六圓如日者. 「駕洛國記」, 『三國遺事』.

적 사회에서는 비일비재하다.

〈박혁거세왕 신화〉는 땅으로부터 탄생하는 모습이 직접적으로 그려져 있지는 않다. 하늘로부터 하강한 알에서 탄생한 것으로 인식된다. 말이 하늘에서 하강하였다는 점에서 혁거세왕이 하늘이라는 신성계와 관련 있는 인물임을 알 수 있지만 산의 숲 속 우물 옆[84]에서 태어났다고 한 사실을 볼 때 땅에서 탄생하였음을 보게 된다. 〈김수로왕 신화〉나 〈삼을나 신화〉에서처럼 천명지출적 의식을 가지고 있음을 확인할 수 있다.

이상과 같이 탄생의 장소로서 땅은 땅 자체로 표현되어 인격화된 현상을 찾아보기 어렵다. 만물의 탄생 장소로 땅을 인식하고 있었으나 이 관념이 어머니신이라는 인격화된 존재로까지는 이르지는 않고 있다.

② 자궁(子宮) 이미지의 사물

하늘이 숭배의 대상이었지만 망망한 하늘을 숭배했다기보다는 태양이나 달, 별, 천둥, 번개 등 구체적인 사물이나 현상이 숭배되었던 것처럼, 땅도 마찬가지로 그 부속물이 땅을 상징하였다. 땅을 상징하는 사물들은 거의 탄생과 양육의 이미지를 지닌 사물 소재로 나타난다. 이들은 어머니로서 땅을 대리한 자궁적 장소로 여겨진 것이다.

돌이 탄생의 장소로서 신성한 땅의 역할을 하고 있는 예가 금와왕의 탄생담에 나타난다. 금와왕이 탄생한 바를 보면 생물학적인 어머니가 등장하지 않는다. 금와가 출현하는 장소는 커다란 돌 밑이며 그는 금색 개구리로 인식되었다. 그가 하늘에 내려준 자식으로 여겨졌음에도 탄생 자체는 돌과 관련되어 있다는 사실은 무엇을 말해주는가? 이는 이 탄생이 육체적 탄생을 보여주는 것이 아닌 의례적 탄생임을 뜻한다. 돌은 땅이라는 태내에서 자라난 태아의 이미지를 가지고 있으며 탄생과 연루된다.[85] 돌신앙은 오

---

84) 楊山下蘿井傍, 『三國遺事』. 望楊山麓, 蘿井傍林間, 『三國史記』.
85) 다음 연구에서 돌이 대지의 자식, 태아로 여겨진 관계를 볼 수 있다.
　　Mircea Eliade, 「제4장 지모(地母), 생식석(生植石)」, Forgerons et Alchimistes,

래된 역사를 가지고 있으며 돌이 신 자체는 아니지만 신성한 힘을 지닌 것으로 여겨졌다.[86] 탄생의 장소가 돌과 관련된 금와의 탄생담은 고형(固形)의 입사의례 면모를 보여주고 있다. 이러한 탄생은 일상적인 출산의 모습이 아니며 새로운 존재로의 변환을 뜻하는 입사의례적 탄생이다.

〈탈해 이사금 신화〉에서 탈해는 석총(石塚) 속에서 7일을 머무르는 의례를 치른다. 여기서 석총도 〈금와왕 신화〉의 탄생석과 같은 기능을 한다. '탄생'이라는 자궁의 기능을 하는 땅의 일부로 나타난다. 돌은 곧 땅이었고 땅이 지닌 신성함을 표상하고 있다.

탄생담을 보면 신화의 주인공들이 어디에선가 머물렀다가 탄생한다. 이는 곧 자궁을 상징하며 다른 문명권의 의례에서는 아예 어머니의 태반처럼 숫양의 위막(胃膜) 등을 뒤집어쓴다[87]고 한다. 어디서부터인가 나오는 것을 탄생으로 여겼으며 이 산실로서 자궁을 상징하는 소재들은 지모신(地母神) 관념에서 파생된 이미지이다. 알에서 나온 동명왕, 혁거세왕, 김수로왕, 탈해 이사금이나 궤나 함에서 나온 김알지, 삼을나의 세 배우자를 예로 들 수 있다. 또 알이나 아이의 상태에서 궤나 함에 들어가 있던 예가 중복되어 있음을 우리 신화에서 볼 수 있다. 성스러운 지역의 외딴 집도 마찬가지로 사건이 발생되는 장소이다. 이들은 양육과 탄생의 산실로서 자궁이미지의 의례적 장소이자 소재였던 것이다.

2) 동물계 지모신(地母神)

〈박혁거세왕 신화〉의 알영 탄생담과 〈단군 신화〉에서는 동물이 지모신

1977, 『대장장이와 연금술사』, (이재실 옮김, 서울: 문학동네, 1999).

86) 돌은 후대 서사문학에서도 신적 질서를 표상하는 소재로 등장한다. 다음 연구는 신화를 계승한 후대 문학에서 돌이 지닌 의미를 밝히고 있다. 길태숙, 『〈밭매기 노래〉에서의 죽음에 대한 신화적 해석』, 연세대 국어국문학 박사학위논문, 2002. 2. 54-59면.

87) 시몬느 비에른느, 앞의 책, 66면.

62

(地母神)을 표상하고 있다. 단군의 어머니인 웅녀가 신적 존재였던 사실은 기존 연구에서 여러 차례 다루어졌으며 단군 신화의 웅(熊)은 동물인 곰을 표기하기 위해 사용된 것이 아니라 신(神)을 뜻하는 우리말 '금~ᄀᆞ무'를 표기하기 위한 차자로 사용되었을 것[88]이라고 한다. 그렇다면 '신'이라는 의미와 실제 동물인 곰이 무슨 이유로 서로 결합되었을까?

신화시대에 숭상되던 동물들이 대체로 동면(冬眠)을 하는 동물인데 곰도 그러하다. '신'이라는 의미와 동물인 곰이 서로 연결된 데는 이러한 이유가 있었을 것이다. 곰의 동면과 봄에 깨어남은 입사의례의 죽음과 재생 상징들과 부합된다. 동면을 땅에서 한다는 점에서 곰을 '땅'으로 또 땅이 어머니이자 탄생의 장소이었기에 곰 역시 지모신적 상징물이었던 것이다.

또 알영의 탄생 매체로서 계룡은 기록이 소략하여 구체적 속성을 알 수는 없지만 신성한 존재로 여겨졌던 분위기는 읽을 수 있다. 계룡이 닭과 연결되는 측면이 없지 않다. 관련 고고학적 발견을 눈여겨 볼만하다. 치마를 입은 닭이 그려진 신라 토기나 계란이 발견된 고분 등을 통해서 혁거세왕 등장시기 즈음의 신라 해당지역에서는 닭이 신성한 존재로 여겨졌음을 알게 된다. 〈김알지 신화〉에도 닭이 등장하는 등 닭은 신수(神獸)였다. 계룡은 닭과 관련된 상상적 동물일 가능성이 있다.[89]

민긍기는 계룡을 금와왕이 곤연의 대석(大石)에서 탄생하는 메커니즘과 일치하는 것으로 보았다. 대석이 계룡으로 대치되었을 뿐이라는 것이다. 이렇게 되면 계룡은 동물적 존재라기보다는 대석과 마찬가지로 신화의 주인공을 탄생시키는 천지창조가 이루어진 대지의 중심을 뜻하게 된다.[90]

---

88) 초기 연구자 최남선(崔南善)은 '가' 又 '감'에 大人·神聖人 등의 뜻이 있다고 보았다. 「壇君 及 其研究」, 『別乾坤』 3의2, 1928. (李基白 編 『檀君神話論集』에 재수록, 20면.) 민긍기는 '금~ᄀᆞ무'가 지모신을 뜻하는 우리말이라고 보았다. 「地名이 생성되는 틀」, 『昌原都護府圈域地名研究』, (서울: 景仁文化社, 2000. 8). 96면.

89) 신라의 유물 중 신구(神龜, 경주 미추왕릉지구출토, 서수형(瑞獸形)토기, 국립경주박물관 소장.)를 표현한 것이 있는데 거북과 용의 형상을 합쳐놓았다. 계룡도 이러한 유의 상상 동물이었을 것이다.

따라서 계룡은 땅과 등가적 존재가 된다.

계룡이 신성한 땅의 표상이되 이와 더불어 탄생의 장소로서 설정된 것은 의례적 과정을 반영한다. 다른 문명권의 신화에서 '괴물이나 이물의 뱃속에 머무르기'에 상응한다고 본다. 괴물이나 이물의 내부에서 빠져 나오는 것은 모종의, 탄생에 대한 의례적 행위로 볼 수 있다. 괴물, 이물의 내부는 신화의 주인공에게 새로운 능력을 획득하는 장소였다.

3) 인격화된 모계신(母系神)

땅이 인격화된 여성신으로 나타나는 신화로는 고구려 〈동명왕 신화〉의 유화(柳花)를 들 수 있다. 아버지가 하백(河伯)이어서 수신(水神)이라고도 하지만 결국 지신(地神)의 유이다. 신화에서 물과 땅은 같은 기능을 하며 그렇게 때문에 같은 범주로 여겨져 왔다. 원초적 물과 원초적 땅은 동류이며 하늘에 대(對)가 되는 짝이다. 물이나 땅에서 신화의 주인공이 탄생한다. 유화는 특히 보리종자 혹은 오곡 종자를 주몽에게 건네줌으로써 곡모신(穀母神)[91]으로 생각되기도 하였다. 땅이 내는 생산과 풍성함이 어머니 이미지와 겹쳐지고 있다. 이 어머니신은 하늘을 상징하는 남성신과 짝을 이룬다. 버들신으로서 유화는 그 이미지가 상당히 오래된 신이다. 버들잎에 관련된 신화가 동북아시아에 적지 않으며[92] 버들이 생명의 원천인

---

90) 민긍기, 「영웅신화 주인공의 탄생에 대하여」, 『檀山學志』 제7집, 전단학회, 2001. 12. 88면. 이 연구는 계룡을 동물로 보고 있지 않다. 용(龍)을 천지창조가 이루어진 대지의 중심을 뜻하는 '믈~무르'를 표기하기 위한 차자로 사용되었다고 한다. 계룡이 동물적 존재로 인식된 것은 〈단군 신화〉의 곰과 마찬가지로 〈박혁거세왕 신화〉가 후대로 전승되면서 계룡의 용으로 차자표기된 '믈~무르'가 천지창조가 이루어진 대지의 중심을 뜻하는 우리말이라는 사실을 망각했기 때문이라고 보고 있다.

91) 김열규, 『韓國의 神話』, (서울: 일조각, 1976 초판, 1995 중판), 38면.

92) 아래의 논문은 요(遼), 금(金), 명(明)·청(淸)시대의 만족(滿族)의 버들신 신화를 소개하고 있다.
    王宏剛·魏洪彬/장춘식 역, 「만족(滿族) 샤머니즘의 버들 숭배와 문화적 의미」,

64

시조모(始祖母)로서 남성(男性) 천신(天神)으로 교체되기 이전의 신 관념을 보여준다.[93] 이와 같은 고대적 이미지의 대여신이 가부장제와 관련된 천신족(天神族)과 관련을 맺게 되면서 고구려신화가 형성되었다. 고구려 〈동명왕 신화〉는 이러한 풍요로운 여신의 이미지를 끌어오고 천신의 짝으로 만든다. 버들신이 물과 관련된 신화들도 있어 유화가 수신(水神)계열의 신이 되는 것에 별 장애는 없었을 것이다. 〈동명왕 신화〉는 탄생과 양육의 장소로서 땅의 이미지를 인격신화(人格神化)함으로써 신정국가(神政國家)의 정당성을 구하고 있다. 고구려가 여러 정치체와 경쟁해야 하는 과정에서 천신을 아버지로, 대지의 이미지를 지닌 시조모(始祖母)를 어머니로 삼으면서 고구려의 건국주는 새로운 사회를 여는데 중심적인 역할을 할 수 있었다. 주몽이 오이 등 세 사람과 함께 엄수(淹水)에 이르러 축원하는 대목에서, 주몽이 자신을 어떻게 인식하고 있었는지를 명확하게 볼 수 있다. 천제(天帝)의 아들이며 하백의 손자라는[94] 말로 자신의 정체성을 표현하고 있다.

참고로 〈탈해 이사금 신화〉에서는 특별히 절대신의 속성이 구체적으로 드러나지는 않는다. 『삼국유사』의 기록에서만 탈해 이사금의 부모가 '禱祀求息' 하여 대란(大卵)을 낳는 것으로 나타난다. 여기에서는 탈해 이사금의 부모로 함달파(含達婆)왕과 적녀국(積女國) 왕녀가 생물학적 부모로 등장하고 있으며 이들이 자식 낳기를 기원하는 장면에서 신성한 존재를 숭배하는 사상이 있었음을 볼 수 있다. 그러나 그 대상에 대해 알 수 있는 실마리는 부족하다. 그의 신분을 나타내는 말로는 용왕의 아들이라는 것과 자신이 스스로 야장(冶匠)이었다고 하는 데서 당시 사회에서 불을 다루는

『동북아 샤머니즘 문화』, 전북대 인문학연구소, (서울: 소명출판, 2000. 6).
93) 王宏剛·魏洪彬은 앞 논문에서 버들잎에 대한 숭배는 '어머니만을 알고 아버지를 모르'던 원시 초기의 모계사회에서 생겨난 종교 관념이라고 하였다. 407면.
94) 蒙與烏伊等三人爲友, 行至淹水(今未詳), 告水曰, 我是天帝子·河伯孫, 今日逃遁, 追者垂及, 奈何. 「高句麗」, 『三國遺事』.

신인 야장신을 숭배했음을 알 수 있다. 야장신은 철 등의 금속을 다루는 신이고 그 대상인 금속은 지모신(地母神)의 태아(胎兒)에 비유되어 온 역사를 지니고 있다.[95] 결국 지신(地神)적인 신성함을 지니고 있다. 그리하여 그는 육지에 도착해서도 땅의 자궁에 해당하는, 죽음과 변화의 공간인 돌무덤에 들어가 의례적 행위를 수행하였다. 그러나 용왕의 아들이었다는 코드가 그의 혈통에 대한 단일한 설명을 어렵게 한다. 다만 확실한 것은 용왕계열이든, 야장신의 계열이든 신성성의 표상으로서 신적 존재임은 분명하다. 그러나 탈해의 부모가 자식 얻기를 위해 기도했던 대상신이 인격화된 신이었는지는 확인할 수 없으며 천신(天神)인지, 산천신(山川神)이나 해신(海神), 야장신(冶匠神)인지도 현재로는 알아내기 어렵다.

대부분의 신화에서 하늘과 땅은 신성한 존재로 나타나지만 늘 생물학적 혈통관계로 나타나는 것은 아니다. 하늘과 땅이라는 기본적이고 쌍분적인 요소를 중심으로 나타나지만 그 구체적 상징은 여러 가지 소재로 파생되어 나타난다. 문면에 나타나는 구체적 상징은 다음과 같다. 천신은 애니미즘 성향의 자연적 존재이거나 아버지신으로, 그리고 아버지는 아니지만 지고적(至高的) 존재로 인식되었다. 신성한 권위를 지닌 천신이 세상의 위에 있으며 인간은 그 명(命)을 따라야 한다는 사상은 고대국가가 정비되고 부계사회가 확고해지면서 형성된 것으로 보인다. 북방의 신화인 〈단군신화〉와 고구려 〈동명왕 신화〉에서 이러한 사상이 다른 지역의 신화에서 보다 활발하다. 신라권 신화는 부권적(父權的) 신이 확고해지기 전의 신 관념이 나타난다. 그리고 지고신의 자리를 차지한 남신(男神) 이전의 여신들이나 토템 관념에 근거한 신 등 다신적(多神的) 신 관념을 볼 수 있다.

땅의 경우는 하늘보다 더 많은 상징을 가지고 있다. 아마도 인간이 땅 위에서 생활하고 그 소산을 취해 온 지가 오래되었기 때문이겠다. 땅이 가진 기능을 중심으로 형성된 이미지는 탄생과 죽음이다. 땅은 탄생과 양육

---

95) Mircea Eliade 1977, p.10.

의 장소로 인식되었다. 취해진 소재적 표상은 땅 자체, 돌, 동굴, 동물, 인격화된 어머니신의 모습 등이다. 탄생의 용기(用器, vessel)로 인식되었다.

땅은 새싹을 티우는 어머니이기도 하지만 다 성숙한 후에 돌아가야 할 마지막 장소, 무덤이다. 용기(用器)로써 땅의 상징은 탄생의 장소로서 자궁만이 아닌 죽음의 장소로도 그 상징이 뻗어나가 있다. 석총이나, 알, 궤, 석함, 상자 등은 모두 지모신 이미지에서 파생된 소재들이다. 이들은 죽음의 공간이면서 다시 소생되기를 기다리는 공간이다.

논리적으로만 본다면 신화의 주인공들은 땅에 묻혔다고 명시되어야 한다. 그렇지만 신화에 그들이 땅에 묻혀 죽은 것으로 나타나지는 않는다. 그 이유는 무엇일까? 천신 관념이 발달했기 때문이다. 가부장제가 태동하면서 천신은 남성이 되었고 우월한 존재로 자리 잡았다. 이러한 세계관에 따르면 신화의 주인공인 남성들은 모두 하늘로 돌아가야 마땅했다. 그러나 물리(物理)의 세계에서 사람이 하늘에서 죽을 수는 없는 것이 사실이므로 신화시대 사람들은 이를 표현하는 방식을 고민했을 것이다. 결국 선택한 방식은 죽은 육체는 땅에 있으나 그 존재의 핵심인 정체성, 정신 혹은 영혼은 하늘에 소속되어 있다는 것이다. 그리하여 신화의 주인공들은 하늘로 올라간 것으로 인식되면서도 육체는 땅에 묻히게 된다.

다만 천부지모의 틀이 적극적으로 지배 이데올로기화 되었던 〈단군 신화〉나 고구려 〈동명왕 신화〉에서 신화의 주인공은 몸을 땅에 두지 않는다. 그들은 하늘로 온전히 올라간 존재로 그려진다. 하늘이 지닌 막강한 권위가 인정되면서 지상(地上)의 최고 권위자인 왕이 돌아가야 할 곳으로 하늘이 설정되었다.

고대신화에서부터 하늘과 땅은 고대국가 형성과 관계가 있으며 모든 신화에서 하늘의 지위가 좀 더 우세하다. 땅은 여성적 존재이되 하늘보다 덜 신성한 존재로 나타나기 시작하였다. 그러나 정치와 관련이 덜한 설화에서 질서적 존재로서 여성신들이 발견되고 있는데 이로써 선주민(先住民)이나 피지배층 사이에 존재하던 신 관념을 알아볼 수 있다. 이러한 신을 보면 성별로는 여성신이 적지 않다. 각종 산신과 자연신이 여성으로 설정되어 있음을 볼 수 있다. 그러나 일련의 한국 고대신화에서는 신성성이 정치권력의 밑거름이 되면서 하늘이 지고신(至高神)으로 자리 잡아 가고 있는 모습을 볼 수 있다. 땅은 돌이나 동물 같은 구체적 몇몇 소재로 나타나다가 하늘의 신을 보완하는 역할을 하는 인격적인 여신이자, 어머니신으로 변화한다. 이들은 신화의 주인공을 낳는다는 측면에서 동일한 기능을 한다.

　마지막으로 신화의 신은 후대에 발달한 무속신(巫俗神)과는 다른 속성을 지닌다는 사실을 지적하고자 한다. 무속신은 일개 개인의 신분에서 신성성을 획득해 가는 과정을 거쳐 신에 이르지만 신화의 신은 신성성을 탄생으로부터 보장받는다. 그리고 신화에서 신화의 주인공은 개인이 아닌 세계이다. 공동체는 이 신화의 주인공을 통해 세계를 보았으며 자신들의 집단을 세계의 중심으로 여겼다. 신화의 신들은 개인들에게 복록(福祿)을 주는 무속신과는 다른 역할을 하였다.

2.2. 인간사회

　신화의 특징 중 하나가 신화의 주인공이 등장하기 전 인간사회의 상황이다. 절대신들이 대리자를 보내거나 명(命)을 내려 신성계(神聖界)의 의지를 드러내는 한편, 인간사회에서는 신화의 주인공을 필요로 하는 상황이 설정된다. 신성계와 교통하고 물리적 세계를 제어할 수 있는 신적 존재야말로 인간사회를 풍요롭게 해 줄 수 있기 때문이다. 따라서 신의 탄생 이전의 인간사회는 '있어야 할 존재', '결핍을 채워 줄 존재'의 필요가 증대되어 있다. 이러한 신적 질서의 결핍 상황이 여타 서사 장르에서보다 강화되어 있다.

　〈박혁거세왕 신화〉와 〈김수로왕 신화〉에서는 인간사회를 제대로 이끌어 줄 군장(君長)이 필요한 사회적 상황이 나온다. 또 알영과 허왕후, 삼을나 배우자의 탄생담에서는 신화의 주인공이 인간사회를 대상으로 그들이 지닌 신적 질서를 펴는 것을 보완하는 배우자 역할을 한다. 배우자를 맞는 일은 개인적인 일이 아니라 공동체의 관심사였던 만큼, 인간사회에서는 이들의 결핍을 채워야한다고 생각했으며 그들의 도래를 염원하였다.

〈탈해 이사금 신화〉에서 탈해는 이미 왕이 있는 사회에 도래했기 때문에 바로 왕위에 오르지는 않는다. 그러나 남다른 지혜로움을 알아본 남해왕은 탈해를 자신의 딸과 혼인하게 하며 후일에는 왕위에 오른다. 성스럽고 지혜로운 자가 왕이 되어야 하는데 여기에 적합한 인물로 여겨졌기 때문이다.

〈금와왕 신화〉에서 금와왕은 후사(後嗣)가 필요한 해부루집단의 요청에 의해 출현하였다. 여기에서 후사(後嗣)의 출현은 공동체의 운명과 관련이 있기 때문에 개인적 사건이 아니며 생물학적 아들보다 더 중요한 인물로 인식되었다.

고구려 〈동명왕 신화〉의 주몽과 〈단군 신화〉의 단군은 상대적으로 다른 신화의 주인공들보다 적극적으로 건국의 주역으로 기능한다. 이들은 사회에 자신들의 필요성을 창출한다. 신성한 존재인 자신들이 마땅히 왕으로 요청되는 상황을 스스로 만든다. 이미 부모로부터 신성성을 전이받은 터라 건국을 통해 자신들의 질서를 펼칠 자격이 있음을 입증한다. 특히, 동명의 건국은 다른 신화의 신과 달리 주변 상황이 적대적이었다. 그럼에도 불구하고 자신이 지닌 신성한 힘과 기술로 주변을 제압하며 결국 스스로 건국주(建國主)가 된다. 이러한 상황을 고구려 건국 시 송양과의 대결과정에서 신성성 우위논쟁, 강을 건너며 일월지자(日月之子)임을 드러내는 데서 볼 수 있다. 자신들을 마땅히 인간사회에 필요한 존재라고 여겼다. 단군도 동명과 마찬가지로 신성한 존재이기 때문에 건국주(建國主) 자격이 있음을 의심받지 않는 것으로 나타난다.

2.3. 신화의 주인공

고대 기록들을 보면 신적 존재가 건국신화의 신에 국한되어 있지 않음을 볼 수 있다. 여성신의 존재나 귀(鬼)나 혼(魂)과 같은 다양한 층위의 신적 존재들을 발견할 수 있다. 그러나 여러 이유로 이들은 서사화되지 않았으며 서사화된 신화들은 대부분 정치와 관련이 긴밀하다. 한국의 신화를 건국신화로 부르기도 하듯, 신화의 정치적 성격은 분명하다. 신화의 주인공들이 정치적 수장이었음은 거의 의심의 여지가 없다. 단군은 조선의 수장(首長)이었으며 동명왕은 고구려와, 혁거세왕은 사로국, 김수로왕은 가락국의 수장이었다. 삼을나도 해당 정치체의 수장의 면모를 보여준다. 금와왕도 해부루 이후 부여의 왕위를 계승했으며 탈해도 신라의 4대 이사금이 되었다. 다만 김알지가 정치적 수장이라기보다는 대보(大輔)라는 고급 관료 정도였다. 그러나 〈김알지 신화〉가 지닌 정치성은 김씨 후손들의 권력과 관련이 있다. 또 건국주들의 배우자 신화도 건국이나 왕위계승 등 정치적 사건과 연루되어 있다.

이들에 대한 신화는 당대의 여러 뭇 신들 중에서도 선별되어 서사화되었다. 선별, 서사화되고 기념의례에서 기려지는 이유는 이들이 해당 정치체의 생존, 생명력과 관련된 존재이기 때문이다. 인간은 어느 시대에서나 자신들의 존재기반을 공고히 하고 생명력을 보장받고자 한다. 이 당시 개인들의 존재는 공동체와 관련이 깊었으며 개인의 정체성은 공동체 안에서 보장받았다. 따라서 개별적 인간에게 동등한 가치가 주어졌다기보다는 그 당대의 가치, '공동체의 생명력 제고'를 보장할 수 있는 존재인 정치적 수장이 중요하였다. 그렇다면 이들은 어떻게 정치적 수장이 될 수 있었을까? 정치적 수장은 공동체의 생존과 생명력 제고를 위한 기술이 있어야 했다. 고대사회에서 이를 수행하기 위한 사회적 제도로는 제사와 전쟁이었다고 한다. 제사를 통해서 그들의 정체성을 공고히 하고 전쟁을 통해 그들의 영역을 지켜나갔다. 기록을 보면 정기적으로 또 중요한 일이 있을 때 신성한 존재나 조상신의 힘을 빌어 도움을 받으려 하였음을 보게 된다. 각 해당 정치체에서 신성하게 여기던 근원적 존재와 관련을 맺고 있다. 혁거세왕, 김알지, 김수로왕은 하늘로부터 강림한 것으로 여겨졌다. 석탈해는 신성(神性)과 샤먼적 성격을 겸비한 부모로부터, 허왕후와 삼을나의 세 배우자는 신탁을 받고 이의 수행을 명하는 샤먼 역할의 부모로부터, 알영과 웅녀는 동물계열의 지모신적 존재로부터 출현하였다. 금와왕도 세계의 운행을 맡은 천신으로부터 보내진 존재로 나타난다. 더욱이 단군과 고구려 동명왕은 신성한 존재들을 조상화(祖上化)하여 혈연관계로 만든다.

위와 같이 정치적 수장(首長)들은 신성한 세계와 연결되어 있다는 이념을 지니고 있으며 해당 공동체의 결속과 유지에 지배 이데올로기로 기능한다. 실제로 신성계와 소통이 가능하다고 믿기도 하였다. 그리하여 부여에서는 꿈에 나타난 천신(天神)의 공수에 따라 천도(遷都)하였다. 또 동물의 발굽으로 신의(神意)를 구하기도 하였다. 〈단군 신화〉나 고구려 〈동명왕 신화〉에서도 인간사회에 대한 신의 의지를 확인할 수 있다. 이처럼 당시 사람들은 자신들의 사회와 신성계가 서로 교통(交通)한다고 생각하였으며 이를 매개하는 자를 정치적 수장으로 삼았다. 그리하여 정치적 수장은 신성계와 관련이 있는 자여야 했으며 샤먼적 기능을 수행할 수 있어야 했다. 기록에 왕이나 왕족이 직접 제사를 주재하는 예도 그러한 맥락이다. 공동체의 생명력 제고라는 목적을 위해 제사를 주재하는 일은 아무나 할 수 없었다.

신화에서 신화 주인공의 행적은 신성계와 인간사회를 아우르는 존재의 정치적 행적이다. 탄생의 양상은 고대 샤먼의 입사의례 원리를 지니고 있으며 이러한 탄생을 통하여 신적인 능력을 가지고 있음을 공고히 하고 있다.

(1) 입문자의 덕목(德目)

입사의례를 마친 자에게 기대되었던 덕목(德目)은 무엇일까? 신들의 세계와 교통하게 된 인물에게서 사람들은 어떠한 자질을 읽어내었을까? 자료를 살펴보면 이러한 덕목이 바로 성(聖)과 덕(德)과 지(智)임을 알 수 있다. 신화에서 입문의례를 마친 자들을 표현하는 데 있어서 '성'과 '덕'과 '지'가 자주 서술어로 쓰여지는 예를 발견할 수 있다. 이들은 서로 배타적으로 쓰여지지는 않았으며 서로 겹치는 부분이 있다. 그러나 각각의 개념은 인물의 특정 능력을 표현하기 위해 개발된 것이므로 일단 각 개념을 나누어 알아보겠다.

먼저 성(聖)에 대해 알아보자. 중국의 갑골문(甲骨文) 연구자들에 의하면 성(聖)의 갑골문[96]은 특별히 큰 귀를 가진 사람이 입 옆에 서 있는 모양을 상형하며 이 때문에 신의 계시(啓示)나 또는 그 계시를 나타내는 음(音)을 들을 수 있는 예민한 청력의 소지자를 지칭하는 글자[97]라고 한다. 또 성은 청(聽), 성(聲)처럼 귀와 입과 연관된 글자로 이들은 비슷한 의미를 가진 동원자(同源字)[98]라고 하니 '성(聖)한 사람이 소리를 듣는다'는 의미들이 서로 통하였던 것이다. 결국 성인(聖人)은 '신탁을 들을 수 있는 자'라고 할 수 있겠다. 우리 신화에서는 이러한 성(聖)이 어떻게 표현되고 있는지 살펴보자.

〈김수로왕 신화〉에서 허왕후는 자신의 도래이유를 말하면서 부모 꿈에 나타난 상제말씀이 가락국왕(駕洛國王)이야말로 신(神)하고 성(聖)한 사

---

96) 갑골문과 관련된 설명이나 해석은 다음 저서들의 도움을 받았다. 이들은 각각 중국 연구자들의 설명을 인용하고 있어 참고하였다.
朴恩美, 「甲骨文 形符의 變遷過程 硏究」, 연세대, 중어중문학 석사학위논문, 1991. 6.
이성구, 앞의 책. 이규갑, 앞의 논문.
97) 이성구, 앞의 책, 86면.
98) 박은미, 앞의 논문, 32면.

람이라고 했다 한다.[99] 또 수로는 스스로를 일컬어 자신이 생래적으로 성(聖)하여 왕후가 오리라는 것을 알았다[100]고 하는 등 미래를 예지할 수 있는 샤먼임을 입증하고 있다. 여기서 특히 성(聖)하다는 표현은 신의 말을 들을 수 있다고 보아도 큰 무리가 없다. 즉 신의 말을 듣고 자신의 배우자가 도래하리라는 미래의 일을 알게 되었다고 할 수 있겠다.

〈박혁거세왕 신화〉에서는 혁거세왕과 알영을 성아(聖兒)로 표현하고 있다. 이 두 성아를 남산(南山) 서록(西麓) 궁실에 모셨다[101]고 하는데 남면(南面)이 특별한 의미가 있지 않은가 한다. 『삼국유사』나 『삼국사기』 등에 보면 시조제(始祖祭) 등의 제사를 지낼 때 남면을 하거나 단을 남쪽에 쌓고 제사를 지내는 있어 남면이 신(神)과 접촉하는 방향으로 여겨졌음을 알 수 있다.

또 재위 53년에 동옥저(東沃沮)의 사자가 와서 말 20필을 바치며 말하기를, 남한(南韓)에 성인(聖人)이 나심을 듣고 보내 드리는 것[102]이라고 하였다는 기록이 『삼국사기』에 있다. 인근 나라에서도 성인으로 여겨졌고 인정받았음을 알 수 있다.

둘째, 신화의 주인공들은 종종 덕(德)이 있어야 하는 것으로 나타난다. 이 덕은 성(聖)과 마찬가지로 유가적 개념 이전의 것으로 보인다. 관련 연구에 의하면 덕은 유가적 개념으로서 덕 이전에 원초적 관념을 담고 있는 수술방기가(數術方技家)나 그를 철학적 모태로 하는 도가(道家)·음양가(陰陽家)에서의 덕은 주술적(呪術的) 생명력(生命力)이라는 의미를 갖고 있었으며 본래 태양이나 태양의 눈을 가진 상제(上帝)의 광명이 가져다주는 생명력을 의미했던 덕이 훗날 세속군주가 인민에게 베푸는 은덕(恩德)

---

99) 爺孃一昨夢中, 同見皇天上帝, 謂曰, 駕洛國元君首露者, 天所降而俾御大寶, 乃神乃聖, 惟其人乎. 「駕洛國記」, 『三國遺事』.

100) 王答曰, 朕生而頗聖, 先知公主自遠而屆, 下臣有納妃之請, 不敢從焉. 今也淑質自臻, 眇躬多幸. 「駕洛國記」, 『三國遺事』.

101) 營宮室於南山西麓(今昌林寺), 奉養二聖兒. 「新羅始祖 赫居世王」, 『三國遺事』.

102) 五十三年, 東沃沮使者來獻良馬二十匹, 曰, 寡君聞南韓有聖人出, 故遣臣來享. 「始祖 赫居世居西干」, 『三國史記』.

으로 전화103)되었다고 한다. 덕은 현재의 글자로 정착되기 전 초기에 덕
(悳)과 직(直)과 통용되었는데 초문(初文)인 '直'은 모종의 종교적·주술
적 행위를 내포하는 자였다고 추정된다. 즉 눈 위에 주술 관련 장식을 단
모습을 상형한 글자라는 것이다. 덕의 주체를 조상신을 비롯한 천상계의
신이라고도 하며 이럴 경우 덕은 본래 신의 밝은 눈 또는 빛나는 눈을 상
형한 글자가 된다. 특히 중국의 신석기시대 해당하는 유물에는 밝은 눈의
신면(神面)이 발견되며 일월(日月)이 태양의 눈과 달의 눈을 가진 신면
(神面)으로 표현되었다.104)

　　우리나라 신화에서는 〈박혁거세왕 신화〉, 〈김수로왕 신화〉에서 이러한
'덕' 개념을 찾아 볼 수 있다. 여기서 덕(德)은 유교적인 개념이 아니며
일월의 밝음, 특히 태양신의 밝음과 관련되는 개념임을 유추할 수 있다.
혁거세왕이 탄생하자 일월이 조응한다거나 그의 이름이 밝음을 뜻하는 '발
-불'이라는 점, 그가 세상을 밝게 다스렸다는 점에서 태양과 관련되며 재
위 8년에 왜인(倭人)이 군사를 이끌고 와서 변방을 침범하려다가, 시조의
신덕(神德)이 있음을 듣고 도로 가 버렸다105)는 기록에서 그가 덕(德) 있
는 인물로 여겨졌음을 알 수 있다. 왜군이 물러난 것도 이러한 문화코드를
이해하였기 때문이며 혁거세왕은 성인(聖人)이자 덕인(德人)으로 세상의
물리적 한계를 벗어나 빛처럼 모든 것에 이르고 모든 것을 꿰뚫어보는 인
물로 인식되었던 것이다. 더불어 그의 배우자인 알영도 유덕녀(有德女)라
거나 덕용(德容)이 있었다106)고 한다. 덕의 문제를 중국지역과의 연관성
속에서, 그리고 유가적 의미가 아닌 문명 초기적 의미로 해석하면 결국 덕
용(德容)이란 '눈 밝은 이의 자태'인 셈이다. 이러한 경우에 그녀 역시 태
양신과 관련이 있었을 것으로 생각된다. 그리고 알영의 토템으로 여겨지는

---

103) 이성구, 앞의 책, 96면. 104면.
104) 이성구, 앞의 책, 79-81면 참조.
105) 八年, 倭人行兵, 欲犯邊, 聞始祖有神德, 乃還, 『三國史記』.
106) 及長有德容, 始祖聞之, 納以爲妃, 有賢行, 能內輔, 時人謂之二聖, 『三國史記』.

74

닭에 대한 신앙도 태양의 움직임과 관련이 있으며 닭은 태양신의 상징으로도 볼 수 있다.

〈김수로왕 신화〉에서 그의 용모를 묘사하는 데 있어서 눈에 대한 것이 있다. 눈썹이 팔채(八彩)를 띠고 있으며 겹눈동자를 가지고 있었다고 한다. 여기서 눈썹과 겹눈동자는 역시 세상의 물리적 현상 배후의 일을 볼 수 있는 능력을 상징한다. 눈에 대한 묘사는 결국 빛과 태양에 대한 상징이며 유가(儒家) 이전의 덕의 개념과 관련되는 맥락을 볼 수 있다.

또 〈탈해 이사금 신화〉에서는 탈해가 보지 않은 일도 알아내는 에피소드가 나온다. 아랫사람에게 물을 떠오라고 하나 그는 자신이 가져오는 물의 성스러움을 깨닫지 못하고 먼저 마신다. 이에 대한 벌로 그릇에 입술이 붙어 떼지 못하다가 탈해에게 다시는 먼저 맛보지 않겠다는 맹세를 한 후 입술이 떨어지게 된다.[107] 이러한 일은 보지 않은 일도 알아내는 능력으로 덕(德)과 관련시킬 수 있다. 탈해는 보지 않았지만 눈의 주력(呪力)으로 말미암아 알아낸 것이다.

『삼국유사』의 노례왕(弩禮王) 조목에는 탈해와 노례가 남해왕의 왕위를 누가 계승할 것인가에 대한 이야기[108]가 나온다. '凡有德者多齒'라고 하여 덕이 있는 자는 잇금이 많다고 여겨졌으며 왕이 되는 자격을 얻었음을 알 수 있다.

이제 세 번째의 덕목인 '지(智)'에 대해 알아보겠다. 지(智)는 성(聖)과 덕(德)의 결과로서 지혜와 총명함을 뜻한다. 밝은 귀로 신의 말을 듣고, 밝은 눈으로 사람들이 보지 못하는 것을 보는 이는 지혜로운 행동으로 나타난다. 지(智)는 기록에 따라 총(聰)이나 현(賢)과 통한다. 남해왕은 아

---

107) 一日, 吐解登東岳, 廻程次, 令白衣索水飲之, 白衣汲水, 中路先嘗而進, 其角盃貼於口不解. 因而嘖之, 白衣誓曰, 爾後若近遙, 不敢先嘗. 然後乃解. 自此白衣懾服, 不敢欺罔. 今東岳中有一井, 俗云遙乃井是也. 「第四 脫解王」, 『三國遺事』.

108) 朴弩禮尼叱今(一作 儒禮王) 初, 王與妹夫脫解讓位, 脫解云, 凡有德者多齒, 宜以齒理試之. 乃咬餅驗之, 王齒多故先立. 「第三代 弩禮王」, 『三國遺事』.

들 노례왕에게 유언을 하되 '年長且賢者'에게 왕위를 전하라고 한다. 연장
자나 현자(賢者)가 왕위를 이을 적합한 자라는 인식이다. 또 천하가 다스
려지려면 반드시 현인(賢人)이 필요하다는[109] 인식은 고대 중국을 비롯한
동아시아에서 발견되는 제왕(帝王)사상이다.

신화에서 '지(智)'는 신화의 주인공이 신적 질서를 세계에 펼치는 과정
중에 필요한 기지, 꾀, 슬기로 표현된다. 탈해 이사금이나 동명왕의 경우를
대표적인 예로 들 수 있다. 탈해는 호공의 거하던 집을 자신의 것으로 삼
았는데 그 과정은 현대적 상식으로써는 이해하기 어렵다. 남의 집을 거짓
말로 빼앗았을 뿐이기 때문이다. 그러나 당시 사회의 맥락에서 볼 때 호공
의 집은 세계의 중심이 될 만한 자리였으며 그곳을 차지하는 것은 개인적
으로 집을 빼앗는 일이 아니라 세계의 중심을 차지하고 다른 사람으로부
터 인정을 받는 일이었다. 결국 탈해는 꾀로 호공의 집을 빼앗는다. 그러
나 당시에 이는 윤리적으로 문제가 되지 않는다. 그럴 만한 사람이기 때문
이다. 그리하여 남해왕(南解王)은 탈해를 슬기로운 자라고 생각하고 맏공
주를 아내를 삼게 한다. 탈해는 지혜로써, 당시 세계의 중심인 집도 얻고,
아내까지 얻게 된 셈이다. 특히 탈해에 대한 언급 중에 신장(身長)이 9척
이나 되고, 인물이 신이하고 빼어나다는 언급과 함께 지(智)가 남보다 뛰
어났다고 하여 그가 지인(智人)으로 여겨졌음을 알 수 있다.[110]

김알지도 지인(智人)의 면모를 인정받았음을 보게 된다. 밤중에 시림
(始林)에서 알지를 얻게 된 탈해 이사금은 기뻐하며 하늘이 후사(後嗣)를
준 것이라 생각하였다. 성장하면서 알지는 총명하고 지략(智略)이 많았다
고 한다.[111]

---

109) 身定, 國安, 天下治, 必賢人, 「求人」, 『呂氏春秋』, 愼行論.
110) 是始祖赫居世在位三十九年也, 時, 海邊老母以繩引繫海岸, 開櫝見之, 有一
　　小兒在焉, 其母取養之, 及壯, 身長九尺, 風神秀朗, 智識過人. 「脫解尼師今」,
　　『三國史記』.
111) 上喜謂左右曰, 此豈非天遺我以令胤乎, 乃收養之, 及長, 聰明多智略, 乃名閼
　　智, 「脫解尼師今」, 『三國史記』.

이상의 성과 덕, 지는 서로 상보적으로 사용되어 성왕(聖王), 성지인 (聖智人),112) 명왕(明王)113) 등으로도 표현되었다. 성인(聖人)과 덕인(德 人)은 모두 신과의 접신을 추구하던 관습에 의해 형성된 것으로 신탁(神 託)을 잘 듣고, 물리적 세계 이상을 보는 눈 밝은 이, 이를 통한 결과로써 지인(智人)의 관념을 형성하였다. 신정국가(神政國家)의 샤먼왕으로서 갖추어야 할 자질이었다.

2.4. 입사의례

정치적 수장과 샤먼적 기능을 하는 신화의 주인공들이 신화에서처럼 실제로 그러한 탄생을 했으리라고 믿기는 어렵다. 하늘에서 강림하거나 땅에서 솟거나 돌 밑에서 나온다는 것은 물리적 법칙을 넘어서기 때문이다. 그러나 당시 사람들은 샤먼들을 통해 유사경험을 했으며 또 그럴 수 있다고 여겼다. 즉 샤먼의 전통이다. 물리적 세계를 넘어서 신적인 힘들의 관계를 읽을 수 있는 능력을 지닌 존재가 있어왔기 때문이다. 이들은 각종 물리적 질서를 넘어서는 행위를 할 수 있다고 여겨졌다. 신의(神意)를 알 수 있다고 생각되던 자들이었다. 이들의 샤먼으로의 전환은 경외와 신성함을 불러일으켰다.

입사의례가 시행되는 현상적인 모습은 문명권마다 또 그 의례의 목적에 따라 조금씩 다르지만 절차에서 공통적인 구조적 연대성이 있음은 이미 연구된 바 있다. 그 원리는 '준비 – 시련과 의례적 죽음 – 재탄생'으로 정리된다. 신화 주인공의 탄생담에서 입사의례 양상을 알아보는 데도 이 구조를 기준으로 삼겠다.

---

112) 初, 南解王薨, 子弩禮讓位於脫解, 解云, 吾聞聖智人多齒, 乃試以餅噬之. 古傳如此. 或曰麻立干(立一作袖), 「第二 南解王」, 『三國遺事』.

113) 『삼국사기』, 「고구려본기」에 따르면 고구려 2대왕인 유리왕은 유리명왕 (琉璃明王)으로 기록되어 있다.

(1) 준비단계

준비단계는 의례 대상자가 세속의 공간에서 신성한 공간으로 이동하는 과정을 담고 있다. 성소와 성스러운 시간에 대한 준비가 나타난다. 펼쳐진 모든 시간과 모든 공간을 균질적인 것으로 느끼지 않았었기에 신성한 존재와 접신하기 위해서는 특별한 장소와 시간이 필요했다.

본격적으로 의례를 치르기 전에 성스러운 곳에 장소가 준비된다. 성소는 각각 전통에 따라 일상 공간에서 멀리 떨어진 장소에 준비되며 문명권에 따라 마을 안의 신성공간인 서당(書堂), 동굴, 덤불지대 등으로 마련된다. 일상적인 경험으로는 그 공간이 세계 가운데 있는 한정된 공간일 뿐이지만 성(聖)의 관점에서 볼 때에는 세계의 축이거나 특권을 지니고 있는 세계 안의 한 지점이 된다.114) 문명의 역사가 축적되면서 입사의례가 관습화되고 따라서 매번 장소를 지을 필요 없이 이미 지어져 있는 곳을 사용하기도 하였다고 한다. 우리나라 신화에서는 자연상의 장소가 성소(聖所)로 사용되는 편이다. 동굴, 숲, 큰 나무, 물가, 외딴 집 등이 대표적인 장소인데 이들은 신성한 세계와 교류를 한다는 공통점을 지닌 곳이다. 그리고 세속과 떨어져 정화된 장소로 여겨졌다. 이 속으로 거처를 옮긴다는 것 자체가 성역으로 입장하는 의미를 지닌다. 의례 대상자는 세속공간으로부터의 격리, 단절된 장소로 옮겨진다. 그렇기 때문에 신화의 주인공들은 상식적인 거주의 장소가 아닌 곳에서 발견되는 것이다.

동굴은 의례의 공간으로 많이 사용되었으며 동굴의 이미지나 상징에 대해서는 이미 연구가 많이 되어 있다. 동굴은 땅으로부터 파생된 상징의 하나로 인간이 깃들어 담기는 곳으로서 땅의 자궁으로 여겨졌다. 우리 신화에서는 〈단군 신화〉에서 곰이 햇빛과 음식 금기를 통하여 여인으로 변신한 곳이 동굴이었다. 탐라의 삼을나는 모흥굴에서 용출(聳出)하였다. 고구

---

114) 시몬느 비에른느, 앞의 책, 21-23면 참조.

려의 수신제도 동굴에서 지냈으며 후대에 김유신이 하늘의 뜻을 얻기 위해 수련하고 기도하며 접신을 청하던 곳도 산속의 동굴이었다. 이로써 오래전부터 동굴이 성스러운 곳의 의미를 지니고 있었음을 확인할 수 있다.

숲 속, 나무가 있는 곳에서 입사의례를 하는 예도 적지 않다. 탈해가 궤 안에 머물고 있을 때, 의례를 이끄는 샤먼으로서 아진의선은 탈해가 든 배를 숲 아래에 둔다. 그리고 하늘을 향해 신의 공수를 청한다. 굳이 배를 숲까지 끌고 온 데는 이곳이 성소(聖所)이기 때문이다.

혁거세왕의 탄생 장소에도 숲이 있다. 산속 우물 옆 수풀에서 탄생했으며 알지는 시림(始林), 혹은 구림(鳩林)으로 불리우는 숲 속의 한 나무에서 발견된다. 나뭇가지 끝에 걸려 있는 황금궤 안에 있었다.

이외에도 숲이나 나무는 신(神)이 내리고 오르는 신적인 질서가 통하는 장소이기 때문에 축원(祝願)을 올리는 장소로 쓰였다. 웅녀도 단수신인 환웅에게 자손갖기를 나무 밑에서 기원한 바 있다.

물가도 널리 의례가 베풀어진 장소이다. 혁거세왕의 경우, 사로 6촌의 장들이 높은 곳에 올라 남쪽을 보라 보니 양산(楊山) 아래 나정(蘿井)에서 하늘의 기운이 땅에 닿았다고 한다. 혹은 계정(鷄井)이라는 곳에서 출생하였다고도 하나 이 역시 우물임을 알 수 있다. 혁거세왕의 배우자였던 알영은 사량리 '알영정' 혹은 '아리영정'이라고도 부르는 우물가에서 탄생한다.

금와는 돌을 들추고 보니, 와형(蝸形)의 소아(小兒)가 그 아래 있었다고 한다. 그 돌이 놓여 있던 장소는 곤연(鯤淵)이라는 못 가였다. 못가에서 금와가 입사의례를 치렀음을 알 수 있다. 못 근처에서 인재(人才)가 발견되는 일이 기록된 예가 왕왕 있었다. 유화 역시 금와에게 잡히기 전, 물가 돌 위에 앉아 있었으며, 유리왕이 그의 신하를 얻는 경위를 보면, 못 근처의 돌 위에 앉아 있는 사람을 얻어 그 못의 이름으로 사람의 이름을 삼았다. 그리하여 사물택(沙勿澤)이란 못의 이름으로 그 사람에게 '사물(沙勿)'이라는 이름을 주었다. 입사의례의 장소로 물가가 널리 이용되었고 소재(素材)로써 바위, 큰 돌 등이 따랐다.

고대신화에서 입사의례가 치러지는 시간적 배경은 3월 초(初)가 많다. 〈박혁거세왕 신화〉에서 신화의 주인공이 탄생하는 날이 삼월 초1일(三月初一日)이며 수로왕도 삼월 상사일(上巳日)로 나타난다. 김알지의 경우도 『삼국사기』, 「신라본기」에 따르면 3월에 호공에 의해 발견되고 있다.[115] 또 고구려의 제천의례를 지내는 국중대회도 3월 3일에 열렸다. 3월 초가 일반적인 입사의례의 날이었다. 만물이 겨울을 지내고 소생하는 시절이기 때문이다.

낮과 밤에 대한 특별한 선호(選好)가 우리나라 현전 기록에서 많이 보이지는 않지만 신과 통하는 시간으로 밤이 입사의례의 시간적 배경으로 쓰인 예가 〈김알지 신화〉에 보인다.

입사의례와 관련된 시간 단위들이 있어 이를 정리해 보면 '7'이 적지 않다. 다른 문명권에서도 7일이 단위로 쓰인 예가 발견된다. 중앙 시베리아의 사모예드 샤먼은 영혼이 하늘에 머무는 동안, 땅에 죽은 것처럼 7일 낮과 밤 동안 누워있었다고 한다.[116] 이 기간은 세속의 존재가 소멸되고 망각되는 시간으로 여겨졌다.

우리나라의 고대신화를 보면 곰이 여인으로 화하는 데는 삼칠일(三七日)이 걸렸으며, 아진의선(阿珍義先)의 대접을 받던 탈해가 7일 동안 침묵으로 보내다가 그 후에야 자신의 출자국(出自國)에 대해 이야기하였다. 또 그 부모가 7년 동안 자식이 없다가 알을 하나 낳게 되었다는 일과, 돌무덤에서 7일을 머물렀던 예에서 7이 단순한 의미로 쓰이지 않았음을 알게 된다. 특히 7일은 우리 민속에서 출산과 관련된 단위의 기준으로 쓰였다는 사실도 시간 단위로서 '7'과 탄생이 서로 관련 있음을 방증한다. 또 수로가 도읍을 정할 때 땅의 형국을 보고 한 말에서 7이 가치 있는 중요한 의미의 숫자임을 보게 된다.[117] 그리고 지나친 논의일지도 모르겠으나

---

115) 九年, 春三月, 王夜聞金城西始林樹間有鷄鳴聲, 遲明遣瓠公視之, 「脫解尼師今」, 『三國史記』.

116) Mircea Eliade 1958, p.90.

혹, 칠보(七寶)라는 온갖 보물의 상징으로 쓰이는 용어가 7과 관련되어 있지 않은가 싶다. 탈해가 입사의례를 하는 궤 속에 칠보가 들어 있었다 한다. 과거에 보석 등이 신성한 물건으로 취급되던 역사를 떠올려 보면 이 용어가 굳이 7과 함께 정착되었는지를 설명해 줄 수 있을 법하다. 보석은 대지라는 모태(母胎)에 담겨 있던 신성한 질서적 존재 이미지를 가지고 있었다. 이렇게 보면 7은 인식한 자의 탄생, 입사의례와 관련된 의미를 지닌 시간 단위임을 알 수 있다.

(2) 의례적 죽음

이 단계는 세속적 존재가 소멸되는 과정이다. 소멸과 망아(忘我)를 위해 행해지는 행위는 다음과 같이 크게 분류할 수 있다. 첫째는 육체에 고통을 가하는 것이다. 발치(拔齒), 할례, 피부절개, 독한 술을 마심으로써 망아(忘我)에 이르기, 각종 고문적 행위가 따른다. 우리나라 신화에서는 여성의 경우에 유화의 긴 입술과 알영 입에 붙은 닭벼슬이 떨어진다는 모티브에서 이러한 영향을 볼 수 있다.

둘째, 세속의 일을 피하기이다. 각종 금기와 준수하여야 할 것이 제시된다. 이를 어기는 자는 신성성을 획득하지 못한다. 우리나라 신화에서도 곧잘 찾아볼 수 있다. 다만 금기는 지키는 것 자체가 목적이 아니라 신성한 존재로의 변환이 목적이었다.

셋째. 외진 곳, 사물의 내부에서 홀로 머무르기이다. 어둡고 후미진 곳에서 홀로 신성한 존재에 접신한다는 관념이다.

이 세 가지는 현상적으로는 다른 절차로 보일지라도 모두 가사(假死)체험을 통해 세속의 자신을 잊고 새로운 신적 질서, 신성성을 획득하여 다른 차원의 존재가 될 수 있다는 사상을 기반으로 하고 있다는 면에서 동질적이다.

---

117) 何況自一成三, 自三成七, 七聖住地, 固合于是. 「駕洛國記」, 『三國遺事』.

① 금 기

금기라는 말은 널리 알려진 바와 같이, 특정한 인물·사물·현상·언어·행위 등이 신성시되거나, 또는 두렵다고 신봉함으로써 그 대상을 보거나, 말하거나, 만지거나, 행동 실천하는 것을 금하는 불문율[118]이다. 이러한 금기는 입사의례상의 절차로 이용되었으며 의례적 죽음의 단계에 시행된다. 금기는 재탄생, 새로운 층위로의 실존적 변화를 목적을 시행되었던 것이기 때문에 그 자체적인 의미로만 해석하거나 따로 떼어서 고찰하는 방법은, 입사의례 중의 금기가 아닌 금기만을 독자적으로 해석하게 되므로 주의하여야 한다. 입사의례에서 금기는 지켜져야 하는 조건이다.

〈단군 신화〉에서 곰이 인간으로 화하기 위해서는 햇빛에 닿지 않아야 했다. 또 금와가 유화를 방에 가두었다 하는 데서 햇빛을 차단하고 있음을 알 수 있다. 그런데도 햇빛이 들어와 유화를 임신하게 하였다 하는데 여기서도 햇빛 금기와 관련된 습속이 있었음을 보게 된다.

죽음의 절차에서 치러지는 금기로 음식 금기 또한 대표적이다. 음식을 먹는 것은 생활을 하기 위한 것이므로 죽음의 영역과는 거리가 멀다. 음식을 먹지 않거나 특정 음식을 피하는 것, 특정 음식만 먹어야 하는 것 등을 입사의례적 상황에서 볼 수 있다. 음식은 세속의 상징이었던 것이다. 단군 신화의 곰은 특정 음식인, 마늘과 쑥만을 취하여야 했다.

시간적으로 지켜야 할 기간이 있다. 탈해가 7일 후에 침묵을 깬 것과 7일 간 돌무덤에 머물렀다 하는 것, 곰의 삼칠일(三七日) 금기 등이 그러한 예이다. 또 수로왕이 알에서 동자로 화하는 데도 하룻밤을 지낸 것으로 나타나는데 이러한 경우가 모두 시간과 관련된 금기로 일정시간이 지나야 완숙의 경지에 이른다는 사고이다.

---

118) 「금기」, 『한국민속대사전』, (서울: 민중서관, 1998).

② 내부(內部)에 머물기

입사의례의 대상자들은 자신이 살던 익숙한 세계로부터 격리되어 무언가의 내부에서 머무는 절차가 세계적으로 발견된다. 숲 속의 작은 집이기도 하고 무덤, 또는 괴물로 여겨지는 괴물 형상의 집, 괴물의 뱃속, 입 안 등에 머문다. 죽음의 절차를 상징하며 이를 통과하는 자가 인식적 탄생을 한 자임이 인정되었다. 이러한 맥락이 한국의 신화에서도 보이는데 곧, 입사의례자들은 궤나 석총(石塚), 용 뱃속, 합자 등에 머물렀다. 수로와 탈해, 알지가 궤나 합자 안에 머물렀음은 주지의 사실이다. 또 탈해는 석총에 들어가 있었으며 알영은 계룡 혹은 용으로 불리는 이물(異物)로부터 나왔다.[119)

③ 버려지기

소속사회로부터 다른 계(界)로 격리되어 입사의례를 치르는 예가 버려지기, 쫓겨나기 등으로 나타난다. 유화가 아버지에게 쫓겨 귀양 갔던 일, 주몽이 알로 태어났다 하여 동물들이 사는 들이나 산에 버려졌던 일, 탈해가 난생(卵生)이라 하여 아버지에 의해서 바다에 버려졌던 일 등이 여기에 해당한다. 그러나 탈해를 바다에 버리기 전에 아버지왕이 탈해에게 다른 곳에 가서 왕이 되기를 축원하였던 사실은 '버려지기'가 실제 버려지는 것이 아니고 고귀한 자가 되기 전에 치러야 할 의례의 한 절차였음을 방증한다. 버려짐을 당하였던 의례 대상자들은 한결같이 고귀한 자격을 획득한다.

---

119) 필자는 혹 알이 의례와 관련된 모종(某種)의 장치이었을 가능성도 있다고 본다. 특히 근접 이웃 나라의 경우에서도 알에서 탄생한 자가 적지 않은데 이들은 모두 인식적 탄생을 한 자들이었다. 이렇게 보면 알도 궤, 함, 무덤 다른 장치들처럼 역시 풀고 깨어서 나와야 하는 새로운 존재가 되는 것으로 죽음과 함께 생명을 뜻하는 좋은 대상이었을 것이다. 특히 혁거세왕의 경우 나온 알이 박과 비슷하다 하니 알의 크기가 박 정도의 크기였으며 의례적 행위로 박 안에 들어가 있지 않았을까 생각된다.

④ 목욕시키기

　물에 목욕을 시키는 절차는 종교적으로도 지금까지 많이 사용되고 있다. 정화(淨化)를 목적으로 하는 것인데 고대신화에서는 의례의 거의 마지막 단계에서 베풀어지고 있다. 혁거세왕은 동천(東泉)에 목욕시켰으며 알영은 발천(撥川)에 목욕을 시켰다. 직접 물로 목욕한 것으로 드러나지는 않지만 수로는 물가에 모여 목욕하고 술과 음식을 나누는 삼월 계욕일(禊浴日)에 탄생했다.

⑤ 의례의 인도자(引導者)

　입사의례에는 이를 인도하는 정신적 지도자가 있다. 이들은 영적(靈的)인 어머니이며 아버지로 생물학적 부모와는 다른 경우가 대부분이다. 이들은 의례를 이끄는 신성한 자이며 대부분 샤먼이다. 현대의 샤머니즘에서도 신아버지, 신어머니의 기능이 남아 있다. 카톨릭교에서도 대부(代父), 대모(代母)가 있는데 이러한 역할과 무관하지 않다. 의례 대상자는 이미 입사의례를 통해서 신성한 능력을 소유하고 있는 길잡이에 의해서 새로운 탄생을 맞게 되며 길잡이는 제2의 아버지로 간주된다.[120] 이러한 기능을 하는 인도자들은 진정한 아버지와 어머니로[121] 여겨졌다.

　한국의 신화에서도 이와 같은 기능을 하는 인물이 있다. 탈해 입사의례 중의 아진의선(阿珍義先)과 알지 입사의례 중의 호공(瓠公), 혁거세왕 신화에서의 소벌공(蘇伐公) 등을 들 수 있다. 〈단군 신화〉에서는 환웅이 신이면서도 곰의 입사의례를 인도하는 샤먼의 역할을 하고 있어 역할이 겹치고 있다. 〈탈해 이사금 신화〉의 경우, 아진의선에 의해 탈해가 탄 배가 발견되고 수림(樹林) 아래로 이끌려온다. 탈해는 아진의선에 의해 입사의례를 완성한다. 아진의선은 아진포에 사는 할머니다. 탈해의 입사의례를

---

120) 시몬느 비에른느, 앞의 책, 87면 참조.
121) Mircea Eliade 1958, p.53.

완수하게 하는 대모(代母)로서 샤먼의 역할을 한다. 신의 뜻을 알기 위해 점을 쳤으며 신의(神意)에 따라 탈해가 입사의례를 완수하도록 도왔다.

호공(瓠公)은 입사의례 중인 김알지를 발견하였다. 그리고 나서 임금인 탈해에게 사실을 알렸다. 기록에 의하면 그는 혁거세왕 시절부터 활동하던 신하로 탈해와 집차지 경쟁에서 졌으나 다시 탈해에 의해 천거되어 신하로 활동하였다. 그가 바다를 건너 왔으며 박을 차고 있었기에 호공이라고 했다 한다. 도래의 방식으로 입사의례를 수행한 정황을 읽어낼 수 있다. 또 탈해 이전에는 신성한 거처(居處)를 차지하고 있던 존재였다. 이러한 사실들은 그가 김알지를 발견했던 일이 우연이 아님을 생각하게 한다. 알지의 입사의례를, 탈해 이사금의 아진의선(阿珍義先)처럼 주도하지는 않지만 의례를 마치도록 중간 역할을 한 것만은 분명하다.

『삼국사기』에서는 사로 촌장 중 한 사람인 고허촌장(高墟村長)인 소벌공(蘇伐公)이 양산(楊山) 밑 나정(蘿井) 옆의 숲에서 알을 발견하고 깨어 본 것으로 되어 있다. 그리고 알에서 나온 어린 아이를 데려다 길렀다고 한다. 그리고 혁거세왕의 성을 박(朴)이라 하였는데 이는 큰 알이 박(瓠)과 같다 하여 '박(朴)'으로 성을 삼았다고 전한다. 여기서도 소벌공과 혁거세왕의 관계가 혈연적 부자(父子)가 아님을 알 수 있다. 데려다 키웠으나 성(姓)은 다른 성을 붙였다. 그리고 신이한 탄생으로 말미암아 이 아이는 거서간, 즉 당시의 왕이 될 수 있었다. 신화시대에는 혈연관계보다 인식적 탄생을 한 자인지, 아닌지가 더욱 중요하였던 것이다.

(3) 재탄생

입사의례를 마친 자는 이제 새로운 존재로 변환되었다. 입사의례에 따라서는 재탄생한 자를 어린아이 취급하여 우유를 먹이며 다시 태어난 청년들은 대개 얼마 동안 아기 시늉을 하기도 한다고 한다. 구멍이

나 무덤, 터널에서 기어 나오는 것도 탄생의 상징이라고 한다.[122] 한국
의 신화에서 실존적으로 다른 존재가 되었음을 알리는 표지들을 살펴
보자.

① 땅으로부터의 탄생

여러 신화에서 문면(文面)만 보면 신화의 주인공이 하늘로부터 온 것으
로 되어 있다. 하늘로부터 빛이 내려온다든가, 천자의 자손이라거나 하늘
의 명으로 보내졌다고 한다. 그러나 실제로 그들이 나온 곳은 땅이다. 신
화의 주인공들은 하늘의 명을 받되, 하늘에서 내려왔다기보다는 땅에서 출
현한다. 해부루는 큰 돌을 들치고 나서 금와를 얻게 되었으며 수로는 군중
들에게 구지봉 정상의 흙을 파헤치라고 하였다. 하늘에서 자주색 줄이 드
리워져 땅에 닿아 있었고 그 끝에 붉은 보자기 안에 금합자가 있었다. 즉
그들은 신의 도래를 하늘의 명(命)으로 인식하되, 직접적인 탄생은 땅으로
부터 나온다고 보았다. 이러한 관계는 혁거세왕의 경우에도 적용되어 산
아래 우물가에서 탄생한다. 이는 대지에서 나오는 형상을 보여준다. 탐라
의 세 신인(神人)도 마찬가지로 땅에서 용출하며, 바다에서부터 오는 탈해
나 허왕후도 땅에서 탄생하는 경우와 다르지 않다. 즉, 생명이 시작되는
바다와 땅은 어머니 상징을 가지고 있으며, 바다는 땅과 마찬가지로 어머
니를 상징한다.[123]

② 군중이 모여 입문자를 맞이하기

몇몇 신화에서는 수장(首長), 왕(王)과 함께 군중이 입문자를 맞이한다.
입사의례가 개인 차원의 행사가 아니라 공동체의 행사이기 때문이다. 그들
은 이 세상의 질서나 원리를 인식한 자, 세상의 물리적 현상을 넘어설 수

---

122) 시몬느 비에른느, 앞의 책, 66-68면 참조.
123) 시몬느 비에른느, 앞의 책, 50면.

86

있는 자로 여겨졌기 때문에 집단에게 중요한 존재였다. 이에 군중이 입문
자를 맞이하는 이야기가 적지 않다.

　현재 확인할 수 있는 기록으로는 혁거세왕, 김수로왕, 허왕후와 탈해 이
사금, 김알지 등 신라에 해당하는 지역의 입사의례에서 이러한 사실이 확
인된다.『삼국유사』에 나오는 〈박혁거세왕 신화〉는 사로 6촌장이 자제들과
함께 높은 곳에 올라가 남쪽을 바라보다가 전광(電光)과 같은 기(氣)가
땅에 드리운 곳에 찾아가 알을 보고서 그 알을 사람들이 있는 장소에서
갈라보고 있는 것으로 나타난다.124) 또 수로는 스스로 군중들에게 자신을
맞을 것을 요청한다. 산 정상에서 흙을 파면서 노래를 부르라는 것이었
다.125) 이에 군중은 신의 공수대로 춤과 노래를 행하였다. 탈해는『삼국유
사』에서는 스스로 수로왕을 피한 것처럼 보이지만『삼국사기』에서는 탈해
의 배가 가야국의 해안가에 닿으려 하였으나 수로에 의해 받아들여지지
않았던 것으로 나타난다. 사실이야 어찌하였든지 확인할 수 있는 사실은
입문자를 군중과 더불어 맞아들이는 풍속이 있었다는 것이다. 수로왕 시절
에는 군중들과 함께 북을 둥둥 울리며 떠들썩하게 영접하는 의식을 가졌
음을 볼 수 있다. 또 수로왕은 허왕후를 맞아들일 때에도 신하 등 군중들
이 횃불과 키, 노 등으로 신호를 보내었으니 이는 그들 나름의 영접의식이
었다. 알지의 경우도, 호공이 임금인 탈해에게 알리고 여러 사람들과 함께
입사의례를 마치는 과정을 같이 하고 있음을 보게 된다. 〈금와왕 신화〉에
서도 이러한 정황이 간접적으로 비친다. 아버지 해부루(解夫婁)가 사람을

---

124) 於時, 乘高南望, 楊山下蘿井傍, 異氣如電光垂地, 有一白馬跪拜之狀. 尋撿
　　之, 有一紫卵(一云 靑大卵), 馬見人長嘶上天, 剖其卵得童男.「新羅始祖 赫
　　居世王」,『三國遺事』.
　　望楊山麓, 蘿井傍林間, 有馬跪而嘶, 則往觀之, 忽不見馬, 只有大卵, 剖之,
　　有嬰兒出焉.
　　「始祖 赫居世 居西干」,『三國史記』.
125) 儞等須掘峯頂撮土, 歌之云龜何龜何, 首其現也. 若不現也, 燔灼而喫也, 以之
　　蹈舞, 則是迎大王·歡喜 踴躍之也. 九干等如其言, 咸忻而歌舞.「駕洛國記」,
　　『三國遺事』.

시켜 돌을 들게 하여 금와를 발견하고 그를 맞이한다.

③ 내부(內部)로부터 나오기

입사의례에서 입문자는 궤, 합자, 알, 무덤 등에서 얼마간의 기간 동안 머물러 있다. 이러한 '내부에 머물기'는 죽음을 경험하는 절차이다. 그러나 여기로부터 나오는 절차는 입사의례를 마치고 재탄생을 하였음을 뜻한다. 엘리아데에 따르면, 의례를 치른 장소인 집이나 오두막 등은 자궁에 해당하며 그곳에서 의례 대상자는 태아의 상태에 있다. 그러다가 머물던 장소에서 나와 신들의 세계로 들어간다고 한다.[126]

우리 신화에서도 웅녀가 동굴에서 나왔으며, 주몽, 수로, 혁거세왕이 알로부터, 알영이 계룡의 내부에 머물렀다가 나온다. 궤나 합자에서 나오는 신은 수로와 탈해, 알지가 그러하다. 이처럼 머무르던 곳에서 나오기는 입사의례를 마쳤음을 뜻하며 이후 신들의 자신들의 능력을 발휘한다.

④ 새 이름 부여하기

새 이름을 준다는 것은 새로이 탄생한 존재에게 베푸는 절차이다. 현재에도 종교계에서 세례나 영세 후 종교명을 준다. 불교의 법명(法名)이라든가, 천주교의 영세명이 그러한 예이다. 그리고 한국의 전통사회에서는 아이 이름과 성인의 이름을 구별하여 쓰기도 하였다. 성인(成人)으로 인정받고 새 이름을 얻게 되는 의식이 관례였다. 우리 신화에서도 입사의례와 함께 이름을 주는 예가 많다.

현대에 사람을 칭할 때 살고 있는 지명을 붙이는 예가 많았다. 춘천댁이라든가, 교동집 등의 칭호로 사람을 부른다. 이러한 전통은 멀리 신화에서 그 근거를 찾아볼 수 있다. 입문자들은 자신들이 의례를 마친 장소의 이름으로 자신의 성과 이름을 갖게 된다. 그리하여 알영이 나온 우물 이름, '알영정', '아리영정'을 따서 알영이라 하였다.

---

126) Mircea Eliade 1958, p.55.

작명과 관련하여 탈해의 성과 이름은 해석의 여지가 몇 가지 있어왔다. 그러나 이는 모두 입사의례와 관련된 작명법이며 탈해의 성은 까치가 그의 신성함을 알아보고 이를 알렸다 하여 까치 '작(鵲)'에서 '석(昔)' 부분을 취하였다고 한다. 이름은 궤에서 나왔다는 데에 착안한 이름이다. 나왔다는 뜻의 '탈해(脫解)'는 곧 '(-로부터) 나온 자'로 '아는 자'임을 뜻한다. 또 다른 작명설에 따르면, 호공(瓠公)과의 집차지 경쟁에서 기지로 이겼던 고사(古事)로 말미암아 '석(昔)'이라는 성(姓)을 얻었다고 한다. 집차지 경쟁이 신성성의 우위를 가리던 경쟁이었으며 탈해의 우위로 인하여 집을 차지할 수 있었다. 이를 기리어 '석'이라는 성을 갖게 되었다.

혁거세왕의 경우, 이름을 얻게 된 유래는 그의 몸에서 광채가 나고, 새와 짐승이 따라 춤추며 천지가 진동하고 일월(日月)이 청명하여 그를 혁거세(赫居世)라 이름하였다고 한다. 이름 중에서 '-거세'는 거서간(居西干) 혹은 거슬감에서 온 직위의 호칭이고 이름은 '밝다', '청명하다'라는 뜻의 혁(赫)이었을 것이다. 그가 세상에 나오면서 이 세계가 그에게 조응되고 있음을 나타내는 이름이다.

주몽은 그의 활 잘 쏘는 능력으로 말미암아 사회적 직분의 명칭으로 이름을 삼았다.

수로는 '처음 나왔다'는 뜻의 이름이라 한다.[127] '처음 나온 자'라 함은 그들에게 갈무리되어 있는 원초적 시간에 나온 자를 말한다. 시조이자 최초의 군장이라는 의미도 있다고 보여진다.

'알지'는 혁거세왕의 탄생과 비슷하다 하여 얻은 이름이다. 혁거세왕이 '알지 거서간이 일어난다.'라는 말을 스스로 했다는 고사(古事)에서 이름이 유래하였다. 거서간이 직위를 호칭한 용어인 반면 알지는 이름에 해당한다. '알-'이 입문자들의 이름과 의례 장소에 쓰이던 풍속이 있었으며 이에 따라 김알지는 혁거세왕의 전례를 따라 '인식한 자'라는 뜻으로 이름을 얻

---

127) 始現故諱首露. 「駕洛國記」, 『三國遺事』.

게 되었다.

⑤ 신성한 장소에 거처하기

입문자들이 머무는 장소는 신성한 공간이 되고 세계의 중심으로 여겨졌다. 그들은 신성한 자들이기 때문에 머무는 곳도 세계의 중심으로 인식되었다. 입사의례를 마친 후 대부분의 신들이 궁실에 모셔지거나 스스로 대궐을 짓는다. 혁거세왕과 알영은 그들을 받드는 사람들이 남산 서쪽 기슭에 궁궐을 지어 모신다. 수로는 스스로 궁실을 지었으며 왕후를 맞이할 때에도 유막을 따로 설치하였었다. 탈해는 신성한 장소를 차지하기 위해 경쟁하였다. 알지는 탈해와 더불어 대궐로 와서 거처하였다.

2.5. 입사의례적 탄생의 형상화 방식

입사의례를 통한 탄생은 인류학적 사건이다. 따라서 이 사건 자체와 문학에 반영된 양상은 다르다. 입문자가 보여주는 정신적 가치, 신성성(神聖性)을 어떠한 방식으로 표현하고 있는 지와 문학화된 입사의례의 모티브를 알아보겠다. 신화에 나타난 입사의례 모티브를 정리하는 작업은 후대의 서사문학에서 입사의례의 모티브가 어떻게 변화되었는지를 알려주는 일종의 잣대역할을 할 것이다.

(1) 입문자의 신성성(神聖性) 표현 방식

우리나라 신화의 주인공들은 모두 신성계(神聖界)와 통한다는 측면에서 샤먼이다. 샤먼은 퉁구스만주어로 '아는 사람'이라는 뜻의 'shaman'에서 유래[128]하였다. 우리말로는 무당, 무격(巫覡), 무인, 만신,

---

128) "샤머니즘" 한국 브리태니커 온라인.

박수, 단골, 심방 등으로 일컬어졌다. 현전 기록 중 가장 오래된 호칭으로는 '무(巫)'를 뜻하는 진한(辰韓)지역어(地域語)로 차차웅(次次雄)이나 자충(慈充)이 있다.[129] 이들은 귀신을 섬기고 제사를 올리는 일을 하며 신(神)과 접촉하는 자였다.[130]

이렇게 신과 통하여 이 세상의 물리적 질서를 제어할 수 있는 자, 이 세계의 질서, 신적 질서, 형이상학적 원리를 '인식한 자', '아는 자'가 된 입문자를 표현하기 위하여 문학적으로는 어떤 수사를 취할까? 정신적인 가치가 어떠한 방식으로, 어떠한 소재가 동원되어 문학화될까? 입문자들이 지닌 정신적인 가치를 형상화하기 위해 쓰이던 방식을 보았다.

신화에서는 동물들이 입문자들의 신성함을 인간보다 먼저 알아보고 이를 인간사회에 알리는 기능을 하는 예가 적지 않다. 이들 예시적인 동물들은 신성계(神聖界)와 인간계의 매개 역할을 한다. 거꾸로 인간의 축원을 신성계에 알리기 위해 동물을 이용하는 경우도 있다. 고구려 〈동명왕 신화〉에서 주몽은 사슴을 잡아 하늘에 자신의 축원이 닿도록 매개하라는 위협을 가한다.[131] 이에 사슴을 이 축원을 전달하고자 울음소리를 낸다. 그리고 축원은 이루어진다. 신성계의 진실을 인간사회로 알리든지, 아니면 인간사회의 축원을 신성계에 알리든지 어느 경우든지 이들은 신과 인간 사이의 매개 역할을 하는 신수(神獸)로 설정되어 있다.

고구려 〈동명왕 신화〉에서는 버려진 알을 보살피는 뭇 짐승들이 나온다. 개, 돼지, 소, 말, 새 등의 짐승들이 버려진 알을 귀히 여긴다. 비록 인

〈http://deluxe.britannica.co.kr/bol/topic.asp?article__id=b11s3165b〉
[2001. 10. 4자 기사]

129) 次次雄, 或云慈充, 金大問云 方言謂巫也.「南解次次雄」,『三國史記』.

130) 世人以巫, 事鬼神尙祭祀, 故畏敬之.「南解次次雄」,『三國史記』.

131) 東明西狩時　偶獲雪色麂　倒懸蟹原上　敢自呪而謂　天不雨沸流　漂沒其都鄙
　　我固不汝放　汝可助我憤　鹿鳴聲甚哀　上徹天之耳　霖雨注七日　霈若傾淮泗
　　松讓甚憂懼　沿流謾橫葦　士民競來攀　流汗相嗠眙　東明卽以鞭　畫水水停沸,
　　松讓擧國降, 是後莫予訾.
　　「東明王篇　幷序」,『東國李相國集』.

간사회에서 버려졌지만 그 신성함만은 동물들이 소중히 여겼던 것이다.

〈금와왕 신화〉에서는 말이 인간을 인도하여 입문자가 있는 곳을 찾아 알려준다. 〈박혁거세왕 신화〉에서도 백마 한 마리가 꿇어앉아 절하는 듯한 형상을 하고 있었다 하여 사람들이 그곳을 찾아가 보게 한다. 말이 사람을 보고 길게 울다가 하늘로 올라가 버렸다 함은 말이 천상(天上)에 속한 질서적 존재로 인식되었음을 보여준다.

〈탈해 이사금 신화〉에는 까치가 바다 위에 배에 신성한 사람이 있음을 알린다. 〈김알지 신화〉에서는 흰 닭이 나무 밑에서 울었다고 한다.

또 신성성을 표현하는 다른 방법으로는 범상하지 않은 입문자의 외모를 들 수 있다. '신성성(神聖性)'이라는 눈에 보이지 않는 정신적 가치를 문자 예술로 표현하기 위해서는 시각적 이미지와 외형 묘사를 할 수밖에 없는 측면이 있다. 이 시대에 외모가 주는 비범함은 단지 어떠한 특이한 사람 정도의 의미가 아니다. 비범한 외모는 신성한 대상에서 신성성을 읽어내는 표지이며 이를 통해 경외심을 불러일으킨다. 구체적인 면모를 살펴보자.

주몽의 경우는 '骨表英奇, 年甫七歲, 嶷然異常'[132]이라 하여, 아이의 외모가 영기(英奇)하며 자라는 모습이 보통 아이와 달랐다 한다. 골표(骨表)는 뼈와 외모를 뜻하며 육체적 면모를 가리킨다. 체격이나 외모가 보통 사람과 달랐다는 표현은 주인공의 신성성을 드러내기 위한 방법이다. 탈해도 체격이나 뼈대가 남달랐다. 고대의 종교 사상에 따르면 뼈는 살이 오르는 틀이며, 동물이 지닌 최종적인 근본, 뿌리를 상징한다고 한다. 인간과 동물은 뼈로부터 재탄생한다고 믿었다.[133]

혁거세왕은 '形儀端美', '身生光彩'라 하여 모양이 단정(端正)하고 아름다운 동남(童男)으로 몸에서 광채(光彩)가 났다고 한다. 광채(光彩)는 이후 서사물에서도 인물의 정신성을 표현하는 수단으로 많이 등장한다. 승려가 그러하고 우렁각시 같은 설화적 주인공의 경우도 몸에서 빛이 난다고

---

132) 「始祖 東明聖王」, 『三國史記』.
133) Mircea Eliade 1958, p.92.

92

표현하는 예가 보인다.

알지의 경우 빛이 궤 안에서 나오고 있다는 기술이 있음을 볼 때, 그의 몸에서 빛이 나오는 것으로 표현되고 있음을 알 수 있다.

수로왕은 '貌甚偉', '身長九尺則殷之天乙, 顔如龍焉則漢之高祖, 眉之八彩則有唐之高, 眼之重瞳則有虞之舜'라 하여 용모가 매우 훌륭하다는 것과 10여 일 후에 키가 구척(九尺)이나 되었으며 얼굴이 용(龍)과 같았고 팔채(八彩)의 눈썹과 겹눈동자를 지니고 있었다 한다. 이러한 외모를 가진 인물로 중국의 요, 순임금 등을 들어 그들과 같은 급으로 수로왕을 위치 지우고 있다. 겹눈동자는 미세한 것까지 꿰뚫어보는 신적인 능력을 의미하며 결국 밝은 눈이다. 밝은 눈은 성인의 눈이다.

(2) 입사의례 관련 모티브

입사의례 관련 모티브에 대한 선구적인 연구자로 프로프를 들 수 있다. 프로프는 러시아의 마술담(Wondertale)을 대상으로 구성요소의 순서(sequence)를 검토하고 모티브의 원천에 대해 연구하였다. 모티브의 원천으로 그는 여러 사회제도로 소급되며 그중에서 입사의례가 중요한 위치를 점한다고 보았다.[134] 그가 제시한 입사의례 모티브는 숲 속으로 추방되는 아이, 숲의 정령에 의한 납치, 외딴집, 손가락 절단, 삼킴과 토함, 마술적 수단 및 마술적 원조자의 획득 등 십수 개에 달한다. 마술담과 마찬가지로 신화의 구성이 입사의례 절차의 순서와 동일하다고 보았다.[135]

이 항목에서는 우리나라 신화에서 발견되는 입사의례 모티브를 찾아보았다. 신화에 나타난 모티브는 후대의 서사문학에 계승된다. 어떠한 경우

---

134) Vladimir Propp, "The wondertale as a whole", 1946, *Theory and History of Folklore*, 1984, the University of Minnesota Press. p.116.
135) Propp, op. cit., p.118.

에는 신화의 모티브와 동일하게 어떠한 경우에는 시대에 맞게 변용된다. 예를 들어 성소(聖所)에 독거(獨居)하는 모티브는 〈탈해 이사금 신화〉에서 발견되지만 후대에 〈김유신〉 설화에서 그가 동굴에 독거하면서 신과의 접신을 청하는 모티브와 관련됨을 볼 수 있다. 당시 사람들은 신성성을 획득하려면 세속공간이 아닌 곳에서 독거를 하면서 신을 청하면서 정숙을 기해야 한다고 생각했다.

1) 준비단계 관련 모티브

① 신성한 장소: 산, 숲, 나무 밑, 동굴, 연못, 물가, 우물, 외딴 집

세속공간으로부터 분리되어 신성한 존재와 접신할 수 있다고 믿었던 장소이다. 일반적으로 해발고도가 평지보다 높은 산속, 그 안의 숲, 우물, 나무 밑 등이 의례의 장소로 사용된다. 자궁의 이미지를 지닌 동굴도 신성 장소로 사용되었으며, 이와 비슷하게 인공적으로 만든 석총(石塚)도 사용되었다. 따라서 장소는 자연 성소만이 아닌 인공 성소도 사용하였음을 알 수 있다. 석총만 아니라 우주목이 있는 곳에 단(壇)을 쌓고 주원(呪願)을 하는 등 접신을 청하였다. 물가도 신성 장소로 나타난다. 유화가 태백산 남쪽 우발수(優渤水)에서 금와에게 발견되며 해모수와 접신의 경험을 하는 장소는 산(熊心山 또는 熊神山) 아래 압록가의 집이다. 또 숲과 물가, 우물에서의 탄생과 관련이 있는 인물로는 혁거세왕과 알영이 있다. 이외에 신화의 주인공은 아니지만 인재를 만나는 장소로써 물가가 등장한 예가 적지 않다. 주몽은 모둔곡(毛屯谷) 혹은 보술수(普述水)라는 물가에서 건국을 도울 세 현인(賢人)을 얻는다.[136]

---

136) 朱蒙行至毛屯谷 【魏書云至普述水】, 遇三人, 其一人着麻衣, 一人着衲衣, 一人着水藻衣, 朱蒙問曰, 子等何許人也, 何姓何名乎, 麻衣者曰, 名再思, 衲衣者曰, 名武骨, 水藻衣者曰, 名默居, 而不言姓, 朱蒙賜再思姓克氏, 武骨仲室

94

산 속이 신성한 공간이었지만 더욱 놓은 곳인 산정(山頂)이 신성 공간으로 설정되기도 하였다. 김수로왕은 출현 전에 군중을 모아 놓고 공수하길 '掘峯頂撮土'[137]하라고 한다. 구지봉 정상에서 흙을 헤치며 왕을 구하는 축원을 하라는 것이다. 또 환웅이 하늘에서 강림한 곳이 바로 태백산의 꼭대기였다. 이와 같이 산정(山頂)이 신성 공간이었음을 알 수 있다. 암각화 유적으로도 높은 곳에 올라가 그린 것이 있어 의례와의 관련성을 추측하게 한다.[138]

② 신성 기간

일반적으로 의례가 시행되고 국중대회가 열리는 계절은 봄이며 특히 3월 초이다. 이 계절은 겨울의 죽은 듯한 동면(冬眠)이 지나고 봄이 되어 만물이 소생하는 시절이기 때문으로 생각된다. 3월에 출현하는 신화의 주인공은 다음과 같다. 김수로왕은 계욕지일에, 혁거세왕은 삼월의 첫 날에 출현한다. 고구려는 3월에 국중대회와 천제(天祭)를 지냈으며 특히 동명왕 3년 3월에는 황룡(黃龍)이 나타났다 하여 신성한 기간이었음을 알게 한다.

③ 의례의 인도자

일반적으로 의례에는 인도자가 있다. 무당이 내림굿을 할 때 신어머니가 있듯, 일반적으로 입사의례에는 인도자가 있다. 인도자는 혈육관계의 부모가 아니다. 이미 의례를 경험한 자이다. 그리고 이들은 이미 신성한 존재

氏, 默居少室氏, 乃告於衆曰, 我方承景命, 欲啓元基, 而適遇此三賢, 豈非天賜乎, 遂揆其能, 各任以事, 與之俱至卒本川 【魏書云至紇升骨城】 始祖 東明聖王, 「高句麗本紀」, 『三國史記』.

137) 「駕洛國記」, 『三國遺事』.

138) 안동 수곡리 바위그림이나 보천 보성리, 남원 봉황대, 영주 가흥동 바위그림에서 이러한 예를 찾아볼 수 있다. 새겨진 그림도 의례적 상징과 관련된 것들이다. 새가 날개를 활짝 편 것, 말굽 모양과 와 의식을 주관하는 듯한 여성의 모습 등이 새겨져 있다. 정동찬, 『살아있는 신화 바위그림』, (서울: 혜안, 1996) 참조.

들과 교통을 할 수 있는 자로 나온다.

탈해의 의례에서 아진의선(阿珍義先)이 이러한 역할을 한다. 탈해가 탄배를 발견하는 아진의선은 평범한 노파가 아니다. 혁거세왕 시절에 하서지촌(下西知村)이라는 곳의 바닷가에 살았던 노파로 한 기록에서는 촌장(村長)139)이었다고도 한다. 우연한 발견을 한 평범한 주민이 아니라 하서지촌에서 중요한 역할을 하던 여성이었던 것은 분명하다. 그녀는 탈해의 의례를 마치도록 인도하는 역할을 한다.

알지의 탄생에서 이와 같은 역할을 하는 자가 호공(瓠公)이다. 『삼국유사』에 따르면 호공은 김알지를 발견하여 탈해 이사금에게 알리며 『삼국사기』 기록에 의하면 왕이 밤에 금성(金城) 서편 시림(始林) 숲 사이에서 닭 우는 소리를 듣고, 새벽에 호공(瓠公)을 보내어 살펴보게 했다한다. 호공이 돌아와 왕이 숲에 가서 궤를 열어 알지를 얻게 된다. 호공은 신성한 존재를 인간사회에 알리는 역할을 하였다. 호공, 그도 범상한 인물이 아니다. 호공이란 자는 그 족성(族姓)이 자세하지 않으나, 본래 왜인(倭人)으로 처음에 박(瓠)을 허리에 차고 바다를 건너온 까닭에 호공이라고 일컬었다.140)

이외에도 부모가 샤먼이어서 스스로 정신적인 인도자가 되는 경우가 있다. 허왕후나 삼을나의 세 배우자 탄생에서 부모는 다른 곳으로 갈 것을 지시한다. 이는 하늘의 뜻이기 때문이다. 부모는 하늘의 뜻을 알아낼 수 있는 자들이었다. 신탁에 따라 자식의 입사의례를 마치도록 도와주는 기능을 한다.

2) 의례적 죽음 관련 모티브

---

139) 龍城國王妃生大卵, 怪之置卵小櫃, 以奴婢七寶文貼載船泛海, 來至阿珍浦. 村長阿珍等開櫃出卵 忽有鵲來啄卵開 有童男自稱脫解 託村嫗爲母.「新羅 儒理王 三十四年 脫解王元年」註,『三國史節要』卷2.

140) 瓠公者未詳其族姓, 本倭人, 初以瓠繫腰, 度海而來, 故稱瓠公,「始祖 赫居世 居西干」,『三國史記』.

신성한 존재로 재탄생하기 전에 치러야 하는 절차에 해당한다. 세속의 존재는 소멸되고 신성한 존재와 접촉하기 위한 과정이다.

① 독거(獨居)

홀로 신성한 장소에 거하여 접신을 청하는 모티브는 신화에서 출발하여 설화나 소설에까지 영향이 남아있다. 곰이 동굴에서 여성 샤먼으로의 변환을 원하며 거처하였다. 삼을나도 동굴에 거했던 것으로 보인다. 그리고 신화의 주인공이 알이나 궤, 합자, 배(船) 안에 있었다는 것도 이와 같은 관념에 기반한다. 신화에서의 이와 같은 맥락이 후대에서는 심신수련, 선(禪) 정도의 의미도 변화하여 간다.

② 금기(禁忌)

곰이 여성 샤먼인 웅녀로 변신할 때 금기 네 가지가 부과되었다. 장소 금기, 햇빛 금기, 기간 금기, 음식 금기이다. 이를 지켜야만 새로운 존재로 변환될 수 있다는 사고를 보여준다. 유화의 임신에피소드도 당시 햇빛 금기의 양상을 유추하게 한다. 고대 샤먼이 지켜야 할 금기의 내역을 엿볼 수 있다. 탈해의 경우도 아진의선에게 발견된 7일간 말을 하지 않았다거나 석총에서 7일을 머물렀다 함은 일종의 금기였던 것으로 보인다. 보고된 입사의례에 따르면 인간의 말, 즉 세속의 말을 사용하지 않아야 하는 사례가 있다.

③ 춤과 노래

신화시대에 춤과 노래는 즐거움을 위한 것이 아니었다. 신과 접촉하려는 신성한 몸짓과 신성한 소리였다. 이들은 망아(忘我)로 가는 수단이었으며 공동체와 하나가 되어 공동체의 중심신을 청하는 방법이었다. 춤과 노래가 축원을 올리는 한 절차이었음이 구지봉에서 왕을 청하는 공동체의 의례에서 분명히 드러난다. 왕은 곧 황천(皇天)의 대리자였다. 마한(馬韓) 제천

행사에서 이루어졌던 군중의 춤도 이러한 맥락이다.

④ 기아(棄兒)

신화에서 아이가 버려지는 모티브는 단순한 버려짐이 아니다. 세속공간과 격리되는 경험이 반영되어 있다. 이러한 예는 중국이나 몽골에서도 발견된다. 요임금의 신하이자 주왕실의 조상인 기(棄)도 주몽처럼 길가와 숲, 찬 얼음 등에 버려졌으나 동물들이 감싸주어 살았다. 또 탈해도 난생이라는 이유로 아버지에 의해 버려지지만 그 내막은 다른 나라로 가서 왕이 되라는 축원이다. 따라서 버려짐이 의례의 한 절차였음을 알게 된다. 버려짐은 도래와도 관련이 된다. 허왕후나 삼을나 배우자의 도래도 이러한 맥락으로 해석된다.

⑤ 신체 훼손

입사의례에서 신체에 고문을 가하거나 절단, 고통 등을 가하여 세속의 자신을 멸한다고 생각하였다. 현대에서도 입사의례를 지닌 부족들의 예를 보면 발치나 피부 절개, 피부 뚫기 등 몸에 고통을 가하는 예가 적지 않다. 우리나라 신화에서는 신체 훼손의 예가 많이 발견되지는 않지만 없는 것은 아니다. 유화가 긴 입술을 가지고 있어 잘라냈다거나 알영 역시 닭부리 같은 입술이 있어 북천(北川)에서 목욕시켰더니 부리가 빠졌다는 것이다.

⑥ 접신(接神)의 경험으로서 꿈

꿈은 문학과 뗄 수 없는 관계를 가져왔다. 우리나라 문학에 나타나는 최초의 꿈은 동부여 해부루왕(解夫婁王)의 대신인 아란불(阿蘭弗)의 꿈이다. 천제(天帝)가 꿈에 나타나 자신의 자손으로 이곳에 나라를 세우게 하려 하니 다른 곳으로 왕도(王都)를 옮기라 하였다. 이처럼 꿈은 접신의 통로로 여겨졌다. 천제의 명을 해부루왕에게 전하는 아란불은 샤먼적 존재였다. 신의 말을 인간사회에 전하고 있기 때문이다. 우리나라 샤먼을 비롯하여 여러 문명권에서 샤먼은 혼절과 망각을 통해서 신과 접촉한다. 꿈은 일상의식과 다른 통로인 셈이다.

3) 재탄생 관련 모티브

① 인간이 모르는 진실을 아는 신수(神獸)

신화에는 신수(神獸)가 적지 않게 등장한다. 이 동물들은 신성계(神聖界)에 속해 있으며 세속사회 인간들에게 신성한 자가 어디 있는지를 알려주는 기능을 한다. 이들은 인간의 말을 하지 않지만 진실을 알고 있는 존재로 여겨진다.

말을 못하는 존재를 신성시하고 경외하는 풍속이 없지 않다. 예를 들어 말을 아직 못하는 아기가 이 세상의 만사를 다 알고 있다고 여기는 생각이나 말 못하는 짐승도 진실만은 알고 있다는 생각이다. 그러나 고대신화에서 동물은 토템인 경우가 많고 아니더라도 만물정령사상에 바탕하여 특히 몇몇 동물들은 신성하게 여겨졌다. 이후 설화에서 동물은 신성성이 소실되어 있다.

우리나라 신화에서는 말이 혁거세왕과 금와가 있는 장소를 사람들에게 알려주고 있다. 그리고 까치는 탈해가 든 배를 발견하게 한다. 흰 닭이 알지의 출현을 알려주었다. 주몽이 알로서 버려졌을 때 개, 돼지, 소와 말, 새들이 신성한 존재임을 입증해주었다. 이들은 신성계의 대리자 기능을 한다.

② 신성한 자연현상

신화의 주인공의 탄생은 신성한 자연현상을 수반한다. 신의 섭리나 명(命)을 알리는 기능을 한다. 〈박혁거세왕 신화〉에선 전광(電光)같은 기운이 땅에 비쳤다 하고 발견하여 동천(東泉)에 목욕시키니 하늘과 땅이 진동하고 해와 달이 맑아지고 밝아졌다고 한다. 〈김알지 신화〉에서는 밤에 아주 밝은 빛(大光)이 숲 속에서부터 비치고 자색구름이 하늘에서 땅으로 드리워졌다한다. 구름 중에 황금궤가 내려와 나무 끝가지에 걸린다. 빛과 구름 등 자연현상이 신성한 존재를 알려준다. 기능적으로는 신수(神獸)의 기능과 같다.

세상의 만물이 서로 영향을 주고 연관되어 있다는 샤머니즘적 세계관을 보여준다. 이들은 서로 연루되기 때문에 신성한 존재의 출현을 온 세계가 즐긴다고 여겼다. 성인의 출현은 개인적 차원의 개별적 사건이 아니었다. 실제로 이러한 일이 있었을 리는 없다. 개인의 출생에 천지가 진동(振動)하고 하늘에서 구름이 내려오지는 않는다. 중요한 것은 사람들이 이렇게 인식했으며 이 세상의 만물이 서로 연관되어 있다는 생각을 했다는 사실이다.

③ 내부에서 나오기

신화의 주인공들은 태생이 아니라 대체로 어디서부터인가 출현되거나 발견된다. 육체의 탄생이 아닌 바로 의례적인 탄생이기 때문이다. 알에서 나오는 신화의 주인공이 적지 않다. 〈박혁거세왕 신화〉, 〈탈해 이사금 신화〉, 〈김수로왕 신화〉 같은 신라·가야권 신화와 〈동명왕 신화〉에서 주인공은 알에서 나온다. 금와는 돌 밑에서 출현하며 알지와 탈해는 궤(櫃)에서 나온다. 수로가 출현한 알은 금합자(金合子)에 들어 있었다. 탈해는 또 돌무덤에 들어가 7일을 보낸다. 알영은 계룡이라는 이물(異物)의 내부에서 출현한다. 탐라의 삼을나는 모흥굴에서 솟아난다. 웅녀로 변신한 곰의 입사의례도 굴에서 치러지며 그 후 밖으로 나온다. 이들은 모두 탄생의 산실인 자궁을 상징한다. 이곳에서 머물다가 밖으로 나오는 행위는 이 탄생이 육체의 탄생이 아닌 정신적, 존재론적 변환을 이룬 입사의례적 탄생임을 뜻한다.

④ 새 이름 부여

의례를 마치고 새로운 이름을 부여받는 것은 새로운 존재로 변환되었음을 공표하는 행위이다. 무당도 입무의례(入巫儀禮)를 마치고 일개 개인에서 만신이 되었음을 알리는 새로운 이름을 받는다. 신화의 주인공들도 의례와 관련된 이름을 갖고 있다. 수로(首露)라는 이름의 뜻은 처음 나타났다는 뜻이라고 한다. 즉 최초의 군장이자 그들 사회의 시조로서 최초로 유의미한 자, 그 공동체에서 중요한 가치를 지닌 자라는 뜻이었다. 그는 가야국의 시조이자 이전단계 9간 사회 구성을 바꾼 자였다.

혁거세왕은 그가 탄생하자 조수(鳥獸)가 춤추며 천지가 진동하고 해와 달이 맑고 밝아졌다 한다. 이로 말미암아 이름을 혁거세왕(赫居世王)이라 했다.[141]

알영은 태어난 우물로 이름을 삼았다. 대체로 고대사회에서는 출신지(出身地)의 명칭을 곧 사람의 이름으로 삼았다.[142] 금와는 태어난 당시의 형상으로 말미암아 이름을 부여받았는데 금빛과 개구리는 당시 세계관에 따르면 '신성성'을 표현하는 표상이다.[143] '대지로부터 나온 신성한 아들' 정도의 뜻을 갖추었다. 탈해도 의례 중의 사건으로 말미암아 이름을 삼았다. 까치가 탈해가 담긴 배를 발견하였다는 일과 관련된 성(姓)을 지었다거나 궤와 알로부터 나왔다 하는 사건으로 이름을 지었다는 등의 의례적 사건과 관련되어 있다. 단군은 곰과 환웅의 고적(古跡)과 관련된 신단(神壇), 신단수(神檀樹)에서 연유한 이름으로 생각된다. '단'은 그것이 박달나

---

141) 鳥獸率舞, 天地振動, 日月淸明, 因名赫居世王(盖鄕言也. 或作弗矩內王, 言光明理世也.「新羅始祖赫居世王」,『三國遺事』.
142) 金哲俊,「韓國古代社會硏究」, (서울: 지식산업사, 1975), 177면.
143) 고구려 오회도 고분에 일신과 월신이 등장한다. 이 신들과 함께 신수(神獸)가 등장한다. 일신인 남성은 삼족오(三足烏)가 든 해를 들고 있고 월신인 여성은 흰 달을 들고 있는데 이 속의 동물이 두꺼비라 한다. 화면(畵面)에서 두꺼비인지 개구리인지 확증하기는 어렵지만 동류(同類)로 보아도 무방하다고 생각한다.『集安 고구려 고분벽화』, (서울: 朝鮮日報社, 1993) 참조.

무(檀)이든, 제사를 지내기 위한 단(壇)이든 의례와 관련되어 있다. 주몽은 입문의례를 마친 자로서 갖추게 된 신성한 능력이 활 쏘는 기술에 나타나며 이와 관련하여 '활 잘 쏘는 자'라는 뜻의 이름을 얻는다.

⑤ 비범한 외모와 뛰어난 기술

비범함도 신성성의 증표이다. 이러한 비범함이 외모와 골격, 기술에 나타난다. 수로왕은 출현한 지 10여 일을 지나니 신장(身長)이 9척이 되었다고 한다. 얼굴은 용과 같았으며 눈썹은 팔채(八彩)가 있었고 눈동자는 겹이었다고 한다. 눈동자가 겹으로 있었다는 것은 눈이 대단히 밝은 현인이라는 뜻[144]이다. 그달 보름에 즉위하였다고 하니 이 탄생이 생물학적 탄생이 아님이 분명하다.

혁거세왕은 단정하고 아름다운 동남(童男)이었으며 목욕을 시키자 몸에서는 광채가 돌았다 한다. 탈해 이사금은 신장이 9척이며 외모가 빼어났다고 한다. 또 골격이 크고 치아까지 서로 연결된 듯하였다 한다.

주몽은 골격이 좋고 아름답고 기이한 외모였다고 한다. 또 그는 뛰어난 활 기술을 가진 자였다. 활을 잘 쏘는 자는 희생으로 쓸 동물을 잡을 수 있었다. 고구려에서 희생으로 쓸 동물을 많이 잡는 자를 상 주었음은 온달 이야기에서도 확인된다. 또 주몽의 활은 주구(呪具)적 기능을 갖기도 한다.

일반적으로 눈(眼), 빛에 대한 묘사가 많은데 이는 성인이 갖추어야 할 밝음(明)과 관련된다. 이상의 외모는 단지 외적인 모습이 아닌 신성성이 발현되는 증표였다. 그리고 사람들은 이를 경외시하였다.

---

144) 박시인, 앞의 책, 123면 각주 52에 겹눈동자(重瞳)에 대하여 『藝文類聚』 11권, 「帝舜有虞氏」 註를 인용하고 있어 도움이 된다. 이는 중동(重瞳)에 대한 설명인데 '重瞳象電多精光也'라 하였다. 결국 눈에 활기가 있고 자세한 데까지 미칠 수 있는 빛과 같은 눈의 모습을 형용한 것이다. 눈(目)과 빛의 관련성을 다시 한번 볼 수 있다. 우리말에도 '눈'과 '빛'이라는 용어가 결합되어 '눈빛'이라는 말이 이를 방증한다.

⑥ 금색(金色)

금(金)이 부귀의 상징이기 전에 이는 신성성의 상징이었다. 금은 완전한 금속으로 인식되어 동서양의 연금술의 목표가 되었다. 금은 절대 권위와 자율의 상징[145]으로 연금술사들은 이에 도달하고자 하는 신성(神聖) 과학을 추구하였다.

유난히 신화에서 금색, 금은보화가 등장하는 것은 단지 부(富)를 상징하는 것은 아니었다. 풍부한 것은 신성하다는 생각과 관련이 있지 않을까 한다. 우리나라 신화에서도 금빛은 자주 나타난다. 물론 이때의 금빛은 경제적 가치와는 거리가 멀다. 금와왕은 금빛 개구리로 여겨졌으며 수로왕은 황금란(黃金卵)에서 나왔다. 알지는 금궤(金櫃) 안에 있었으며 허왕후는 금은주옥(金銀珠玉)을 싣고 왔다. 이로써 사시(四時)의 비용을 했다 하니 그 풍부함은 곧 그 시대의 미덕이었다.

⑦ 동물 형상의 인물

신화에서 주인공이 동물 형상으로 탄생·출현하는 예가 종종 있다. 이들은 인격신이 본격적으로 등장하기 전에 동물이 일정 공동체의 중심신으로서 숭배의 대상이었던 흔적을 보여준다. 〈단군 신화〉에서 웅녀는 곰이었으며 부여의 금와는 개구리 형상으로 발견되었다. 곰과 개구리는 모두 동면(冬眠)을 하다가 봄이 되면 다시 활동을 하는 공통점을 지닌다. 이러한 생활에서 사람들은 죽음과 재탄생의 신성한 이미지를 읽었던 것으로 생각된다. 이러한 동물과 동일시된 인물은 신성한 자였다.

(3) 입사의례의 소재

신화에는 신의 세계와 인간을 이어 주는 매개적 도구, 장치가 등장

---

145) Mircea Eliade 1977, p.57.

한다. 신성한 나무, 우주목에 대해서는 이미 많은 연구가 있었다. 이 나무는 신과 교통하는 장소이다. 소도(蘇塗)에 관한 기록을 보면 그곳에 있는 큰 나무가 우주목 구실을 하고 있음을 볼 수 있다. 나무에 방울과 북을 달아 이를 두드리며 귀신을 섬겼다.

이러한 의례내용이 보여주는 종교 양상은 바로 시베리아지역의 샤머니즘과 연결된다. 샤먼은 신의 뜻을 받아들이는 통로로서 '세계목'(cosmic tree)이라 지칭되는 높은 나무를 신성지역 중앙에 세우게 되는데 신의 소리를 듣기 위해 나무 위에 올라가 신의 대행자로 종종 등장하는 '새'소리를 낸다[146]고 한다.

우주목이 본격적으로 나타나는 신화로는 〈단군 신화〉와 〈탈해 이사금 신화〉, 〈김알지 신화〉의 경우를 들 수 있다. 〈단군 신화〉에서는 신단수(神檀樹)라 하여 신성한 단 근처의 나무를 뜻하고 있다. 여기에 환웅이 강림하였으니 신이 오르내리는 우주목의 기능을 여실히 볼 수 있다. 신성한 질서가 머무는 이곳에서 웅녀는 신에게 축원(祝願)을 올린다. 탈해는 나무 밑으로 궤와 배 안에 실린 채로 이끌려 오며 이곳에서 아진의선은 하늘에 공수를 청하고 공수에 따라 탈해는 궤에서 나오게 된다. 알지는 궤가 나무에 걸려 있는 형상을 하고 있다. 시림(始林)이라는 원초적 숲 속의 나무는 하늘의 뜻을 전하는 장소였다.

〈박혁거세왕 신화〉에서는 번개빛 같은 이상한 기운이 하늘에서 땅에 닿았다.[147] 하늘과 인간사회의 중간매개 역할을 하는 점에서 번개빛은 우주목의 기능을 공유하고 있다. 유화도 빛에 의해 임신하였다. 빛은 질서적 존재를 상징한다. 신과 인간의 사이에 빛이라는 소재가 놓여있다.

〈김알지 신화〉에서는 구름이 신의 뜻을 알리는 역할을 한다. 자주색 구름(紫雲)이 하늘에서 땅에 뻗쳐 있다[148]고 한 점은 혁거세왕의 탄생 시

---

146) 『한국사』 2, 212면.
147) 於時, 乘高南望, 楊山下蘿井傍, 異氣如電光垂地. 「新羅始祖 赫居世王」, 『三國遺事』.

번개 같은 기운이 땅에 닿았다고 한 것과 동일한 방식이다. 특히 색깔이 자줏빛이라 하는데 자줏빛은 다른 신화에서도 자줏빛 알, 자줏빛 줄 등으로 나타난다. 자줏빛이 입사의례와 관련된 색임을 알 수 있다.

줄도 하늘의 뜻을 전하는 매개적인 소재로 등장한다. 수로왕의 탄생 시에 하늘로부터 자주색 줄이 땅에 닿았다고 한다.149)

이상에서 살펴본 소재들은 후대 문학에 오색구름이나 이향(異香), 무지개 등으로 나타난다. 신화에서 신성계와 인간사회 사이의 매개로 사용되어 신이 직접 내려오던 소재들이 이후 서사물에서는 신화 주인공의 신성함을 우회적으로 나타내는 소재로 변화한다.

신화에서 모태(母胎) 기능을 하고 있는 소재를 살펴보자. 이들은 신이 입사의례를 거쳐 정신적 차원의 탄생을 하는 장소이다. 〈단군 신화〉의 동굴에서 곰이 여자가 되었으며 혁거세왕과 주몽, 탈해, 수로는 알에서 탄생한다. 탈해는 궤에 실려 버려졌으며 이미 육체적 탄생을 하였음에도 다시 돌무덤으로 들어가는데 이러한 형상은 입사의례가 반영된 예이다. 알영은 계룡, 용 등의 다른 존재의 내부에서 나온다. 알영이 그 내부에 들어가게 된 동기는 알 길이 없으나 이물(異物)의 내부는 새로운 탄생 이전의, 죽음의 자리이며 인식적 탄생을 위한 모태의 기능을 행한다. 배(船)에서 나오는 인물로는 탈해와 허왕후를 예로 들 수 있다. 그들은 모두 바다에서 도래한 자들이다. 한편 궤, 합자에서 머물렀던 신으로는 탈해와 알지, 수로를 들 수 있다. 이들 소재들은 현상적으로는 다른 모습을 보이지만 입사의례 장소이며 인식적 탄생을 위한 자리라는 기능은 서로 공통적이다.

신성한 자에게는 신성한 도구가 따른다. 도구에도 신성한 힘이 깃들어 있다고 하여 함부로 다루지 않았다. 신이 사용하던 도구는 신성(神聖) 증표(證票)의 기능을 하거나 축원(祝願)의 매개적 도구로 쓰였다.

---

148) 見大光明於始林中(一作鳩林), 有紫雲從天垂地, 雲中有黃金櫃. 「金閼智 脫解王代」, 『三國遺事』.
149) 唯紫繩自天垂而着地. 「駕洛國記」, 『三國遺事』.

이미 널리 알려져 있다시피, 〈단군 신화〉에는 환인이라는 지고신(至高神)이 지닌 신성성의 증표로 천부인(天符印)이 나타난다. 이 천부인은 하늘의 질서를 땅에 실현하려는 의지를 지닌 환웅에게 주어지며 이 천부인을 지닌 환웅은 지고신의 대리자로서 그 권위를 이어받는다. 천부인이 구체적으로 무엇이었는가에 대해서 대다수 연구자들은 샤먼의 도구라고 한다. 청동기시대에 널리 발견되고 있는 방울, 검, 거울, 혹은 옥(玉)류 정도일 것이라고 생각된다.

주몽은 활을 사용하였다. 그가 선사자(善射者)로서 짐승을 잘 잡는 데도 쓰이지만 이는 주술적 도구로도 쓰이고 있다. 그가 군사들에게 쫓길 때, 물가에 닿자, 황천후토(皇天后土)에게 건널 수 있도록 해 달라는 축원을 하고 활로 물을 친다.150) 그 결과로 자라 떼가 와서 다리를 놓아 건넜다. 활은 태양의 빛을 닮았다는 점에서 태양신숭배관념과 닿아있다. 이렇게 되면 활이 무구(巫具)가 되는 근거를 이해할 수 있게 된다.

해모수는 채찍으로 땅을 그어 구리집을 만들어 그곳에 유화를 불러 들였다. 주몽은 물을 건너기 전, 채찍을 하늘을 향해 가리키며 축원하였다.151) 어느 정도의 폭력성이 축원에 가해졌던 것으로 보인다.

---

150) 操弓打河水. 「東明王篇 幷序」, 『東國李相國集』 권 제3.
　　　 以弓打水. 「平安道 平壤」, 『世宗實錄』 권 제154.
151) 秉策指彼蒼, 慨然發長喟. 「東明王篇 幷序」, 『東國李相國集』 권 제3.
　　　 乃以策指天, 「平安道 平壤」, 『世宗實錄』 권 제154.

Ⅲ. 입사의례적 탄생담을 중심으로 본 신화의 계기적 구조

1. 신화의 계기적 구조

이상에서 신화가 신화의 주인공의 신성성을 입증하기 위한 제도로서 입사의례와 관련한 이야기임을 보았다. 위의 분석을 근거로 신화의 구조에 대해 논해 보고자 한다. 구조란 널리 알려진 바와 같이 '일정한 원리에 따라 상호 영향관계를 맺고 있는 구성요소들의 체계적 총체'[152]이며 국문학계에서도 종속적 구조와 병립구조, 형태론적 구조와 논리적 구조 등에 대한 논의가 있었다. 형태론적 구조란 사건의 계기적 구조, 즉 수평적 질서를 말하고, 논리적 구조란 병렬적 구조, 즉 수직적 질서를 말한다.[153] 이 글에서는 신화의 계기적 구조에 국한하였다. 신화에서 서사진행은 일정 사건을 중심으로 계기적으로 펼쳐진다. 여기서 서사진행의 중심이 되는 사건을 단위로 분절하여 보면 일정 순차(順次)의 이야기로 구성되어 있음을 볼 수 있다.

고대신화는 다음과 같은 서사단락을 기본으로 구성되어 있다. 이들은 신화의 기본적이고 공식화된 단락이다. 당시 사람들이 가치가 있다고 인정한 사건을 중심으로 하여 구성되어 있다. 즉 생애의 여러 사건들 중에서도 다음의 다섯 가지 사실을 중요하게 인식하였으며 서사의 순서도 이에 따라 구성했다.[154]

---

152) 주경복, 『레비스트로스』, (서울: 건국대학교 출판부, 1996), 65면.
153) 尹勝俊, 「說話의 構造와 形式」, 『說話文學硏究 (上)』, (서울: 단국대학교 출판부, 1998), 269면.

(1) 탄생 이전담:　　① 탄생 이전 세계담
(2) 탄생담:　　　　② 입사의례적 탄생담
(3) 탄생 이후담:　　③ 능력제시담　　　　④ 과업 실현담
(4) 종결담:　　　　⑤ 신적 질서로의 복귀담

1.1. 탄생 이전 세계담

탄생 이전 세계담이란 신화의 주인공이 도래하기 전 세상에 대한 서사 단락이다. 신적 질서가 결핍되고 부재(不在)한 상태의 인간사회가 제시된다. 군왕(郡王), 성씨(姓氏)의 시조, 군왕의 배우자로 상징되는 존재가 등장하기를 기대하는 분위기가 조성되고 새로운 질서로 세계가 재편되기를 기대하고 있다.

〈단군 신화〉와 고구려 〈동명왕 신화〉에서는 인간사회에 자신들의 질서를 전해주고자 하는 신적 존재들의 의지(意志)가 탄생 이전 세계담에 나온다. 인간사회는 신적 질서가 결핍되어 있기 때문에 신적 존재가 임해야 하는 필연성이 마련된다. 환웅이 인간사회에 뜻을 두자 이를 환인이 허락하였다는 이야기나 해모수가 자신의 질서를 대리할 후계자를 인간사회에 두고자 한 이야기가 탄생 이전 세계담에 해당한다.

〈금와왕 신화〉에서는 해부루가 후계자가 없어 제사를 드리는 대목이 나타나며 이에 대한 응답으로 후계자가 나타날 것임을 기대하게 한다.

〈박혁거세왕 신화〉에서는 사로 6촌장과 자제들이 군왕 없이 살고 있는 이야기와 혁거세왕 출현 이후 배우자가 없어 과업을 완성하지 못하고 있

---

154) 이러한 구조는 일견(一見) 기존 연구자들이 수행해왔던 전기적 유형과 유사해 보인다. 그러나 전기적 유형은 주인공의 일생의 각 지점에 같은 비중의 관심을 두어 일생(一生)의 순차적 사건을 서사유형화하였다. 반면, 본 연구에서 입사의례적 탄생담을 중심으로 본 신화의 구조는 서사구성의 원리에 주목한 결과이다. 신화의 서사구성 원리는 신화의 주인공의 탄생담을 기본적인 전제로 전개된다.

는 이야기가 탄생 이전 세계담에 해당한다. 사로 6촌의 지명과 장소, 촌장 이름과 그들의 도래 방식, 성씨의 시조가 된 이야기가 나온다. 이들도 하늘에서 내려왔다 하니 혁거세왕 이전 사회의 신화로 생각할 수 있다. 그들의 신화가 별로 관심을 끌지 못했던 이유는 단지 시간이 오래되었기 때문이 아니다. 그들의 뒤를 이어 혁거세왕이 고대국가, 즉 바로 전 시대와는 질적으로 다른 성격의 나라를 세웠기 때문이다. 신화에서는 사로 6촌장이 임금을 기다리는 것으로 나타난다. 본격적인 질서의 표상이 나타나기 전의 '질서의 부재(不在), 결핍 상태'가 제시된다. 혁거세왕은 신성성을 입증하는 입사의례를 마치는 모습으로 정치적 정통성을 획득한다.

〈김수로왕 신화〉에서도 〈박혁거세왕 신화〉와 마찬가지로 군왕이 출현하기 이전의 사회상태가 나온다. 당시 사회는 천지개벽 이래로 아직 나라 이름도 없고 군신 칭호도 없고 구간(九干)이 수장이던 시절로 되어 있다. 따라서 이러한 결핍을 채워야 할 신적 존재가 도래해야 할 필연성이 조성되고 있다.

〈탈해 이사금 신화〉는 입사의례 이전 세계담이 소략하다. 신적 존재를 요청하는 사회적 상황이 〈박혁거세왕 신화〉나 〈김수로왕 신화〉보다 약화되어 있다. 그 이유는 이미 신라지역에 왕이 있었기 때문이다. 이미 '거서간(居西干)'으로 표상되는 신적 질서가 신라지역에 전개되어 있었기 때문에 탈해는 인간사회의 군왕 요청이나 절대신이 인간사회에 참여하고자 하는 직접적인 의지가 나타나지 않고 외부에서 도래하는 방식으로 출현한다.

〈김알지 신화〉는 김씨 시조가 김알지가 아닌 미추왕이나 성한왕 등으로 제향되던 당대 정황을 볼 때 후대 미추왕을 대표로 한 김씨들이 〈박혁거세왕 신화〉의 구조에 맞추어 제작한 이야기가 아닌가 싶다. 그의 일생과 행적이 분명하지 않은 것도 그러한 추정을 해 볼 수 있는 여지를 남긴다. 탄생 이전 세계담에 해당하는 이야기 없이 입사의례가 바로 나타난다.

1.2. 탄생담: 입사의례적 탄생담

입사의례적 탄생담이란 신화의 주인공이 탄생하되, 생물학적 탄생이 아닌 입사의례를 통한 인식적 탄생을 하는 단락이다. 입사의례를 하면서 의례 대상자는 새로운 존재로 재탄생한다. 육신(肉身)의 탄생이 아닌 정신적 차원의 탄생이다. 입문 이전의 존재와 이후의 존재가 전혀 다른 존재로 여겨졌기 때문에 존재론적으로 층위가 변환되었다고 한다. 우리나라 신화에서 이와 같은 의례적 면모를 탄생담에서 찾아볼 수 있다.

혁거세왕은 산속 우물가에서 알로 출현한다. 사람들이 맞이하고 목욕을 시킨다. 그리고 나니 아이의 형상은 더욱 훤칠하여 세계가 이에 조응(調應)한다. 동물이나 천지, 일월이 모두 청명하였다는 것이 바로 질서화된 것을 말해준다. 새로운 세계 창조 순간이다. 이에 따라 '밝다'는 뜻의 혁(赫)이라는 이름을 부여한다. 여기까지가 입사의례적 탄생담이며 그 후의 세계가 조응하는 것은 인식한 자로서의 능력을 보여주는 이야기이다. 그리고 자기 스스로가 '알지 거서간'이라 함은 '성스럽고 세상의 원리, 질서를 인식한 수장'임을 주창한 것이다. 이러한 성지인(聖智人)은 짝을 만나게 되며 그 짝인 알영도 입사의례의 절차를 거친다. 그녀도 우물가에서 계룡의 내부에서 탄생한다. 이를 바로 어머니라고 할 수는 없으며 이는 고대 입사의례 절차의 반영이다. 이물(異物)의 내부, 아마도 계룡이라 여겨지는 어떠한 가설물을 통과하여 나왔을 것이다. 그리고 나서 목욕을 함으로 해서 완전히 입사의례를 마쳐 동물의 형상 – 닭부리로 표상되는 입문 이전의 모습이 사라진다.

고구려 〈동명왕 신화〉에서는 인식한 자로서의 주몽을 드러내기 위해 해모수와 유화의 결연담이 예비된다. 해모수와 유화의 결합은 새로운 질서를 위한 세계 창조를 의미한다. 천지의 결합으로 관념된 그들의 신혼(神婚)은 우주의 원초적 상태로의 복귀, 근본회복을 의미하며, 이는 곧 새로운 신화적 계기 즉 천지개벽을 동시에 실현하는 것이었다.[155] 신화의 주인공은 알로 태어나고 버려졌다가 다시 거두어진다. 어머니에게 되돌려지고 사람으로 태어나는 과정으로 입사의례적 탄생이 끝을 맺는다.

〈단군 신화〉도 고구려 〈동명왕 신화〉와 같은 유형의 입사의례적 탄생담을 가지고 있다. 부모의 신성혼이 주인공의 인식적 탄생을 예비하는 의례적 사건으로 설정되어 있다.

〈금와왕 신화〉에서 금와는 땅에서 개구리 형상으로 나타난다. 말이 입문자가 있는 장소를 알려주고 왕이 사람들로 하여금 못 가의 큰 돌을 들추고 입문자를 찾아내는 구조가 신라권 신화와 같다.

〈김수로왕 신화〉의 탄생담은 강림의례 관련 이야기이다. 삼월 상사일(上巳日)인 계욕일(禊浴日)에 구지봉이라는 중심산에서 신과 군중이 서로 축원과 공수를 주고받는다. 군중의 가무와 맹렬한 축원으로 하늘로부터 자색 줄이 내려왔다. 보자기 안에 금합자(金合子)가 있고 그 안에 황금알 여섯 개가 있었다는 사실과 그 알이 동자로 화했다는 사실은 입사의례 양상을 말해준다. 합자 안에 있었다 함은 의례적 죽음을 뜻하며 동자로 화했다 함은 새로운 존재로 탄생했음을 뜻한다.

〈탈해 이사금 신화〉에서는 함달파왕과 적녀국의 왕녀의 결합에 대한 이야기가 나온다. 아버지 함달파왕은 용왕이고, 어머니는 적녀국의 왕녀로 설정되어 있으며 이들의 결합으로 탈해가 출생한다. 단군이나 주몽의 탄생과 구조적으로 같다.

문면(文面)에는 알로 태어난 탈해가 인간으로서 불길하다 하여 버려지는 것으로 되어 있지만 이는 아버지 함달파왕의 축원, '인연 있는 곳에 가서 나라를 세우라'함은 '버려지기'가 나쁜 일이 아님을 보여준다. 알은 버려지는 형식의 입사의례를 뜻한다. 궤에 넣어져 바다에 띄우기, 그리고 후에 아진의선(阿珍義先)이라는 샤먼에 의해 발견되기, 수림(樹林) 아래에

---

155) 황패강, 「朴赫居世와 Pre-高句麗 神話」, 『한국민속연구논문선(Ⅱ)』, (서울: 一潮閣, 1982), 205면.

서 궤로부터 벗어나기, 돌무덤에 머물기 등 장대하고 신성한 이야기가 이어진다. 궤와 돌무덤은 각기 죽음을 상징하며 새로운 존재로 탄생하기를 기다리는 장소이다. 궤에 머무르던 알이 동자로 화하여 다른 존재가 된 것은 아진의선이라는 정신적 인도자가 매개로 입사의례의 수행을 거들었기 때문이다. 신의 뜻을 전달받는 자가 의례의 빈(賓), 인도자로 설정되고 있으며 입사의례를 수행하는 자를 돕는다. 이후 관례 등의 의례에서도 빈은 덕망 높은 자가 초대되어 의례를 주관한다. 이러한 관습은 신화시대에 마련된 전통과 관련된다고 생각된다.

〈김알지 신화〉의 탄생담은 다음과 같다. 의례가 치러지는 시간은 밤이다. 큰 빛이 시림(始林) 속에서 나타났고 자색구름이 하늘에서 땅에 뻗쳤다는 모티브는 입사의례를 문학적으로 표현하기 위한 수사적인 측면이다. 자색구름이 우주목의 기능을 하고 있음을 볼 수 있다. 호공이 의례의 인도자 역할을 한다. 호공은 입문자 김알지를 발견하고 왕에게 이 사실을 알린다.

산 속의 숲, 성소(聖所)에 위치한 궤, 궤, 합자, 알에서 나오는 아이, 의례를 완성하게 하는 인도자, 인도자를 따라 군중과 왕이 입문자를 맞이하는 구조는 신라·가야권의 입사의례에서 주된 형식으로 나타난다. 부여의 〈금와왕 신화〉도 신라·가야권의 입사의례적 탄생담과 구조적 측면에서 동일하다.

1.3. 탄생 이후담

탄생 후에 있었을 여러 사건 중에서 신화시대 사람들은 어떠한 사건을 유의미하게 받아들였을까? 일생에는 여러 일이 있지만 그중에서 어떠한 사건을 취해서 서사화하는 것은 그 사건, 사실이 중요하기 때문이다. 특히 신화적 주인공은 개인이 아니라 곧 공동체의 생명력과 관련되어 있기 때문에 서사화된 사실에는 당시의 관점이 적용되어 있다.

신화를 살펴보면 입사의례적 탄생담 이후에 신화의 주인공의 능력 제시담과 과업 실현담이 따른다. 의례적 방식을 통해 탄생한 입문자는 범인과는 다른 능력과 신성징표를 지니고 있다. 사람들과 다른 외형적 조건이나 기술, 능력에 대한 이야기 다음으로 과업 실현담이 뒤따른다.

실제의 역사적 선후(先後)를 따지자면, 주인공에 의해 수행된 과업 때문에 신화가 제작되었을 가능성도 충분하다. 즉 신화에서처럼 어떠한 개인의 탄생에서부터 건국에 이르는 사건이 이루어졌던 것이 아니라 '건국', '새로운 체제를 지닌 정치체 건설'이라는 역사적이고 정치적 사건이 문학작품으로서 신화보다 먼저 이루어진 사건일 수 있다. 특히 영웅신화는 정치적 사실과 관련이 깊다. 신화 형성과 역사적 사실의 선후를 따지면 건국이 먼저 이루어졌을 가능성이 높다. 그러나 역사적 선후를 떼 놓고 볼 때 서사물로서 신화는 탄생담이 서사전개의 중심이 된다. 이를 기반으로 하여 능력 제시담과 과업 실현담이 뒤따른다.

(1) 능력 제시담

능력 제시담이란 신화의 주인공이 입사의례를 마친 자로서 신적 능력을 입증하고 보여주는 이야기이다. 일반인이 가지지 못한 능력이 제시된다.

고구려 〈동명왕 신화〉에서 주몽은 탄생에 이어서 입사의례를 마친 자로서 능력을 보이는데 여기서 그는 활을 잘 쏘는 사람으로 나온다. 외모가 영기(英奇)하다 함도 다른 신화에서 인물이 특이한 외모를 지닌 것으로 묘사되는 것과 같은 맥락이다.

〈김수로왕 신화〉에서는 수로의 용모, 성장 속도가 빠름이 나타난다. 탈해는 당시 사회의 귀족이었던 호공의 집을 차지한다. 더 뛰어난 자, 더 신성한 자가 길지(吉地)를 가져야 한다는 인식이다. 집을 차지한 데 이어

114

남다른 지혜를 남해왕이 알아보게 되어 왕의 맏공주와 혼인하게 된다. 〈탈해 이사금 신화〉에서는 탈해가 물리적 질서를 뛰어넘는 존재임을 보여준다. 백의로 하여금 물을 가져오게 하였는데 직접 보지도 않았음에도 백의가 속된 행동을 했음을 알고 벌을 준다. 육안(肉眼)으로 보지 않은 일도 알아내는 능력이 있었다.

〈김알지 신화〉에서 주인공의 능력은 혁거세왕 입사의례에서의 방식과 유사하다. 그가 인식한 자임을 동물들이 알아보고 조응하여 기뻐한다. 이러한 유사성은 당시 신라권 신화의 일반적 구조이자 표현 방식이었다.

(2) 과업 실현담

과업 실현담이란 자신의 이상을 세계에 실현하여 가는 과정을 보여주는 이야기로 건국이나 성씨의 시조, 왕이 되는 이야기이다. 이 과정에서 경쟁자와 싸우거나 짝을 맞아 혼인하기, 관제(官制) 정비하기, 궁실짓기 등의 이야기가 따른다.

〈단군 신화〉에서는 탄생담 후에 바로 과업 실현담이 뒤따른다. 단군은 도읍을 정하고 조선을 세운다. 〈박혁거세왕 신화〉에서 주인공은 사회를 통합하여 새로운 정치체를 건립한다. 입문자는 의례 후에 그대로 머무르지 않고 자신의 이상(理想)을 실현한다. 현재 서사물로 구성되어 현전하는 신화의 경우는 거의 다 새로운 정치체 건설이라는 정치적 사건과 관련되어 있다. 혁거세왕의 과업은 서라벌(徐羅伐)156)의 건국으로 나타난다.

고구려 〈동명왕 신화〉의 과업 실현담으로는 경쟁자를 제치고 3명의 벗, 3명의 현인(賢人) 등을 얻어 다른 땅으로 가 그곳에서 건국하는 이야기가 이에 해당한다. 대소형제, 송양과의 경쟁 등이 과정상의 사건으로 나온다.

〈금와왕 신화〉에서 금와는 해부루와 혈통관계는 아니었지만 신성성이

---

156) 일연에 의하면 사라(斯羅), 사로(斯盧), 계림국(鷄林國)이라고도 했다 한다.

인정되었기 때문에 해부루의 뒤를 이어 왕위에 오른다.

〈김수로왕 신화〉의 과업 실현담도 다른 건국신화와 마찬가지로 나라를 세우는 이야기이다. 그 과정에서 신성 장소로써 궁실을 세우는 이야기와 탈해와의 경쟁, 허왕후를 맞아 새로운 질서의 완성을 이루는 이야기, 관직을 정비하여 제도를 완성하는 이야기가 설정되어 있다.

〈탈해 이사금 신화〉의 과업 실현담을 보면 다른 건국주와 달리 건국을 하지 않으며 노례왕 후에 왕위에 오른다. 여기서 왕위 획득은 살육이나 제거가 아닌 계승관계로 나타나며 선주민(先住民)들로부터 성지인(聖智人)임을 인정받는 사건을 통해 이루어진다.

〈김알지 신화〉에서 다른 신화에 나타나는 과업 실현담이나 신적 질서로의 복귀담이 전혀 없는 것은 앞서 언급한 것처럼 이 이야기가 후세에 김씨들이 왕이 되면서 신성성을 인정받기 위해 만들어낸 이야기가 아닐까 하는 의구심을 갖게 한다.

1.4. 종결담: 신적 질서로의 복귀담

신적 질서로의 복귀담이란 이들이 죽음을 맞는 이야기인데 동명왕이나 혁거세왕 같은 남성으로 표상되는 신들은 하늘로 올라간다. 단군과 탈해는 산신(山神)이 되며 알영과 허왕후 같은 여성으로 표상되는 지모신들은 땅에 묻힌다. 유화는 소상(塑像)이 만들어져 국조신으로 모셔진다. 이 죽음들은 모두 풍요와 재탄생을 예견하는 모습이다. 고대의 시각으로 볼 때, 죽음에 이어 다시 재탄생을 한다는 사실은 당연하기 때문이다. 따라서 이들의 죽음은 생물학적인 죽음으로 여겨지지 않았으며 이에 따라 장례도 평범하지 않았다. 후세에 신성성과 풍요로움을 남겼으며 자신들은 일정 공동체의 보호자로서 수호신이 되었다.

혁거세왕과 알영의 죽음은 생물학적 죽음의 모습이 아니다. 혁거세왕은 하늘로 승천했다 한다. 그리고 7일 후에 시신이 땅에 흩어져 떨어졌다. 이러한 죽음의 모습은 고대 문명권에 나타나는 신의 죽음과도 상통하며 풍요를 기원하는 풍속에서 비롯된다. 여기서 뱀은 사악한 동물이 아니라 신적인 질서를 수행하는 심부름꾼의 역할을 하고 있다. 알영도 혁거세왕을 따라 죽음을 맞는다. 질서적 존재에 따르는 순장(殉葬)에 부응하는 죽음이다.

고구려 〈동명왕 신화〉에서 신적 질서로의 복귀담은 어느 날 갑자기 하늘로 올라갔기 때문에 구슬 채찍만 용산에 묻었다는 이야기이다. 지고신(至高神)이 천신(天神)으로, 이상향(理想鄕)이 하늘로 설정되어 있음을 다시 한번 확인하여 준다. 하늘은 신적 존재가 머무는 곳으로 나타난다. 인간세상에서는 주몽과 유화는 각각 신으로 사당에 모셔져 제향된다.

〈김수로왕 신화〉에서 볼 수 있는 신적 질서로의 복귀담은 다음과 같다. 허왕후가 먼저 죽자 구지봉에 장사하고 왕후가 도래하는 광경을 재연하는 의례, 각기 해당 장소에서 매년 정기적으로 치르고 있음에 대한 이야기와 같이 온 신하들이 시름시름 소멸하는 이야기는 순장의 원리로 이해된다. 현대의 눈으로 보면 시름시름 소멸하는 것이 쇠퇴하는 것으로 보이지만 실은 순장을 통해 같이 재생을 꿈꾸는 현상을 보여주는 표현 방식인 것이다. 수로는 죽음 이후에도 부정한 행동을 하는 인물에게 액을 내리고 있으며 시조로서 제향 받았다.

〈탈해 이사금 신화〉에서 신적 질서로의 복귀담에 해당하는 이야기는 다음과 같다. 생물학적 죽음을 맞는 것처럼 보이지만, 그의 의지는 인간사회에 계속 영향을 미치고 있다. 자신의 육신을 이차장(二次葬)해 줄 것을 명하는 공수에서 뼈를 중시하던 당시의 풍속을 알 수 있다. 특히 그가 스스로 동악, 즉 토함산에 자신의 뼈를 둘 것을 명한 것은 그가 동악신(東岳神)으로 좌정했음을 보여준다.

위와 같은 계기적 구조는 신화의 요체가 인식적 탄생을 한 신화의 주인공이 자신이 보유한 신적 질서와 능력을 이 세상에 구현해가는 과정을 형

상화한 것임을 보여준다. 이 신화는 공동체에서 정기적 제사와 모방의
례의 방식으로 기념되고 신성한 역사로 여겨져 후대에 전해졌다.

이상에서 고찰한 신화의 계기적 구조를 도표화하였다.

표 3. 신화의 계기적 구조

	단군	박 혁 거세왕	금와왕	동명왕	김수 로왕	탈해 이사금	김알지	삼을나
탄생 이전 세계담	○	○	○	○	○	○		○
입사의례적 탄생담	○	○	○	○	○	○	○	○
능력 제시담		○		○	○	○	○	
과업 실현담	○	○	○	○	○	○	○	○
신적 질서로의 복귀담	○	○		○	○	○		

이상의 논의에서 신화의 장르적 특징을 규정하는 데 탄생담이 결정적
요소임을 지적하였다. 이 탄생은 인식적 탄생이며 입사의례 원리에 의한
탄생으로 죽음과 의례적 시련을 거친 자의 재탄생(再誕生)이다. 이로 인
하여 신화의 주인공은 물리적 세계를 제어하거나 움직일 수 있는 신적 지
위와 신성성을 획득한다. 그는 신적 능력을 지닌 샤먼적 신인(神人)157)이
되며 정치적으로도 권위를 인정받아 해당 정치체의 수장(首長)으로서 역
량을 발휘하게 된다.

무가(巫歌)와 같이 후대에 형성된 서사물과 달리, 고대신화는 입사의례

------

157) 신인(神人)이란 인간화된 신(神)을 이른다. 신인(神人)에 대한 용례가 탐
　　라의 삼을나 신화에 나오는데 바로 이들은 신적인 능력을 지니고 인간의
　　일을 하고 있음을 보게 된다. 우리나라 신화에서 환인, 환웅, 해모수 등의
　　절대신을 제외한 서사의 신화의 주인공들은 거의가 신성(神性)과 인간성
　　(人間性)을 가지고 있다.

적 탄생을 통해 신성성을 획득한 인물의 행적담이다. 각 서사단락은 분리되어 이야기를 구성할 수 있다. 때로는 인식적 탄생이 나타나지 않은 상태에서 행적담만이 나타나거나 능력담만이 나타나기도 한다. 그러나 기본적인 원리로는 그는 이미 인식적 탄생을 한 자로 전제된다. 입사의례적 탄생이라 함은 신성성을 획득하는 것이 핵심이다. 금와왕, 혁거세왕, 김수로왕, 김알지, 탐라의 세 신인 등은 부모 없이 태어나거나 하늘의 파견자로 나타나 생물학적 혈통에 대한 관심과는 다른 맥락을 보여준다. 혈통에 대한 관심은 고대국가의 왕위계승, 고대국가의 정비와 함께 형성되기 시작한다. 고대국가 초기의 왕권은 혈통관계가 아니어도 갈등 없이 계승된 것으로 나타난다. 〈단군 신화〉와 고구려 〈동명왕 신화〉에서 천신과 지신이 부모화된 사실은 정치적 성격이 농후하다.

탄생담의 후속담으로 행적담은 크게 신적 능력 제시담과 과업 실현담, 신적 질서로의 복귀담으로 나눌 수 있다. 신화 주인공의 탁월한 신적 능력은 처음부터 주어진 것이 아니며 입사의례적 탄생을 거치면서 인정된 결과이다. 이러한 능력을 바탕삼아 신화의 주인공은 자신에게 주어진 과제를 성공적으로 수행한다.

신화의 서사단락은 입사의례적 탄생담을 중심으로 계기적으로 구성되어 있다. 위에서 입사의례 이전 세계담과 입사의례적 탄생담, 획득한 능력 제시담, 과업 실현담, 그리고 신적 질서로의 복귀담으로 나누어지고 있음을 보았다. 그리고 각 담(譚)들은 탄생담과 연계되면서 이야기되는 소재나 범위의 층위가 제한된다.

2. 탄생담의 서사적 기능

서사의 전개와 구성에서 신화 주인공의 탄생담이 중추적 역할을 하고 있다. 탄생담에서는 신화의 핵심이라고 할 수 있는 주인공의 신성성이 입증되었다. 신화의 주인공이 공인(公認)받은 신성성을 기반으로 탄생담 전후의 서사단락이 전개된다. 신화에서 신성성이 탄생담에서 입증된다는 사실은 중요하다. 신화를 계승하지만 같은 범주라고는 할 수 없는 서사무가나 본풀이류에는 신화에서와 같은 성격의 탄생담이 나타나지 않는다. 수사(修辭)적으로 오색구름이나 향기 등이 등장하지만 결국 주인공은 세계를 표상하는 신화의 주인공과는 달리 개인 차원에 머물러 있다. 그리고 대부분의 서사무가에서 주인공이 신성성을 획득하는 서사적 지점은 탄생담이 아니다.

탄생담의 후속담에서 신화의 주인공의 활동 수준, 활동의 범위는 세계를 대상으로 한다. 탄생담이 입문자에 초점이 맞추어져 있는 반면 후속담은 세계를 대상으로 하는 행적으로 확장된다. 여기서 신화의 주인공은 개인이 아니라 공동체를 표상한다. 앞서도 보았다시피, 고구려의 국호는 요동땅 구려산 밑에 사는 고주몽이라는 뜻에서 취해졌다는 홍만종의 기록이 이러한 면모를 보여준다. '고구려'라는 명칭에서 볼 수 있는 관념은 결국 개인이 국가 전체를 담당할 정도의 비중을 차지하고 있다는 사실이다.

탄생담의 후속담으로 능력 제시담과 과업 실현담은 신성성을 획득한 인식적 탄생을 전제(前提)로 전개된다. 신성한 자로 탄생했기 때문에 신적 능력이 있으며 당연히 아무런 어려움 없이 과업을 실현할 수 있다는 논리이다. 탄생 이전담으로는 인간사회에 신화의 주인공으로 표상되는 신적 존재의 부재(不在) 상황이 임하기를 요청하는 상황이 제시된다. 이러한 상황은 신의 강림을 원하고 있는 인간사회가 제시되거나 신화의 주인공을 지상에 두려는 절대신의 의지 표명으로 나타난다. 결국 신화의 주인공의 출현을 기다리는 상황이다. 이러한 상황에서 탄생은 필연적인 것으로 나타난다.

탄생 이전담에 주인공으로 표상되는 신적 존재의 탄생을 요구하는 서사단락이 제시되며 탄생담의 후속담으로는 인식적 탄생을 전제로 한 신화의 주인공의 행적이 전개된다. 신화의 주인공의 행적은 인식적 탄생을 한 입문자로서 공인된 능력을 기반으로 전개된다. 이처럼 탄생담은 서사단락 구성의 중심을 이루고 있다.

3. 탄생의 유형(類型)과 개별 신화의 계기적 구조

신화의 탄생담에 나타난 입사의례는 두 유형으로 대별된다. 의례적 양상이 명시적인 탄생과 인식적 탄생을 위한 예비적 사건으로 나타나는 탄생으로 나누어진다. 탄생의 양상은 다르지만 주인공의 인식적 탄생을 표현하기 위한 목적은 같다.

3.1. 의례를 통한 탄생

(1) 하늘이 명(命)하고 땅에서 출현(出現)

신라와 관련된 신화는 〈박혁거세왕 신화〉만이 아니라 〈탈해 이사금 신화〉와 〈김알지 신화〉가 있으며 신라 이전 사회의 신화인 〈사로 6촌장 신화〉가 확인되고 있다. 이들은 모두 숲에서 발견되는 아이라는 공통점을 가지고 있다.[158] 다른 신화에 비하여 신라·가야권 신화에서 의례의 모습을 좀 더 볼 수 있다. 첫째, 샤먼수장(首長)[159]의 탄생을

---

158) 흥미로운 점은 몽골지역신화에서도 숲에서 아이를 발견하여 데려온 이야기들이 발견되며 또 신라 금관이 시베리아지역의 샤먼의 관(冠)과 흡사하다는 연구가 있어 서로 영향관계가 있었을 가능성을 보여준다. 그리고 역사기록에도 이들은 고조선의 유민이라고 하여 문화적 유대관계가 있었을 가능성을 높이고 있다.

159) 이 용어는 신정국가(神政國家)에서 샤먼이면서 일정 정치체에서 우두머리의 역할을 한 사람을 일컫는다. 기존 연구에서 사용한 용례를 보면 다

촌장을 비롯한 군중들이 지켜보고 있다. 의례를 통한 탄생은 공동체의 생명, 질서와 관련되므로 샤먼수장의 탄생이 중요했다. 둘째, 탄생 장소가 숲이라는 일정한 환경이라는 점, 셋째, 탄생의 절차가 유사하다는 점이다. 즉 군중과 함께 탄생자를 맞이하기, 목욕시키기, 이름짓기, 성소로서 궁실에 모시기 등의 절차가 대체로 공통적이다.

신라·가야권의 신화들은 시간적 선후(先後)를 이루며 형성되고 있는데 모두 정치적인 관련을 갖는 이야기라는 점에서 공통점을 지닌다. 이러한 신성 정치체의 수장(首長)은 의례를 통하여 탄생함으로써 신성성을 보장받고 있다. 신성성의 근원적 존재로서 절대신이 발달되기보다는 신성사물(神聖事物) 정도로만 나타나며 인격성이 확연히 드러나지 않는다. 그리고 인간사회에 개입하는 정도가 〈단군 신화〉와 고구려 〈동명왕 신화〉보다 훨씬 적다.

가. 박혁거세왕 신화

〈박혁거세왕 신화〉는 주인공이 하늘에서 하강(下降)한 신화이다. 탄생의 장소는 산 숲 속에 있는 우물가로 지상(地上)이다. 의례가 수행되던 장소는 산속의 물가였던 것으로 나온다. 당시 사람들은 이곳을 신과 통하는 장소로 여겼던 것이다.

〈박혁거세왕 신화〉에는 〈사로 6촌장 신화〉가 먼저 보인다. 이 지역에서

음과 같다. 무축왕(巫祝王, 이성구, 앞의 책, 9면.), 무왕(巫王, 김열규 1971, 117면.), 무군(巫君, 柳東植, 『韓國巫敎의 歷史와 構造』, (서울: 延世大學校 出版部. 1975), 34면), 사제왕(司祭王, Priest King, 『한국사』 2, 214면.), 신성왕(神聖王, 김영일, 앞의 책, 41면). 이상과 같이 정립된 용어는 없지만 그 의미는 모두 샤먼＋정치적 수장(首長)이 결합된 뜻이다. 필자는 '샤먼수장(首長)'이라는 용어를 다음과 같은 의미에서 사용하였다. '왕(王)'이라는 표현은 왕 단계 이전 신정국가의 정치적 수장을 표현하기 어렵기에 정치적 우두머리라는 뜻을 전반적으로 나타내는 '수장'이라는 용어를 사용하였다. '샤먼'이라 함은 샤머니즘 학계에서 무(巫)나 격(覡)을 아우르는 칭호로 샤먼을 사용하는 것이 일반적이므로 이에 따랐다.

천강(天降)의 방식으로 탄생하는 것은 혁거세왕의 경우가 처음은 아니었다. 혁거세왕 신화에 이들 신화가 포함되어 전승하는 이유는 무엇일까? 혁거세왕의 사로국 건국은 해당지역의 선주민(先住民)을 포용하는 방식이었다고 한다. 포용정책의 덕분이었는지 신화에 나타난 인물들의 관계도 갈등적이지 않다. 고구려가 건국할 때 선주민들과 분쟁을 해야 했던 것과 달리. 6촌장 중 한 사람인 소벌공은 혁거세왕의 탄생을 돕는 역할을 한다. 호공(瓠公)이 알지를 발견하거나 아진의선(阿珍義先)이 탈해를 발견하고 이들이 의례를 마칠 수 있도록 인도했던 것과 같은 역할이다.

다음은 서사의 구성이 탄생담을 중심으로 되어 있는지를 구체적으로 보기 위해 신화 원문을 계기적(繼起的) 구조에 따라 살펴보겠다.

① 탄생 이전 세계담

옛날 진한의 땅에는 육촌(六村)이 있었다. 첫째는 알천 양산촌(關川 楊山村)이니, 남쪽의 지금 담엄사(曇嚴寺)이다. 촌장(村長)은 알평(謁平)이다. 처음 하늘에서 표암봉(瓢嵓峰)에 내려오니, 이가 급량부(及梁部) 이씨(李氏)의 조상이 되었다.

둘째는 돌산 고허촌(突山 高墟村)이니, 촌장은 소벌도리(蘇伐都利)라하여 처음 형산(兄山)에 내려와 이가 사량부(沙梁部) 정씨(鄭氏)의 조상이 되었다. 지금은 남산부(南山部)라 하여 구량벌(仇良伐), 마등오(麻等烏), 도북(道北), 회덕(廻德) 등 남촌(南村)이 이에 속한다.

셋째는 무산 대수촌(茂山 大樹村)이니 촌장은 구례마(俱禮馬)라 하여 처음 이산(伊山) 내려와 이가 점량부(漸梁部) 손씨(孫氏)의 조상이 되었다. 지금은 장복부(長福部)라 하니 박곡촌(朴谷村) 등 서촌(西村)이 이에 속한다.

넷째는 자산 진지촌(觜山 珍支村)이다. 촌장은 지백호(智伯虎)이다. 처음 화산(花山)에 내려와 이가 본피부(本彼部) 최씨(崔氏)의 조상이 되었다. 지금은 통선부(通仙部)라 하여 시파(柴巴) 등 동남촌(東南村)이 이에 속한다. 최치원(崔致遠)은 본피부(本彼部) 사람이다. 지금 황룡사(皇龍寺) 남쪽과 매탄사(昧呑寺) 남쪽에 옛터가 있는데, 이것이 최후(崔侯)의 옛 집이라 하는 데 거의 분명하다.

다섯째는 금산 가리촌(金山 加里村)이니 촌장은 기타(祇沱)라 하여 처음 명활산(明活山)에 내려와 한기부(漢岐部) 배씨(裵氏)의 조상이 되었다. 지금은 가덕부(加德部)라하여 상, 하서지(上下西知), 내아(乃兒) 등 동촌(東村)이 이에 속한다.

여섯째는 명활산 고야촌(明活山 高耶村)이니 촌장은 호진(虎珍)이라 하여 처음 금강산에 내려오니 이가 습비부(習比部) 설씨(薛氏)의 조상이 되었다. 지금의 임천부(臨川部)이니 물이촌(勿伊村)·잉구미촌(仍仇彌村)·궐곡(闕谷) 등 동북촌(東北村)이 이에 속한다.

위의 글을 살펴보니 이 육부(六部)의 조상들이 모두 하늘에서 내려온 것 같다. 노례왕(弩禮王) 9년에 비로소 육부(六部)의 이름을 고치고 또 6성(六姓)을 주었던 것이다. 지금 풍속(風俗))에는 중흥부(中興部)를 어미, 장복부(長福部)를 아비, 임천부(臨川部)를 아들, 가덕부(加德部)를 딸이라고 하는데 그 이유는 자세하지 않다.[160]

〈박혁거세왕 신화〉는 신화의 주인공의 탄생 이전 세계인 사로 6촌에 대한 이야기로 시작한다. 진한(辰韓)지역에 있었다는 6촌과 그 촌장에 대한 신화가 전해지고 있어 옛 신화의 모습을 어림할 수 있다. 진한(辰韓) 육촌(六村)의 지명과 장소가 제시되고 촌장이름과 그들이 어떻게 이 땅에 왔는지가 설명된다. 이들은 하늘에서 산에 내려왔다고 한다. 촌장들이 산에 하강하였다는 구절 '初降于兄山', '初降于花山' 등에서 그들이 하늘에서 하강한 존재로 여겨졌음을 알 수 있지만 하늘이 곧 아버지라거나 성별(性別)에 대한 관념은 보이지 않는다.

다음으로는 그들의 사회적 지위에 대한 기록이 따른다. 이들은 각기 급량부 이씨(及梁部李氏)의 조상이 되었다거나 정씨(鄭氏)의 조상이 되었다고 한다. 물론 이 부(部)들은 고대국가가 성립된 이후의 명칭이므로 이들이 처음부터 이씨의 조상이라거나 정씨의 조상으로 여겨지지는 않았을 것이다. 다만 지역공동체에서 중심적 활동을 하던 인물들이었음은 알 수 있다. 이들은 각각 성씨(姓氏)의 최초 조상이 되었다.

또 땅을 가족관계로 여겼다는 사실도 전해진다. 풍속(風俗)에는 중흥부

---

160) 본문을 인용할 때 일연이 주석한 본문 주는 생략하였다. 이는 본 논의가 구체적인 사실을 논하지 않기 때문이다.

(中興部)를 어미, 장복부(長福部)를 아비, 임천부(臨川部)를 아들, 가덕부(加德部)를 딸이라고 하는데 일연도 그 이유는 자세하지 않다고 하였다. 이는 그곳의 풍속을 가늠할 수 있는 기사이다. 연구자에 따라 이러한 설명이 사로 6촌이 성립되는 선후를 알려주는 것이라고도 한다.[161] 하지만 일정 지역을 가족관계로 본 사실은 역사적 사실에 근거한 것이라기보다는 신화적 사고가 적용된 것으로 생각된다. 알천 양산촌을 어머니로, 무산 대수촌을 아버지로, 명활산 고야촌을 아들로, 금산 가리촌을 딸이라고 한 데는 그들 나름의 논리가 있었다고 본다. 이처럼 지역을 가족으로 비유한 것은 동아시아에서 마치 천문(天文)을 인간관계로 보아 각각 황제와 신하로 여겼고 또 나라의 운명과 동일시하던 전통적 관념, 그리고 군신(君臣)관계를 가족관계로 보는 사상 등과 같은 선상(線上)에 있다. 각각의 촌에 가족관계를 설정한 것은 각 시조신의 근본과 관련이 있다고 생각한다. 전혀 근거가 없지 않다. 입사의례의 장소가 되는 알천을 어머니 삼고, 산과 우주목으로 보이는, 나무가 많거나 혹은 큰 나무가 있는 촌을 아버지 삼았음은 당시의 어떤 의미가 있었을 것이다. 다만 일연의 시대에만 해도 그러한 사상들이 유효하지 않았고 이해되지 않았다. 지금으로서 알 수 있는 바는 그들이 하늘로부터 산으로 내려왔다고 여겨졌으며 각 성씨의 시조가 되었다는 점, 그들의 하강(下降)이 '최초'라는 시간에 행해졌다고 믿었던 사실, 원향(原鄕)인 하늘이 아버지나 남성으로 설정되지 않았다는 사실이다. 또 신화 원문에 한해서는 근원적 존재의 인격성 여부를 확인하기 어렵다.

> 전한(前漢) 지절(地節) 원년(元年) 임자(壬子) 3월 초하루에 육부(六部)의 조상(祖上)들이 각기 자제(子弟)들을 데리고 알천(閼川)언덕 위에 모여 의논하였다.
> '우리가 위에 백성을 다스릴 군주(君主)가 없어, 백성들이 모두 방자하여 제 맘대로 하고 있소. 어찌 덕(德)있는 사람을 찾아 임금으로 삼아 나라를 세우고 도읍을 정하지 않겠소!' 하였다.

---

161) 李鍾旭, 『新羅國家形成史硏究』, (서울: 一潮閣, 1982), 33면.

육부(六部)의 조상(祖上)들이 자제들을 데리고 알천 언덕 위에 모여 의논하였다 함은 3월 초하루가 당시 사회에서 어떤 의미를 지닌 날이며 이날 군중이 참여하였음을 말해준다. 알천 언덕은 물가의 언덕이며 언덕은 제정이 분화되지 않은 신정사회(神政社會)에서 일반적인 공동체 회집 장소였다.

이들은 특정일과 특정장소에서 임금을 기다리고 있었다. 이는 이미 그러한 관습이 통하던 사회에서 가능한 일이다. 이러한 의례적 탄생이 이미 있어왔으며 그것의 의미는 신성하였던 것으로 여겨졌다. 그들의 논제(論題)는 군주(君主)가 필요하며 덕 있는 사람을 찾아 임금으로 삼아야 한다는 것이었다.

그리고 또 하나의 중요한 사실로 그들이 혈연관계에 의거하여 임금을 정하지 않았다는 것이다. 고대국가 전 단계의 사회적 관습과 관련된 것으로 이는 우리나라만이 아닌 중국신화나 옛 기록에서도, 왕위계승을 직계자손이 아닌 현명한 이에게 하여야 한다는 사상이 나타난다. 그들은 임금을 '찾아야 하는 존재'로 생각하였다. 임금은 '인간사회의 방일함'이라는 카오스의 상태에서 코스모스라는 질서가 유지되는 세계로 나아가는 데 요청되는 상징적 존재이다. 이제 사로 6촌장들은 유덕인(有德人)을 찾아 군주(君主)로 삼아야 한다는 현실적 요청에 따라 신에게 축원하는 의례를 치르게 된다. 그리고 다음 단락에서는 의례의 장소로서 높은 곳에 올라가 남쪽을 바라보고 신의(神意)를 구한다. 남쪽은 신에게 의례를 할 때 제사장(祭司長)이 취하는 방향이다. 성인은 남면(南面)하여 신의(神意)를 듣는다고 하며 또 삼국의 시조제를 보면 왕들이 제사를 지낼 때 남쪽에 위치한다. 사로 6촌장과 군중들이 집단적으로 의례에 참여하고 있으며 혁거세 왕이 등장하여야 할 필연성이 증대되고 있다.

② 입사의례적 탄생담

> 6촌장과 자제들은 높은 곳에 올라 남쪽을 바라보니 양산(楊山) 아래 나정(蘿井)곁에 이상스러운 기운이 전광(電光)과 같이 땅에 비치는데 거기에 백마(白馬) 한마리가 꿇어앉아 절하는 형상을 하고 있었다.
> 그곳을 찾아가 보니 한 붉은 알이 있는데, 말은 사람을 보고 길게 울다가 하늘로 올라가 버렸다. 그 알을 깨어 보니 모양이 단정(端正)하고 아름다운 동자(童子)가 나왔다. 경이(驚異)롭게 여겨 그 아이를 동천(東泉)에서 목욕시켰다.

혁거세왕이 탄생하는 단락이다. 시간적 배경은 3월삭일(朔日) 즉, 초하루이며 장소는 양산(楊山)의 나정(蘿井), 곧 물가이다. 『삼국사기』에서는 '望楊山麓, 蘿井傍林間'에서 발견하였다 하니 숲 속의 물가이다. 산이 있고 신이 내리는 우주목이 있으며 원초적인 물이 있는 곳이 의례의 장소로 사용되고 있다. 이와 같은 배경을 갖춘 장소는 탈해 이사금과 〈김알지 신화〉에서도 발견된다.

입사의례를 마친 자가 있음을 알리기 위해 자연현상이 생기고 신수(神獸)가 이용된다. 일상적이지 않은 번갯불 같은 기운이 땅에 비쳤다거나 백마가 앉아 있다는 것으로 사람들에게 뭔가를 기대하게 하는 장치이다. 번갯불은 하늘의 신적 질서를 상징하며, 땅으로 신(神)이 타고 내리는 우주목과 같은 기능을 한다.[162]

또 전광과 같은 이상한 기운이 땅에 드리워졌다(異氣如電光垂地)는 표현에서 그가 하늘과 관계가 있을 것으로 보이긴 하지만 하늘을 혈육관계로 여겼을지는 확인하기 어렵다. 다만 말이 혁거세왕의 탄생을 알리고 하늘로 올라갔다는 데서 하늘이라는 신성계와 관련이 있음을 알게 된다. 말은 사람들이 입사의례를 마친 자를 찾아왔음을 보고는 마치 역할을 다 하였다는 듯이 하늘로 올라갔다. 말이 신성계와 관련된 동물임을 알 수 있

---

162) 혁거세왕과 알영의 탄생담에 대해 다른 논문에서 다루었기 때문에 자세한 내용은 줄이도록 하겠다. 윤혜신, 앞의 논문, 단산학지 7집.

다. 흥미로운 것은 '말'이 단지 동물을 지칭하기 위한 것이 아니라 '머리', '중심'의 뜻을 가지고 있다는 사실이다. '신(神)'의 뜻을 지닌 '굼'이나 '검'이 곰과 연결이 되듯, 말은 머리를 뜻한다.163) 사물에 있어서 '머리'는 '으뜸'이며 몸에서 첫 번째로 중요한 기관이다. 한편 수로(首露)의 뜻은 '처음 나타난 자'라고 하는데 한자를 보면 이는 곧 '머리된 자'라는 의미임을 알 수 있다. 동물인 말이 머리를 뜻하는 근거가 있었을 것이며 말은 혁거세왕집단의 토템이었을 가능성이 높다.

나정 옆의 알을 생각해보자. 실제로 하늘에서 내려올 수 없는 것이 자연의 법칙이다. 의례에서 혁거세왕이 나오기 전의 알은 땅위에 존재했다. 실제 존재는 땅에 있었지만 존재의 소이(所以)는 하늘의 명(命)이라는 인식이다. 이처럼 하늘이 명하고 땅에서 출현하고 양상은 다른 〈금와왕 신화〉, 〈김수로왕 신화〉, 〈삼을나 신화〉, 〈김알지 신화〉의 탄생담에서도 발견된다. 당시 사람들은 의례의 입문자들이 실제로는 땅에서 탄생하지만 하늘의 명에 의한 탄생이라는 사고를 하였음을 알 수 있다.

'알'에 대한 용례에서 '알(卵)'이 지니는 함의를 다음과 같이 보았다.

첫째, '알'이 입사의례를 마치기 전의 인물을 지칭하는 표상으로 사용되었다. 알이 새가 되기 전의 상태이고 알과 새는 다른 존재로 인식하였기 때문에 두 번의 탄생을 나타내는 데 도움이 되었을 것이다.164) 이름이나 지명에서 알지, 알천, 알영, 알영정, 등으로 쓰이고 있는데 쓰인 용도는 모두 입사의례와 관계가 있었다. 알천이나 알영정은 '입사의례의 장소로서의 하천, 우물'이나 '인식한 자가 태어나는 하천, 우물'을 뜻하며, 입사의례를

---

163) 말(馬)은 '몰~므른'를 기본 형태로 하는 중심(中心)을 나타내는 여러 변이형태 중 하나라고 한다. 민긍기, 「地名이 생성되는 틀」, 『昌原都護府圈域 地名研究』, (서울: 경인문화사, 2000), 83면.

164) 황패강도 이에 대해 제의적 의미와 관련이 있는 제2의 탄생이라고 보았다. Levy-Bruhl의 견해를 인용하면서 '卵'은 마치 入社 이전의 어린애와 같이 생명의 가능성을 품은, 죽음의 상태와 대비되는 것이라고 하였다. 황패강, 「朴赫居世 神話 硏究」, 『說話文學硏究 (下)・各論』, 華鏡古典文學硏究會編, (서울: 단국대학교 출판부, 1998), 109면.

마친 자의 이름에 '알-'이 붙어 '알지'와 '알영' 등이 쓰인 것으로 보인다. 이는 '알에서 나온 자' 곧 '인식한 자', '(형이상학적 원리를) 아는 자'를 뜻하였던 것이다.

또 이러한 알이 '깨닫다', '인식하다'라는 뜻의 '알다' 동사와 상통하는 의미를 지니게 되었으며 계란 등의 둥근 물체를 '알'이라고 부른데도 두 번의 탄생이라는 상징적 관계가 작용하였을 것이다.

〈동명왕 신화〉가 기재된 중국 기록들에는 알로 태어났다는 기록만이 아니라 사내아이가 태어났다는 기록도 전하고 있어 입문 이전의 인간을 '알'로 여겼음을 추정할 수 있다. 혁거세왕을 비롯하여 주몽, 수로, 탈해의 경우에서 알이 입문 이전 상태를 표상하고 있다. 그렇다면 알지, 알영 등은 알에서 나오지 않았는데도 왜 '알'이 붙었을까라는 질문을 할 수 있다. '알'이 구체적인 이미지에서 출발하여 추상적 개념인 '인식하다', '깨닫게 되다'의 뜻을 지니게 되면서 알에서 나오지 않았지만 '인식한 자'라는 뜻을 갖게 된 것으로 생각할 수 있다.

이 '알-'이 이름을 구성하면서 '인식한 자, 아는 자'라는 뜻의 알지, 알영, 알평 등으로 결합되었을 것으로 보여진다. 이 경우에 이름에서 '알'부분은 '인식하다'라는 뜻의 '알-'이고 뒷부분이 개인의 고유한 이름 부분이었던 것으로 추정가능하다. 그리고 '알'은 입사의례를 마치기 전의 존재에 대한 표상으로 작품에 나타나 있다.

두 번째로 혹, 알이 어떠한 입사의례상의 도구가 아니었을까도 생각된다. 알은 궤나 돌무덤의 기능을 하는 장치로 신화의 주인공이 새로운 존재로 화하기 전에 머무는 곳으로 나타난다. 박(瓠)모양이나 닭과 계란 같은 알이 당시 사회에서 유의미하고 가치 있는 사물로 여겨졌음을 알 수 있다.[165] 혁거세왕이 나온 알이 박(瓠)과 같았다 하니, 박(瓠)이 의례의 소재로 사용되었을 가능성도 생각해 볼 수 있다.

---

165) 신라 고분에서 계란이 발견되었다 함은 이와 같은 생각을 밑받침하여 준다. 『한국사』 2, 205면 참조.

의례에 참가하고 있는 촌장과 군중들은 그 알을 깨어본다. '剖其卵得童男'이라는 표현에서 알을 여럿이 보는 앞에서 깨어 보는 의례적 행위가 있었을 가능성을 보여준다. 〈김수로왕 신화〉나 〈김알지 신화〉에서처럼 입문자를 맞이하는 의례에 여러 사람이 함께 참여했다. 바야흐로 단정하고 아름다운 동자(童子)가 나왔다.

동자가 나왔다 함은 이미 세계의 원리나 질서가 남성으로 표상(表象)되던 사회임을 알 수 있다. 알은 실제 여러 신화에서 등장하는 궤, 석총(石塚)과 같은 기능을 하고 있다. 탄생의 장소로서 산실(産室)의 역할을 한다. 사람들이 알에서 나온 아름다운 동자를 놀랍고 특별하게 여긴다. 이어 동천(東泉)에 목욕시킨다. 물에 목욕하거나 머리를 적시는 행위는 여러 종교의 입사의례에 나타난다.

③ 능력 제시담

> 몸에서 광채(光彩)가 나고, 새와 짐승이 따라 춤추며 천지(天地)가 진동하고 해와 달이 청명(清明)해지므로 그 일로 인하여 그를 혁거세(赫居世)라 이름하였다. 위호(位號)를 거슬한(居瑟邯)이라고 하였다.

의례를 마친 입문자는 신성한 존재로 간주된다. 몸에서 광채가 나는 모티브는 신화 후속 서사 장르에도 자주 등장한다. 예수나 부처에게서 발견되는 빛도 같은 맥락이다. 입사의례를 마친 자나 신적 질서로 재편된 세계를 문학적으로 표현하는 방식으로 색, 소리 등이 이용된다.

새와 짐승이 입문자의 출현에 감응하여 몸짓을 나타내고 천지(天地)와 일월(日月)로 대표되는 온 세상이 질서화되는 것을 하늘과 땅의 진동(振動)과 청명함으로 표현하고 있다. 입사의례의 결과가 한 개인에게 머무르지 않고 전(全) 우주적 차원으로 확장되고 있다. 새로운 질서로 재편된 세계를 표현하고 있다.

입문자를 맞이하는 세계의 변화를 취하여 이름이 부여된다. 그에게 혁거

130

세(赫居世)라는 이름이 부여 되었다. 의례를 마친 자에게 이름을 지어 주는 것은 입문자가 진정한 탄생을 하여 존재론적 층위에 변화가 있음을 알리는 표지이다. 이상의 단락은 본격적으로 입사의례가 반영되어 있는 단락이다.

위의 본문에는 중간에 일연의 각주가 있다. 각주의 내용을 몇 가지로 정돈해보면 첫째 서술성모(西述聖母)가 혁거세왕과 알영의 어머니라는 전설을 전하고 있다. 서술성모가 혁거세왕과 알영을 낳았다는 이야기가 있었음을 알 수 있으나 전승경로나 이야기 생성의 선후관계 등 고려해야 할 조건이 많다. 둘째, 위호를 거슬한 혹은 거서간이라고 하였다는 사실이다. 셋째, 혁거세왕이 처음 입을 열어 말하되, '알지 거서간이 (마침내) 일어난다.' 하였다는 것이며 이 말로 인하여 왕 된 자의 존칭이 거서간이 되었다.

스스로를 수장(首長)이라는 의미를 지닌 '거서간'으로 일컬었다 함은 곧 스스로 신성한 자임을 대사회적으로 알렸다는 것을 뜻한다. 스스로 자신의 가치를 표방한 것인데 이는 고대 성인들의 탄생 시 종종 발견되는 모티브이다.

또 이 주석을 통해 왕의 칭호가 있기 전, 신라에서 거서간이나 거슬한이라는 위호를 사용했음을 알 수 있다. 『삼국사기』에서도 「居西干, 辰言王」이라 하여 거서간이 왕(王), 군(君), 수장(首長)이라는 뜻을 가진 호칭이었음을 보게 된다. 따라서 '혁거세'는 이름이 아니며 원래의 성과 이름은 박 혁이요, 거서간은 직위를 나타내는 칭호인데 후대 사람들이 뜻을 취하여 이름을 한역하는 과정에서 오해가 생긴 것으로 보인다. '혁'이라는 밝음 자체만으로도 세상을 밝게 한다는 뜻이 된다.[166]

또 알지는 입사의례와 관련된 자를 지칭하는 고유명사가 아닌 일반명사임을 알 수 있다. 즉 '알지 거서간'이라 함은 '인식한 자로서의 수장, 왕'이

---

166) 다음 연구도 혁거세의 '居世'가 '居西干'이 중복된 것임을 지적하였다.
　　 鄭璟喜, 「東明型說話와 古代社會 -宗敎·社會史的 觀點으로부터의 接近-」, 『歷史學報』 98, 1983. 21면.

라는 뜻이며 여기서는 혁거세왕을 지칭한다. 김알지가 이름을 얻게 된 전례(前例)가 된다.

④ 과업 실현담

신적 능력을 갖춘 신화의 주인공은 이제 세계를 대상으로 자신의 질서를 펼친다. 이는 곧 신화의 주인공의 과업 실현이다. 과업 실현을 위한 절차는 먼저 배우자 맞이로 시작된다. 배우자 맞이하는 의미는 개인적 차원의 일이 아니다. 사회적 관심사이며 신화의 주인공이 자신의 신적 질서를 세계에 대하여 펼쳐가는 과정 중 하나이다. 이미 기존 연구에서 지적된 바와 같이, 신화에서 배우자 맞이의 의미는 설화 등에서 이루어지는 결혼담과 다르다. 설화에서 결혼은 주인공의 모험에 대한 보상이다.

신화에서 배우자 맞이가 어느 정도의 의미였는지 알아볼 수 있는 예가 〈삼을나 신화〉에 전한다. 삼을나의 세 배우자가 도래하고 사신(使臣)이 자신이 여기 왜 왔는지에 대해 말하는 대목이다. 세 배우자의 아버지인 왕은 서해 중악에 신의 자손이 강림했으나 배필이 없어 보낸다 하였다. 그러면서 배우자를 맞아 이로 하여금 대업(大業)을 이루라[167] 한다. 여기서 배우자가 어떤 의미로 받아들여졌는지 알 수 있다. 당시의 대업을 이루기 위한 필요 절차로 여겨졌다.

〈박혁거세왕 신화〉에서는 알영(閼英)이 배우자로 등장한다. 신라 기록에는 여신(女神)의 자취가 적지 않다. 제2대 왕인 남해차차웅(南解次次雄)의 부인 운제산성모(雲梯山聖母)라든가, 그 딸인 아니부인(阿尼夫人), 그리고 후대에는 김유신 장군을 도와주는 호국신들이 모두 여성산신들로 나타나 후대에 산신이 남성으로 표상되는 것과 대비를 이룬다. 기록들의 이면(裏面)을 살펴보면 세계의 질서적 존재가 대부분 남성으로 표상되기

---

167) 西海中嶽降神子三人, 將欲開國而無配匹, 於是命臣侍三女以來爾, 宜作配以
　　成大業.
　　「耽羅縣」,『高麗史』권 57.

132

이전에 적지 않은 여신이 질서적 존재로 표상되었던 사실이 확인된다. 중국의 서왕모(西王母)나 여와(女媧)가 초기의 성격과 달리 점차 음적(陰的) 요소가 강조되면서 남성신(男性神)의 배우자(配偶者)화된 사실을 음미해 볼 만하다.168) 알영의 경우도 도래한 혁거세왕족과 결합하기 전에는 토착족을 대표하는 질서적 존재였을 가능성이 있다.169)

> 이때 사람들이 서로 다투어 치하(致賀)하기를 이제 천자(天子)가 내려왔으니 마땅히 덕(德)이 있는 여인을 찾아서 짝을 지어야 할 것이라 하였다.

위의 단락에서는 신적 질서를 표상하는 남성과 여성과 결합해야 하는 상황이 당위적으로 제시되고 있다. 배우자문제는 개인의 문제가 아닌 공동체의 문제이기 때문에 사람들의 관심사일 수밖에 없었다. 혁거세왕의 배우자가 요청되는 사회 분위기가 조성되고 있다.

배우자의 자격은 '有德女'이어야 했다. 여기서 '덕(德)'은 중세의 철학적 개념이 아니라 그 이전 고대에 연원을 두고 있는 개념이다. 성(聖)과 함께 신적 존재의 속성을 나타내는 원초적인 개념임을 위의 「입문자의 덕목」에서 지적하였다. '有德女'라는 자격은 일월(日月)을 움직였던 혁거세왕의 능력과 대응되는, 빛과 같은 생명력의 원천을 지닌 여성군자임을 뜻한다.

> 이날 사량리(沙梁里) 알영우물(閼英井)가에 계룡(鷄龍)이 나타나 왼편 갈비에서 동녀(童女) 하나를 탄생(誕生)하니【혹은 용(龍)이 나타나 죽으매 그 배를 갈라 동녀(童女)를 얻었다 한다】모습과 얼굴은 유달리 고왔으나 입술이 닭의 부리와 같았다. 월성(月城) 북천(北川)에 가서 목욕시키니 그 부리가 빠짐으로 그 내를 발천(撥川)이라 하였다.
> 궁실(宮室)을 남산(南山) 서쪽 기슭에 세워서 두 성아(聖兒)를 받들어 기르니, 사나이는 알에서 나왔는데 알은 박과 같았다.

---

168) 이성구, 앞의 책, 197면 참조.
169) 윤혜신 2001. 12, 119면. 닭토템을 가졌으리라 생각된다. 닭은 해가 뜨는 아침을 알려주기 때문에 알영도 해와 관련된 집단 소속으로 추정된다.

향인(鄕人)들이 박(瓠)을 박(朴)이라 하므로 이로 인(因)하여 그 성 (姓)을 박(朴)이라 하였고, 여자는 나온 우물로 이름을 지었다.

의례의 장소는 '알영정'이라는 물가이며 절차는 다음과 같다.

　　○ 계룡 혹은 용의 몸에서 나오다
　　○ 물에 씻겨지다
　　○ 이름을 얻다
　　○ 신성한 장소에 거처하게 되다

계룡 왼쪽 갈비로부터 나왔다고도 하고 용이 나타나 그 배를 갈라 얻었 다고도 한다. 이 계룡의 몸속 내부는 다른 신화의 주인공들이 머물러 있던 알이나 궤, 함, 석총과 같은 기능을 하는 장소이다. 우리나라 신화에서는 이와 같은 '괴물이나 이물(異物)의 몸속을 통과' 하는 모티브가 상대적으 로 다른 나라의 신화에 비해서 적지만 이는 세계적으로 의례적인 죽음상 태를 상징하는 예로 종종 등장한다.

혁거세왕의 경우와 마찬가지로 알영의 탄생담에서 부모에 대한 관념은 분명하지 않다. 천신이나 지신과의 혈통관계는 거의 찾아볼 수 없다.

탄생 이후 두 성아(聖兒)는 성소(聖所)에 모셔진다. 궁실(宮室)을 산의 서쪽 기슭에 세워 성인으로 모셨다함은 입사의례를 마친 사람들을 신성한 장소에 모셨음을 뜻한다. 궁실(宮室)은 거처(居處) 이상의 신성 장소이고 세계의 중심이었다.

혁거세왕의 경우와 마찬가지로 의례를 마치고 이름을 얻은 경위가 나온 다. '알영정'이라는 입사의례를 치른 장소명으로 이름을 삼았다.

두 성인의 나이 열세 살이 되자 오봉(五鳳) 원년(元年) 갑자(甲子)에 남자가 왕이 되어 그 여자로 왕후(王后)를 삼고, 국호(國號)를 서라벌(徐 羅伐) 또는 서벌(徐伐)이라 하고 혹은 사라(斯羅) 또는 사로(斯盧)라고도 하였다.

134

과업 실현으로서 건국(建國)에 관한 단락이다. 두 성인(聖人)은 왕과 왕후가 되었으며 나라가 비롯되었다. 제도를 완성시킨 인간은 세계와 동질성을 확보한 인간이 된다.[170] 『삼국사기』의 기록에 의하면 육부(六部)의 사람들이 그 출생이 신이(神異)하여 그를 추대하여 군(君)으로 세웠다 한다.[171] 6부 촌장에 의한 추대의 과정이 곧 탄생의례 즉 입사의례로 표현되었다. 출생이 신이한 자는 성스러운 자였으며 임금이 될 만한 자격이 있다고 여겨졌다.

> 처음에 왕(王)이 계정(鷄井)에서 출생(出生)한 까닭에 혹은 계림국(鷄林國)이라 하니 계룡(鷄龍)이 상단(祥端)을 나타낸 까닭이었다. 일설(一說)에는 탈해(脫解) 때에 김알지(金閼智)를 얻을 때 닭이 숲 속에서 울었으므로 국호(國號)를 고쳐 계림(鷄林)이라 하였다 한다. 후세(後世)에 드디어 신라(新羅)로 국호를 정하였다.

위 단락은 단지 기재자인 일연이 첨가한 것이 아니다. 일설(一說) 등을 운위하는 것을 보면 계림, 계림국과 그 계승인 신라에 대한 기원에 대한 담론이 그 이전 시대에 있어왔음을 보여준다. 즉 신화가 후세나 계승자들에게 어떤 의미로 전승되었는지를 보여준다. 즉 신화를 이야기하면서 계승자집단은 그들 나라이자 그들 자신의 역사를 알게 되는 것이고 그 역사에 동참하게 되는 것이다. 계림국의 시초와 이름에 대한 관심으로 이러한 기원에 대한 이야기가 신화로서 전승되었던 것이다. 신화를 전승하고 이어받는다는 것은 나라와 시조를 포함한 처음 것들에 대한 내력이자 자신의 정체성에 대한 본풀이로써 그 역사에 동참하는 행위였다. 그림으로써 그들은 신적 질서를 공유하였던 것이다.

---

170) 민긍기, 「설화문학론(Ⅱ)」, 『士林語文硏究』, 제6집, 창원대 국어국문학회, 1989. 12. 47면.
171) 人以其生神異, 推尊之, 至是立爲君焉. 「始祖 赫居世居西干」, 『三國史記』.

⑤ 신적 질서로의 복귀담

나라를 다스린 지 62년 만에 왕이 하늘로 올라가더니 그 후 7일 만에 유체(遺體)가 흩어져 땅에 떨어지며 왕후(王后)도 따라 돌아갔다 한다. 국인(國人)이 합장(合葬)하고자 하매 큰 뱀이 쫓아와 방해하므로 오체(五體)를 각각 장사지내어 오릉(五陵)이라 하고 또한 사릉(蛇陵)이라고도 하니 담암사(曇巖寺) 북릉(北陵)이 이것이다. 태자(太子) 남해왕(南解王)이 위(位)를 이었다.

이 단락은 혁거세왕과 알영의 종말에 대해 언급하고 있다. 죽음의 양상을 보자.

○ 나라를 다스린 지 62년 만에 하늘로 올라가다.
○ 7일 만에 유체가 흩어진 채로 땅에 떨어지다.
○ 왕후도 따라 죽다.
○ 합장하려 했으나 뱀이 방해하다.
○ 오체(五體)를 각각 장사지내다.
○ 능의 이름을 짓다.

혁거세왕 시신이 오체(五體)가 되었다는 것은 고대의 습속(習俗)에 비추어 볼 때 그리 이상한 일이 아니다. 유명한 예로 이집트의 오시리스도 그러하여 오시리스의 묘지가 여기 저기 많다고 한다.[172] 시신을 나누는 것은 신성성(神聖性)을 나누고 풍요를 기대하는 행위이다. 고대의 사고에 따르면 부분은 전체를 뜻한다고 한다. 그래서 머리카락이나 치아가 그 사람을 떠오르게 하고 그와 동일시된다.[173]

혁거세왕의 시신 오체를 각각 장사지낸 것은 확인이 되지만 알영이 혁

---

172) 오시리스 제의에 관한 자세한 내용이 『황금의 가지』에 나와 참조할 수 있다. 상권 38장, 39장.

173) Frankfort, Henri. et al, "Myth and Reality", *The intellectual adventure of ancient man*: an essay on speculative thought in the ancient Near East, (Chicago: The University of Chicago press, 1946), pp.12-13.

거세왕과 합장되었는지는 확실하지 않다. 뱀이 방해한 것이 왕과 왕비의 합장이었는지 아니면 왕 오체의 합장을 방해한 것인지는 원문만으로는 확신하기 어렵다. 다만 왕이 죽은 지 며칠 안 지나서 죽은 알영의 죽음은 질서의 표상인 혁거세왕을 따른 것으로 볼 수 있다. 알영은 신적인 질서와 결합할 때에만 의미가 있으며 알영은 혁거세왕과 한 짝인 것이다.

또 능의 이름을 사릉(蛇陵)이나 오릉(五陵)이라 하였다는 것은 그 의미를 취한 것이다. 뱀이 사악하고 사특한 마성(魔性)의 동물로 등장한 것이 아니라 신성한 세계의 의지를 알리는 존재로 나타난다. 신적인 질서를 인간에게 알려주는 역할을 하는 중간자로 기능하고 있다. 오릉(五陵)이라 함은 다섯 몸이라는 오체(五體)의 뜻을 딴 이름이다.

이상에서 살펴본 바에 따르면 혁거세왕은 입사의례를 거쳐 인식적 탄생을 하였고 거서간으로 추대받았다. 결국 이 탄생의례는 일개의 개인이 거서간으로 재탄생하면서 6부를 통합하는 군장으로 인정받고 추대되는 의례였다. 6부통합과 새로운 정치체 건립이라는 과업을 실현한 후에 하늘로 복귀한 것으로 여겨졌다. 다만 시신이 오체로 나뉘어 매장된 것은 역사적 관습, 사실이 반영된 것이다. 고대의 습속은 신성한 자의 몸을 나누어 그 신성성을 나누고 풍요로움을 기대하였던 것이다. 즉 그의 죽음은 일단 원래의 소종지(所從地), 하늘로 복귀하였다가도 다시 땅으로 돌아와 그 신성함과 그로부터 싹틀 수 있는 풍요함을 나누어 주는 방식으로 표현되고 있다. 결국 이는 재탄생을 표현하는 다른 모습이었다.

나. 김수로왕 신화

〈김수로왕 신화〉는 수로왕과 허왕후 주축으로 구성되어 있다. 수로왕은 강림의 방식으로, 허왕후는 물로부터 도래(渡來)하는 방식으로 이 지역에 편입한다. 그리고 그 과정에서 의례 양상이 확인된다. 〈김수로왕 신화〉의 구조나 탄생담은 〈박혁거세왕 신화〉와 동질적이다. 탄생담의 목적도 인식적 탄생을 한 자를 해당 정치체의 수장(首長)으로 공인하는 데 있다.

① 탄생 이전 세계담

> 개벽한 뒤에 이곳에 아직 나라의 이름이 없고 또한 군신(君臣)의 칭호(稱號)도 없었다. 이때 아도간(我刀干), 여도간(汝刀干), 피도간(彼刀干), 오도간(五刀干), 유수간(留水干), 유천간(留天干), 신천간(神天干), 오천간(五天干), 신귀간(神鬼干) 등의 구간(九干)이 있어, 이들이 추장(酋長)이 되어 백성을 거느리니 그 수효가 무릇 1백 호에 7만 5천 인이었다.
> 많은 사람들이 스스로 산야에 도읍을 하고 우물을 파서 물을 마시고, 밭을 갈아 곡식을 먹었다.[174]

개벽이 되었으나 아직 나라 이름이 없다거나 군신(君臣) 칭호가 없다는 말로 군주 중심의 고대국가를 성립하기 이전의 상태를 표현하고 있다. 나라의 이름이 있어야 한다는 것은 고대국가가 아직 건설되지 않은 상태이며 군신(君臣)관계가 없다는 것은 정치제도가 완비되지 않았음을 뜻한다. 이러한 있어야 할 것의 부재(不在), 결핍된 상황은 입사의례를 통한 신성한 인물을 요구하게 된다. 제의의 절차에 비정하여 보면 이 부분은 '임금을 내려 달라'는 축원(祝願)에 해당한다. 이 이야기는 이미 나라가 세워진 후에 생긴 것이 분명하다. 왜냐하면 군신의 칭호가 없다거나 왕이 없는 상태였다는 것은 이미 사람들이 이들 개념을 알고 있다는 사실을 말해준다. 이 신화는 군신과 왕이라는 사회적 직분이 생긴 이후, 군신과 왕이 없었던 질서 결핍의 상황을 기억하고 새로운 창조의 순간이었던 수로의 출현을 재연하면서 형성되었을 것이다.

---

174) 『삼국유사』의 번역은 강인구 외 4인, 『譯註 三國遺事』, (서울: 이회문화사, 2003)를 참조하되 부분적으로 필자가 번역하였다.

② 입사의례적 탄생담

후한(後漢) 세조(世祖) 광무제(光武帝) 건무 18년 임인 3월 계욕일에 그곳 북쪽 구지(龜旨)에서 무엇을 부르는 수상한 소리가 났다.

무리 이삼백 사람이 이곳에 모이니, 사람의 소리는 나는 듯하되 그 형상은 보이지 않고 소리만 내어 말하기를 '여기에 사람이 있느냐?' 9간들이 이르되, '우리들이 여기 있습니다' 하였다. 또 말하기를 '여기가 어디냐' 하니 '구지(龜旨)입니다'라고 대답하였다.

또 말하되, '황천(皇天)이 나에게 명하기를 이곳에 와서 나라를 새롭게 하여 임금이 되라 하였으므로 이곳에 일부러 내려왔으니 너희들은 마땅히 봉상(峯上)에서 흙을 파면서 노래하여 거북아 거북아 머리를 내밀지 않으면 구워 먹으리라하고 춤을 추어라. 그러면 대왕을 맞이하여 즐거워하면서 팔짝팔짝 뛰게 될 것이다'라고 하였다.

구간(九干) 등이 그 말과 같이 모두 기쁘게 노래하고 춤을 추었다. 얼마 후 우러러 바라보니 자색(紫色)줄이 하늘에서 내려와 땅에 닿는지라.

줄 끝을 찾아보니 붉은 보자기로 금합자(金合子)가 싸여 있었다. 열어보니 해와 같이 둥근 6개의 황금(黃金)알이 있었다. 모두 경희(驚喜)하여 백배(百拜)하고 조금 있다가 다시 싸 가지고 아도간의 집으로 돌아와 평상 위에 두고 각기 흩어졌다.

12일이 지난 그 이튿날 평명(平明)에 무리가 다시 모여 합을 여니, 여섯 알이 화하여 동자(童子)가 되었는데 용모가 매우 깨끗하므로 상에 앉히고 여럿이 배하(拜賀)하고 극진히 위하였다.

입사의례가 진행되는 날이 3월 계욕일(禊浴日)이며 장소는 북쪽 구지로 설정되어 있다. 입사의례 성격의 행사들이 3월에 치러졌던 기록에 대해서는 〈박혁거세왕 신화〉에서 언급한 바 있다. 3월 3일은 온달이 자신의 능력을 발휘하는 날로 사냥을 하게 된다.[175] 고구려에서는 이날 잡은 동물을 희생으로 하여 천제와 산천제를 지내는 날이었던 것이다.

의례의 장소는 산정(山頂)이다. 강림의 방식을 취한다. 강림 장소는 산정(山頂)으로 여기서 의례를 치렀음을 알 수 있다. 산정을 신(神)이 내리

---

175) 高句麗常以春三月三日, 會獵樂浪之丘, 以所獲猪鹿, 祭天及山川神, 至其日, 王出獵, 羣臣及五部兵士皆從, 於是, 溫達以所養之馬隨行, 其馳騁常在前, 所獲亦多, 他無若者, 王召來, 問姓名, 驚且異之. 「溫達」, 『三國史記』.

는 장소로 생각했다. 환웅이나 사로 6촌장이 산정에 강림한 것과 통한다. 신이 산에 강림한다는 생각은 신화시대의 일반적인 믿음이다. 자료에 나타난 의례 양상은 다음과 같다.

○ (평범하지 않은) 소리가 나다.
○ 사람 이삼백 인이 모이다.
○ 소리와 군중의 대화, 공수가 행해지다.
○ 군중이 명에 따라 봉우리 정상에서 춤을 추고 노래하다.
○ 자색 줄이 하늘에서 내려와 땅에 닿았다. 줄 끝에는 붉은 폭에 금 합이 싸여 있었다.
○ 군중이 열어보다.
○ 황금 알 6개가 있었다.
○ 군중들이 알에 절하다.
○ 금합을 다시 싸서 아도의 집 의자 위에 두고 흩어지다.
○ 어느 정도의 시간을 보내다.
○ 군중이 다시 모여 합을 열다.
○ 여섯 알이 동자로 화해 있다.
○ 군중이 절하며 축하하다.
○ 처음 나타났다는 의미로 이름을 짓다.

　이상에서 입사의례에 군중이 참여했음을 알 수 있다. 이처럼 입사의례자를 군중이 맞는 예는 〈박혁거세왕 신화〉와 〈김알지 신화〉에서도 나타나 신라·가야권 입사의례의 특징으로 생각된다. 기록에 따르면, 진한에 영향을 미쳤던 마한(馬韓)지역에서 매년 주기적으로 시행되는 천신제(天神祭)에 군중들이 참여한 기록이 있는데, 이러한 습속과 관련된 행동으로 보인다. 군중이 춤을 추고 노래하는 것은 마한지역의 천신제(天神祭)를 치르는 군중 행동과 같다. 여기서 산정의 흙을 군중들이 파듯, 마한지역의 천신제에서는 사람들이 땅을 밟고 앉았다 일어섰다 하면서 손발을 서로 움직인다고 하니 이와 유사한 면이 없지 않다. 여기서 군중은 신에게 축원을 하고 신성 존재를 청하는 춤과 노래를 하는 것이다. 동시에 그들도 접신하게 되고 새로운 질서의 창조라는 신성한 역사에 참여하게 된다.

수로왕의 탄생을 보면 황천(皇天)이 '구지봉에 내려가 왕이 되라' 명한 것으로 나타난다. 그의 하강을 돕기 위해 군중들은 산꼭대기 흙을 파면서 노래해야 했다. 황천의 명을 받아 하늘에서 붉은 줄에 달린 금합자가 내려온다.

실제의 정황을 생각해보면 금합자가 공중에 떠 있었을 리는 만무하고 땅에 있었을 것으로 생각된다. 실제 의례의 모습은 입문자가 땅에서 탄생하면서도 하늘에서 내려온 자라고 생각했었음을 알 수 있다. 수로가 군중들에게 땅을 파면서 기다리라는 명령도 그가 땅으로부터 탄생했음을 뜻한다. 금합이라는 것은 입문자가 탄생하는 장소이며 알이나 석총, 궤, 나무상자와 같은 기능을 한다. 양육 장소로서 땅의 이미지가 파생한, 자궁에 해당하는 장소이다. 이곳으로부터 나오는 것은 새로운 존재로 탄생함을 뜻한다. 하늘에서 내려오는 붉은 줄은 신이 타고 내리는 우주목의 기능을 한다. 샤먼이자 왕인 수로가 탄생하는 의례가 생생하게 그려지고 있다.

군중이 지켜보는 가운데 금합자를 열고 알이 나오자 모두 기뻐하고 다시 아도간의 집에 두고 나왔다가 12일 후에 다시 가 보았다는 이야기에서 행위가 시간적으로 이루어지고 있음을 볼 수 있다.

현재로서 확인하기는 어려우나 아도간의 집은 우연하게 선택된 것이 아니고 의례와 관련이 있는 장소였을 것으로 추정된다. 일정 기간이 지난 후 다시 군중이 회합한 것도 입사의례가 개인의 문제가 아닌 공동체의 관심사였음을 보여준다. 더불어 의례를 12일 정도에 걸쳐 시행했음을 알 수 있다.

③ 능력 제시담

나날이 자라 10여 일을 지나매 신장이 9자나 되었으니 이는 은(殷)의 천을(天乙)과 같고 그 얼굴이 용(龍)과 같음은 한(漢)의 고조(高祖)와 같고 눈썹의 여덟 가지 채색(八彩)은 당나라 고조(唐高)와 같고 눈에 동자가 둘씩 있음은 우순(虞舜)과 같았다.
그달 보름날에 즉위(卽位)하였다. 처음으로 나타났다고 하여 휘(諱)를 수로(首露)라 하고 혹은 수릉(首陵)이라 하였다.

신화시대에는 용모가 범인과 다르다는 것은 기형적인 것으로 인식되지 않았다. 오히려 신성한 존재임을 입증하는 표지였다. 입사의례를 마친 자의 용모에 대한 언급을 통하여 그가 신성한 자이며 비상한 능력을 지니고 있음을 말해주고 있다. 수로는 나날이 자라 10여 일이 지나니 키가 9척이나 되었다고 하고 얼굴은 용과 같았으며 눈썹에는 팔채(八彩)가 있었다고 한다. 또 눈동자가 겹이었다고 한다.

이상은 모두 입사의례적 탄생을 한 자의 외모를 표현하고 있다. 범인과 다른 빠른 성장 속도, 신성한 동물인 용을 닮은 얼굴, 요·순임금과 동류로 여겨지는 외모로부터 전이되는 신성함에 대한 언급은 수로왕이 보통 인간과는 다른 경지의 인물임을 표현한다.

그의 이름은 '처음 나타났다'는 의미이다. 처음 출현한 자, 처음으로 공동체를 창설한 으뜸, 수장(首長)의 뜻인 셈이다. 신화 주인공의 이름으로서 '수로'는 새로운 창조의 의미를 적실하게 보여준다.

④ 과업 실현담

나라를 대가락(大駕洛), 또는 가야국(伽耶國)이라고도 일컬으니 곧 육가야(六伽耶)의 하나이다. 나머지 다섯 사람은 각각 가서 5가야의 주인이 되었다.
동(東)은 황산강(黃山江), 서남(西南)은 창해(滄海), 서북(西北)은 지리산(地理山), 동북(東北)은 가야산(伽耶山)으로 경계(境界)를 삼았고 남(南)은 나라의 끝이 되었다.

입사의례를 마친 수로와 알에서 나온 나머지 다섯 사람은 나라를 세운다. 입사의례 후의 행적인데 그들은 나라를 세우고 각 땅에서 최초의 임금이 된다. 임금이 된다는 사실은 새로운 창조이다. 신적 존재가 그들이 지닌 신성한 능력을 세상에 대하여 펴는 방식이 건국으로 나타난다.

임시 궁궐을 짓게 하여 들어가 살았다. 질박하고 검소하려 하여 띠 이엉에 끝을 자르지 않고 흙계단(土階)은 겨우 석자밖에 되지 않았다.

즉위 2년 계묘(癸卯) 봄 정월(正月)에 왕이 가로되 '내가 서울을 정하고자 한다' 하고, 이어 임시 궁궐의 남쪽 신답평(新畓坪)에 가서 사방으로 산악(山岳)을 바라보고 좌우(左右)를 돌아보며 말하기를 '이 땅이 여귀잎처럼 협소하나 산천이 빼어나서 가히 16나한(羅漢)이 살 곳이 될 만하거니 하물며 하나에서 셋을 이루고 셋에서 칠을 이루니 일곱 성인(七聖)이 살 곳이 바로 여기로다. 강토(疆土)를 개척(開拓)하면 장차 좋을 것이다'라고 하였다.

주위 일천 오백 보의 나성(羅城)과 궁궐, 전당과 여러 청사(廳舍)와 호고(虎庫), 창름(倉廩)을 건축할 장소를 정(定)한 뒤에 궁궐로 돌아왔다. 널리 국내의 장정(壯丁), 인부(人夫), 공장(工匠)들을 징발하여 그달 20일에 성곽일을 시작하여 3월 10일에 이르러 일이 끝났다.

궁궐(宮闕)과 옥사(屋舍)는 농한기(農閑期)를 이용하여 건축(建築)하니 그해 10월에 시작하여 갑진(甲辰) 2월에 완성하였다. 길일(吉日)을 택하여 새 궁궐로 이사하여 여러 가지 국정을 다스리고 서무(庶務)에 부지런하였다.

이상의 단락은 궁실(宮室)을 짓고 이후 즉위 2년에 서울을 신답평(新畓坪)에 정한 일에 대한 기술이다. 궁실은 세계의 중심이자 성소였기 때문에 중요하다. 나라를 세운다는 것은 도읍을 정하고 궁실을 마련하는 것이었다. 그런데 수로가 서울을 신답평으로 정하는 이유를 불교적 사상과 관련짓고 있는데 실제로 그러했는지는 확신할 수 없다. 불교와 관련된 이유들은 후대에 보태어진 것이다. 불교는 372년 순도(順道)에 의해 고구려에 먼저 전해졌다고 한다. 또 김수로왕이 즉위한 것은 기원후 42년이고 가야의 고분들이 BC 1세기에서 기원후 2세기 전반 등[176]으로 나타나는 등 불교가 사회에 융합된 것과 수로왕 즉위 당시가 특별한 관계가 있었을 것으로 보기 어렵다. 특히 왕묘(王墓)로 추측되는 대성동 토광목곽묘(土壙木槨墓) 13호분은 3인 이상의 인골과 더불어 순장(殉葬)[177]이 시행되었다고 한다. 이미 기존 연구에서 지적한 바와 같이, 순장은 시간을 원환적인

---

176) 姜仁求, 『韓半島의 古墳』, 대우학술총서 465, (서울: 아르케, 1999), 344면.
177) 앞의 책, 345면.

것으로 인식하던 시기의 제도이므로 수로왕시기에 불교가 전해지고 사회에 받아들여졌을 것으로 보기에는 무리가 있다.

완하국(玩夏國) 함달왕(含達王)의 부인이 홀연히 아이를 배어 달이 차서 알을 낳았는데 사람으로 화하였으므로 이름을 탈해(脫解)라 하였는데 이때 바다로부터 오니 신장(身長)이 3척이요 머리둘레가 1척이었다.

흔연히 탈해가 대궐에 들어가서 왕에게 말하기를 '내가 왕위를 뺏으려고 왔다' 하였다. 왕이 대답하기를 '하늘이 나를 명하여 즉위하게 하여 장차 나라 안을 편안히 하고 아래로 백성을 평안하게 하려고 하오. 감히 천명을 어기고 위(位)를 주지 못할 것이고 또 우리나라와 백성을 너에게 맡길 수도 없다.' 하였다.

탈해가 말하기를 '그러면 술수로 다투어 보겠느냐?' 하자 왕이 '좋다' 하였다. 삽시간에 탈해가 변하여 매가 되니 왕은 변하여 독수리가 되었다. 탈해가 또 변하여 참새가 되니 왕(王)은 변하여 새매가 되었다. 이렇게 하는 것이 매우 짧은 시간이었다.

조금 있다가 탈해(脫解)가 본신(本身)으로 돌아오니, 왕도 또한 제 모양을 회복하였다. 탈해(脫解)가 이에 항복해 말하기를 '제가 술법(術法)을 다투는데 독수리에 대한 매, 새매에 대한 참새가 되었으나 죽음을 면한 것은 대개 성인(聖人)이 죽이기를 싫어하는 인자함 때문일 것입니다. 제가 왕과 더불어 자리를 다툼이 실로 어렵겠습니다' 하고 곧 배사(拜辭)하고 나가서 부근 교외의 진두(津頭)에 이르러 중국으로부터 오는 배가 닿는 수로(水路)를 취하여 가려 하였다.

왕은 그가 머물면서 반란을 꾸밀까 염려하여 급히 주사(舟師) 5백 척을 발진하여 쫓으니 탈해가 계림(鷄林)의 땅 경계로 들어가니 주사(舟師)가 모두 돌아왔다 한다. 이 기사에 실린 것이 신라와 많이 다르다.

위 단락은 수로와 탈해가 서로 다스릴 곳을 차지하기 위해 경쟁한 사실을 담고 있다. 기재자인 일연도 언급했듯이 이 부분의 신라쪽 기술과 많이 차이가 있을 것으로 보인다. 수로와 가락국이라는 당사자 관점에서 역사를 기술하고 있기 때문에 승리자는 당연히 수로가 될 수밖에 없었을 것이며 역사상으로도 탈해와 수로의 생존연도가 겹쳐 있다. 가야의 주된 적은 신라였으며 나라가 계속되는 동안 신라군과 싸웠다. 이러한 역사적 맥락이 변신경쟁으로 나타나면서 수로의 우위를 굳혀주고 있다. 아마도 이런 경쟁담이 사람들 사이에 회자되면서 가락국 사람들에게 나라에 대한 자신감을 고취하지 않았을까 한다. 이 단락은 수로왕의 과업실현과정을 담고 있다.

> 건무(建武) 24년 무신(戊申) 7월 27일에 구간(九干) 등이 조회할 때 말씀드렸다. "대왕께서 강림(降臨)하신 후로 좋은 배필을 구하지 못하셨으니 신들 집에 있는 처녀 중에서 가장 예쁜 사람을 골라서 궁중에 들여보내어 대왕의 짝이 되게 하겠습니다."

여러 신화의 경우와 마찬가지로 배필을 정하는 것은 개인의 일이 아니었다. 여기서도 구간 등이 조알을 하면서 대왕에게 배우자를 맞을 것을 건의한다. 입사의례를 마치고 궁실을 짓고 서울을 정하였으니 이번에는 배우자를 맞아야 한다. 이와 같은 궁실짓기, 도읍정하기, 배우자 맞기의 일들은 입문자가 지닌 신적인 질서를 세계에 대하여 펼치는 한 절차에 해당한다. 이러한 신하들의 요청에 대한 수로왕의 답이 이어진다.

> 왕이 말했다. "내가 여기에 내려온 것은 하늘의 명령일진대, 나에게 짝을 지어 왕후(王后)를 삼게 하는 것도 역시 하늘의 명령이 있을 것이니 경들은 염려 말라."
> 왕은 드디어 유천간(留天干)에게 명해서 경주(輕舟)와 준마(駿馬)를 가지고 망산도(望山島)에 가서 서서 기다리게 하고, 신귀간(神鬼干)에게 명하여 승점(乘岾)으로 가게 했다.

왕은 자신이 여기 온 것도 자신의 의지가 아닌 하늘의 명령이었듯이 자신의 배필도 하늘이 정해줄 것이라는 믿음을 전한다. 인간의 의지로 될 수 없는 일이 있다는 관념을 보여준다. 그리고 유천간 등의 신하들에게 망산도와 승점에 가게 한다. 이는 어디서 언제 왕후가 오리라는 것을 알고 있기 때문에 준비를 하는 것으로 이 사실은 수로가 미래의 일을 예지하는 능력을 가진 샤먼임을 증명한다. 신하들은 모르는 일을 신적인 능력으로

이미 알고 있다. 더욱이 뒤에 가면 자신이 '생래적(生來的)으로 아는 자'
임을 허왕후에게 밝힌다.

> 갑자기 바다 서쪽에서 붉은 빛의 돛을 단 배가 붉은 기를 휘날리면서
> 북쪽을 바라보고 오고 있었다. 유천간 등이 먼저 망산도에서 횃불을 올리
> 니 사람들이 다투어 육지로 내려 뛰어오므로
> 신귀간은 이것을 바라보다 대궐로 달려와서 왕께 아뢰었다. 왕은 이 말
> 을 듣고 무척 기뻐하여 이내 구간(九干) 등을 보내어 목련(木蓮)으로 만
> 든 키를 갖추고 계수나무로 만든 노를 저어 가서 그들을 맞이하여 곧 모
> 시고 대궐로 들어가려 하자
> 왕후가 "나는 본래 너희들을 모르는 터인데 어찌 감히 경솔하게 따라갈
> 수 있겠느냐." 하였다. 유천간 등이 돌아가서 왕후의 말을 전달하니 왕은
> 옳게 여겨 유사(有司)를 데리고 행차해서, 대궐 아래에서 서남쪽으로 60보
> 쯤 되는 산기슭에 장막을 쳐서 임시 궁전을 만들어 놓고 기다렸다.

왕후가 오는 장면이다. 바다 서남쪽에서 붉은 빛의 돛과 기를 달고 배
가 오고 있다. 또 수로왕이 만전을 짓는 장소가 궁궐에서 서남(西南)쪽이
라 하는 데서 서남 방향이 신성한 방향으로 여겨졌음을 알 수 있다. 이들
을 하륙하게 하려 했으나 왕후는 자신을 위한 신성한 장소를 요청하였고
이에 수로왕은 만전(幔殿)을 짓고 기다렸다.

> 왕후는 산 밖의 별포(別浦) 나루터에 배를 대고 육지에 올라 높은 언덕
> 에서 쉬고, 입은 비단바지를 벗어 산신령(山神靈)에게 폐백으로 바쳤다.

수로왕을 만나기 전 왕후는 자신이 여기에 도착했음을 산의 령(靈)에게
고한다. 허왕후는 그 지역을 관할하는 신과 접신하고자 의례를 스스로 주
관하는 모습을 보여준다. 허왕후가 스스로 신과의 접신을 청하는 모습은
환웅에게 기원하는 곰의 모습을 연상하게 한다. 사회적 신분으로는 공주이
거나 왕후이면서 종교적인 측면으로는 샤먼의 기능을 행하고 있다. 그러나
왕후로서의 삶과 사제자(司祭者)로서의 삶은 구분되는 것이 아니다. 현대

146

에서처럼 사회적 직분과 종교인으로서의 직분이 구분된 생활의 다른 영역이 아니었기 때문이다. 질서의 표상과 짝을 이루는 배우자 역할로서의 왕후와 신에게 의례를 바치는 샤먼의 모습은 고대 인간생활의 한 단면을 보여준다.

신에게 자신의 비단바지를 벗어주는데 이는 대지와 치마가 연결되어 신앙되는 면[178]을 보여준다. 치마가 여성의 생식력과 관계를 지닌다거나 생생력과 관계있다고 하는 관점은 여러 앞선 연구에서 널리 받아들여지고 있다.[179] 좀 더 주의 깊게 보아야 할 부분이 왕후가 웅녀처럼 여성 샤먼이며 신과 직접 교통할 수 있는 자라는 점이다. 그리고 이 절차를 마지막으로 의례를 마치게 된다. 이제 그녀는 웅녀가 그러하였듯이 입사의례를 마치고 신과 교통하는 샤먼이 되었으며 그 지역사회에서 중심인 질서적 존재와 결합할 준비가 되었다.

> 따라온 잉신(媵臣) 두 사람의 이름은 신보(申輔)·조광(趙匡)이고, 그들의 아내 두 사람의 이름은 모정(慕貞)·모량(慕良)이라고 했으며, 데리고 온 노비까지 합해서 20여 명인데, 가지고 온 금수능라(錦繡綾羅)와 의상필단(衣裳疋緞)·금은주옥(金銀珠玉)과 구슬로 만든 패물들은 이루 기록할 수 없을 만큼 많았다.

왕후 행차의 호화로움에 대한 단락으로 하인과 보물에 대해 언급하고 있다. 여기서 눈부시고 화려한 보물은 단지 생활을 윤택하게 하여 도움을 얻게 하는 도구적 의미만이 아니다.

고대의 사고에 따르면 땅 속 광물인 보물은 신적 세계와 질서를 내재하고 대지의 태내(胎內)에 있는 물건으로 인식되었기에 중요한 의미를 가지는 것이다. 광물질은 지모(地母)의 신성성을 나누어 가지고[180] 있는 것으

---

178) 金杜珍, 『韓國古代의 建國神話와 祭儀』, (서울: 一潮閣, 1999), 239면.
179) 앞의 책, 245면.
180) Mircea Eliade 1977, p.10면.

로 생각되었다. 더욱이 금(金)은 신(神)이라는 뜻의 '곰'과 같은 음가를 지녔고 신성한 시조의 성(姓)과 같다는 사실 등을 볼 때 신적 질서와 관계된 물질이었음을 알 수 있다. 특히 서구뿐 아니라 중국에서도 금을 완전한 금속이라고 보았던 점을 고려한다면 우리나라 신화에 등장하는 금을 단순히 부귀를 갖다 주는 물건으로만 취급할 수 없다.

본문에서 허왕후가 가지고 온 금과 호화스러운 장물(臟物)은 허왕후의 신성함을 입증해주는 기능을 한다. 마치 땅이 어머니처럼 만물을 생육하듯이, 허왕후의 장물들은 사시(四時)의 비용이 되고 있어 대지의 풍요함과 닮아 있다. 후대의 서사물에서 여성 주인공들이 금과 같은 보물을 가지고 출가하여 배우자를 맞는 모티브와 연결된다.

왕후가 점점 왕이 계신 곳에 가까워 오니 왕은 나아가 맞아서 함께 장막 궁전으로 들어왔다. 잉신 이하 여러 사람들은 뜰아래에서 뵙고 즉시 물러갔다. 왕은 유사(有司)에게 명하여 잉신 내외들을 안내하게 하고 말했다. "사람마다 방 하나씩을 주어 편안히 머무르게 하고 그 이하 노비들은 한 방에 5, 6명씩 두어 편안히 있게 하라"말을 마치고 난초로 만든 마실 것과 혜초(蕙草)로 만든 술을 주고, 무늬와 채색이 있는 자리에서 자게 하고, 심지어 옷과 비단과 보화까지도 주고 군인들을 많이 내어 보호하게 했다.

의례를 마친 왕후가 그 지역의 중심인 왕을 만나고 있다. 왕이 왕후와 그 신하들을 융숭하게 대접하였음이 기술되고 있다.

이에 왕이 왕후와 함께 침전(寢殿)에 드니 왕후가 조용히 왕에게 말한다. "저는 아유타국의 공주인데, 성(姓)은 허(許)이고 이름은 황옥(黃玉)이며 나이는 16세입니다.
본국에 있을 때 금년 5월에 부왕과 모후(母后)께서 저에게 말씀하시기를, '우리가 어젯밤 꿈에 함께 하늘의 상제(上帝)를 뵈었는데, 상제께서는, 가락국의 왕 수로(首露)를 하늘이 내려 보내서 왕위에 오르게 하였으니 신령스럽고 성스러운 사람이다. 또 나라를 새로 다스리는 데 있어 아직 배필을 정하지 못했으니 경들은 공주를 보내서 그 배필을 삼게 하라 하시고, 말을 마치자 하늘로 올라가셨다. 꿈을 깬 뒤에도 상제의 말이 아직도 귓가에 그대로 남아 있으니, 너는 이 자리에서 곧 부모를 작별하고 그곳으로 떠나라' 하셨습니다. 이에 저는 배를 타고 멀리 증조(蒸棗)를 찾고, 하늘로 가서 반도(蟠桃)를 찾아 이제 모양을 가다듬고 감히 용안(龍顏)을 가까이하게 되었습니다."

왕이 대답했다. "나는 나면서부터 성스러워서 공주가 멀리 올 것을 미리 알고 있어서 신하들의 왕비를 맞으라는 청을 따르지 않았소. 그런데 이제 현숙한 공주가 스스로 오셨으니 이 몸에는 매우 다행한 일이오" 왕은 드디어 그와 혼인했다.

허왕후가 여기로 오게 된 소이(所以)와 왕과 허왕후의 만남, 혼례에 관한 이야기가 나온다. 수로왕이 스스로를 일컬어 생래적으로 신성(神聖)하여 배필이 올지 알았다고 하는 데서 신적 존재로서의 능력이 입증된다. '신성성'을 지니고 있다는 것은 물리적 세계를 초월하고 있다는 것이며 이는 샤먼적 능력에 해당한다. 허왕후도 상제의 명을 따라 이곳에 왔다 한다. 실제로 상제라는 말을 썼을지는 의심스럽지만 세계의 질서를 관장하는 절대적 신격을 지닌 신임은 분명하다. 그렇지만 허왕후는 생물학적인 부모를 두었으며 상제는 이 세상을 관할하는 절대신으로 설정되어 있으나 혈통관계는 아니다. 생물학적 부모는 신(神)과 교통이 가능한 샤먼으로 꿈에 받은 신탁을 딸에게 전한다. 이미 입문한 자로서 부모는 딸의 의례를 주관하며 그에게 갈 길을 제시해 준다. 결국 허왕후의 바닷길을 통한 도래는 하늘의 명이되 의례의 인도자로서 샤먼인 부모가 그의 길을 직접 제시하는 방식으로 이루어지고 있다. 신의 계시를 받아든 샤먼 부모의 명에 따라 입사의례의 길을 떠난다. 이 의례는 수로왕을 만나면서 완성된다고 하겠다. 탈해 이사금의 경우와 마찬가지로 도래의 방식은 탄생이라기보다는 출현이라는 표현이 적절하다.

이에 드디어 타고 온 배를 돌려보낼 때 뱃사공 합 15인에게 각각 쌀 10석과 베 30필을 주어 본국으로 돌아가게 하였다. 8월 1일에 환가(還駕)할 때 후와 더불어 한 수레를 타고 잉신 내외도 나란히 수레를 타고 중국에서 나는 여러 물건도 모두 실어 서서히 대궐로 들어오니 때는 오정(午正)이 되려 하였다. 왕후는 중궁(中宮)에 처하고 잉신 내외와 사속(私屬)들에게는 비어 있는 두 집으로 나누어 들게 하고 나머지 종자(從者)는 20여 칸 되는 빈관(賓館) 한 채에 사람 수에 맞추어 구별해서 편안히 있게 하였다. 그리고 날마다 물건을 풍부하게 주며 그들의 싣고 온 진물(珍物)은 내고(內庫)에 두어 왕후의 사시(四時) 비용(費用)으로 쓰게 하였다.

모든 일들이 시간적 순서에 따라 해야 할 일들이 구체적으로 기술되고 있다. 허왕후와 왕이 만난 이후, 이제 그들이 타고 온 배와 뱃사공을 돌려보내야했고 왕, 왕후, 신하들과 사속(私屬)들과 함께 궁궐로 돌아와야 하는 상황을 보여준다. 돌아온 그들은 사람들에게는 거처를 마련해 주고 가지고 온 보물들을 창고에 두고 사시(四時) 비용으로 삼았다. 배우자가 가져온 진물(珍物)을 생활의 비용으로 삼은 예를 평강공주, 선화공주, 감은장아기 등의 이야기에서도 볼 수 있다.

하루는 왕이 신하에게 말하기를 '구간(九干) 등이 다 모든 관료의 우두머리이지만 그 직위(職位)와 명칭(名稱)이 모두 소인(宵人)과 시골사람[野夫]의 이름이요, 고관직위의 칭호가 아니다. 만일 외지에 전해지면 반드시 웃음거리가 될 것이다.' 하였다.

드디어 아도(我刀)를 아궁(我躬)으로, 여도(汝刀)를 여해(汝諧)로, 피도(彼刀)를 피장(彼藏)으로, 오방(五方)을 오상(五常)으로 고치고 유수(留水)와 유천(留天)의 이름은 윗글자는 그냥 두고 아래 글자만 고치어 유공(留功)과 유덕(留德)으로 하고 신천(神天)은 신도(神道)로, 오천(五天)은 오능(五能)으로 고치고 신귀(神鬼)의 음(音)은 그대로 두고 그 훈(訓)만을 고쳐 신귀(臣貴)로 하였다.

왕은 신라의 직제(職制)를 취하여 각간(角干), 아질간(阿叱干), 급간(級干)의 위품(位品)을 두고 그 아래 관료(官僚)는 주(周)의 규례(規例)와 한(漢)의 제도(制度)로써 정하니 이것이 혁고정신(革古鼎新)하고 설관분직(設官分職)하는 도리였다.

이에 나라와 집안이 질서 있게 되고 백성을 자식과 같이 사랑하니, 그 교화(敎化)는 엄숙하지 아니하여도 위엄이 서고 그 정치는 엄하지 않아도 다스려졌다. 왕이 후와 더불어 거함이 마치 하늘이 땅을, 해가 달을, 양

(陽)이 음(陰)을 가진 것과 같고 그 공(功)은 도산(塗山)이 하(夏)를 돕고 당원(唐媛)이 교씨(嬌氏)를 일으킨 것과 같았다.

위의 단락은 왕으로서 행했던 일을 기록하고 있다. 직위와 명칭 등을 그 이전의 것이 아닌 새 것으로 바꾸었다 함은 구세계의 질서를 새 질서로 재편한 것이다. 고대국가의 수장인 임금으로서 관제정비에 나섰음을 보여준다. 다스림과 교화의 부드러움이 만물에 통한다는 것은 그가 이미 입사의례를 마친 신적 질서를 가지고 있기 때문이다. 그러나 제도정비의 기준이 중국의 주나라와 한나라의 제도이라거나 억지로 다스리지 않아도 다스려졌다는 것은 유교적 관념을 보여준다. 특히 양(陽)과 음(陰)을 각기 남성과 여성에 대비한 것이나 훌륭한 부인들의 전범 등은 이미 중국의 영향을 받은 기록임을 보여준다. 현재로서는 가락국의 수로왕 당시에 이 정도의 유교 사상이나 제도의 영향이 있었던가는 알 수 없다. 다만 중국에 가락국에서 조공을 왔다는 기록이 있어 가락국과 중국의 교류가 있었음[181]을 알 수 있다.

그해 곰을 얻는 꿈을 꾸고 태자 거등공(居登公)을 낳았다.

후계자를 잇는 것은 자신의 질서를 계승해야 할 존재를 얻는 중요한 일이다. 후계자가 적자계승으로 여겨지면서 '후계자=태자'로 인식되었다. 꿈을 통하여 자손이 있을 것을 알고 그 후에 아들을 두어 태자로 삼았다. 꿈이 예시적 기능과 상징적 기능을 하고 있어 꿈이 신과 인간을 잇는 길목으로 여겨졌던 예가 오래전부터 있었음을 알 수 있다. 곰[182]을 얻는 꿈이라 하는 데서 신적 존재를 연상할 수 있다. 곰은 신적인 능력을 지닌 상서

---

181) 「加羅國」, 『南齊書』. 이 기록에 따르면 건원(建元) 원년(元年) 국왕 하지(荷知)의 사절이 내헌(來獻)하였다고 하는데 우리나라에는 현재로서는 이러한 기록을 찾아 볼 수 없다.
182) 강인구 외 4인의 번역서인 『譯註 三國遺事』에 따르면 이를 곰이라 하지 않고 용맹한 남자라 하였다. 본 연구에서는 곰의 의미를 취한다.

로운 동물로 여겨진 것이다. 꿈이 신성계와의 통로 역할을 한다. 부여 해부루왕의 신하였던 아란불의 꿈에 천신(天神)이 나타나 천도를 명했던 일과 비견된다.

⑤ 신적 질서로의 복귀담

후한(後漢) 영제(靈帝) 중평(中平) 6년 기이(己巳) 3월 1일에 왕후가 돌아가니 나이가 1백 57세였다. 나라 사람들이 마치 땅이 무너진 것처럼 슬퍼하고 구지봉 동북 언덕에 장사지냈다.

왕후가 백성을 자식처럼 사랑하던 은혜를 잊지 않고자 그 처음 와서 닻을 내린 나루터를 주포촌(主浦村)이라 하고, 능고(綾袴)를 벗던 높은 언덕을 능현(綾峴)이라고 하며 붉은 깃발을 들고 들어온 바닷가 언덕을 기출변(旗出邊)이라 하였다.

잉신(媵臣) 천부경(泉府卿) 신보(申輔)와 종정감(宗正監) 조광(趙匡) 등은 가락국에 온 지 30년 만에 각각 두 딸을 낳았고 부부가 일이 년을 지나 다 세상을 떠났다. 그 나머지 노비들은 온 지 칠팔 년에 아이를 갖지 못하여 오직 고향을 그리워하는 슬픔을 안고 다 죽었다. 그들의 살던 빈관(賓館)이 텅 비었다.

왕은 매일 홀아비의 외로움을 읊조리면서 몹시 슬퍼하였다. 10여 년이 지나 헌제(獻帝) 입안(立安) 4년 기묘(己卯) 3월 23일에 돌아가니 수(壽)가 1백 58세였다.

나라 안 사람들은 마치 하늘이 무너진 듯이 서러워하였으며 이는 왕후가 돌아가던 날보다 심하였다. 드디어 대궐의 동북 평지(平地)에 높이 1장(一丈), 둘레가 3백 보인 빈궁을 세워 장사지내고 수릉왕묘(首陵王廟)라 칭하였다.

이상의 단락은 왕과 왕후의 죽음을 말하고 있다. 허왕후가 먼저 돌아갔다고 한다. 나라 사람들이 땅이 무너진 것 같이 서러워했다는 표현이 흥미롭다. 보통 놀랍고 안타까운 일을 당하면 하늘이 무너진 것 같다고 하는데 여기서는 '國人如嘆坤崩'이라 하여 땅이 무너진 것으로 표현하고 있다. 또 후에 수로왕이 죽자 '國中之人若亡天只'라 하여 사람들이 하늘이 무너진 것 같이 느꼈다는 것도 관심이 가는 대목이다. 사람들이 수로왕을 천(天)

152

의 표상으로 허왕후를 지(地)의 표상으로 여겼음을 알 수 있다. 여하튼 왕후를 기리기 위하여 왕후가 처음 도래했던 날 당시의 유의미한 지역과 장소를 기억하고 그들의 근본 내력을 다시 한번 갈무리하고 있다.

잉신들이 왕후가 죽은 이래로 자손을 잇지 못하고 이 땅에서 사라진 것처럼 기록되어 있다. 지모신의 신하들이었으므로 왕비가 돌아갔으니 그녀와 같은 운명을 누려야 한다는 의미인 듯싶다. 순장(殉葬)의 원리와 같은 정신적 유대관계가 형성되어 있다. 잉신들이 굳이 딸만 둘을 낳았다고 하는 것은 실제로 아들을 낳지 않아서라기보다 그들이 질서를 유지할 방법을 잃었다는 의미일 것이다. 고분(古墳) 연구에 의하면 가야묘에 순장(殉葬)한 고분이 꽤 발견되었다 한다. 당시의 사회에서 순장이 여전히 유효했음을 알 수 있다. 즉 허왕후를 모시고 온 신하들이 같이 쇠하게 되거나 죽은 것, 혹은 죽었다고 관념화하는 것은 소멸이 아닌 재탄생(再誕生)을 기약하는 순장의 유흔이며 생물학적 죽음만을 뜻하는 것은 아닐 것이다.[183]

이후 기록은 신라의 30대 법민왕에 이르러 수로왕의 사당을 종묘에 합하여 제사를 지냈다는 것과 제사와 능묘를 지키는 과정에서 일어났던 신이한 일들에 대한 기록이다. 신이사(神異事)란 제사는 진손(眞孫)이 지내야 후환이 없다는 사실과 부장품을 훔쳐가려는 도적들에게 화를 내린 일, 능묘에 소속된 전결을 줄이려는 관리를 벌 준 일 등이다. 신으로서 인간의 부정한 행위에 벌을 내렸다. 사후(死後) 신의 영험성에 대한 기록과 더불어 그들을 추모하는 행사들이 있어 당시의 의례풍속을 보여준다.

이 사이에 또 오락으로 사모하는 일이 있어 매년 7월 29일에 이 지방 사람들과 관원 병졸이 승점(乘岾)에 올라 장막을 설치하고 술과 음식을 먹고 즐기면서 동서(東西)로 서로 눈짓하고 건장한 사람들은 좌우로 나뉘어 망산도(望山島)로부터 말을 급히 달려 육지에서 경주하고

---

183) 이러한 죽음이 순장 관습에 따른 것임을 방증하는 사례가 있다. 김해에 있는 김수로왕의 무덤에는 관 밖에 두 여자가 있었다고 한다. 이는 당대의 순장 관습을 보여준다. (문화공보부, 『史蹟』上).

뱃머리는 둥실둥실 서로 물 위에 떠서 서로 밀면서 북으로 고포(古浦)
를 향하여 다투어 빨리 간다.
　이것은 대개 옛적에 유천간, 신귀간 등이 허황후가 오는 것을 바라보고
급히 임금에게 아뢰었던 자취이다.

　여기서는 확인되는 사실은 두 가지이다. 첫째, 자신들의 근본을 재연하
는 행사를 정기적으로 가졌다는 점과 둘째, 신화가 유희와 즐거움으로 변
해가는 징후를 볼 수 있다는 점이다.

　정기적으로 매년 7월 29일에 뭇사람들이 왕후가 도래한 곳에 가서 막을
치고 술과 음식을 마시고 기뻐 소리 지른다는 것은 자신들의 근본을 되풀
이하는 의례임을 보여준다. 여기서 술과 음식을 마신다는 사실은 군중들이
같이 시조들의 질서를 받아들여 공유한다는 의미이다. 기뻐한다는 것은 왕
이 짝을 맞아 온전한 질서가 도래한 일을 회상하고 과거의 기쁨을 재연하
였음을 말한다.

　그리고 놀이를 하였다 하는데 여기서의 놀이는 의례에서 파생된 것
임을 보여준다. 기록에 있는 놀이의 모습을 재구해 보자.

　㉮ 말 타고 달리기
　·건장한 남자들이 동쪽과 서쪽의 두 편으로 나뉘어 선다.
　·서로의 전략(눈짓)에 따라 망산도부터 본토까지 말을 타고 달린다.

　㉯ 배로 온 길 따라가기
　·배들은 허왕후가 오던 길을 따라 서로 다투어 빨리 달린다.

　마지막 문장에서도 알 수 있듯, 신하들이 임금에게 왕후가 옴을 알리던
일을 정기적으로 재연하던 행사로 상황을 되풀이하는 놀이로 꾸며져 있음
을 알 수 있다. 이러한 의례적 성격의 놀이가 이후에는 승부와 관련되는
오락으로 변해가게 되는 사정을 짐작할 수 있다.

　수로왕 8대손 김질왕이 부지런히 정치를 했고 또 진리를 숭상하여 시조모(始祖母) 허황후(許皇后)를 위하여 명복(冥福)을 빌고자 하였다. 원가(元嘉) 29년 임진(壬辰)에 수로(首露)와 황후(皇后)가 혼인한 곳에 절을 세우고 이름을 왕후사(王后寺)라고 하였다.

　사자(使者)를 보내어 그 근처의 평전(平田) 10결(十結)을 측량하여 삼보(三寶)를 공양하는 비용을 삼게 하였다.

　이 절이 생긴 지 5백 년 후에 또 장유사(長遊寺)를 두니 절에 바친 밭과 땔나무 숲이 모두 3백 결이었다. 이에 장유사의 삼강(三剛)이 왕후사(王后寺)가 이 절 시지(柴地)의 동남쪽 경계 안에 있다고 해서 절을 폐하고 전장(田莊)을 만들어 추수하여 겨울 갈무리하는 곡간과 말을 먹이고 소를 기르는 마구간으로 하였다. 슬프다. 세조(世祖) 이하 9대손의 역수(曆數)는 아래에 자세히 기록되어 있다.

　위 단락은 수로왕 이래 자손들이 수로왕과 왕후를 위하여 절을 세웠음을 말해준다. 그들이 기념하는 것은 시조가 혼인한 의미이다. 신의 명으로 만난 짝이 혼인하여 그들의 질서로 세상을 재편한 사실을 기렸다고 하겠다. 시조의 '혼인'은 개인적인 일이 아닌, 사회적 의미를 지닌 행사로서 당시의 세계가 이 혼인을 계기로 새로운 질서로 정비되는 사건이었기 때문이다. 혼인의 의미가 이러했기에 수로왕이 배우자가 없었을 때 이 상태를 불완전하게 여긴 구간이 짝을 찾아야만 함을 역설했던 것이다.

　다음은 가락국 신화의 또 다른 측면을 보여주고 있는 뇌질형제(惱窒兄弟) 이야기이다.

　최치원이 지은 석(釋) 이정 전(利貞傳)을 살펴보면 가야산신(伽倻山神) 정견모주(正見母主)는 곧 천신(天神) 이비가(夷毗訶)에 응감한 바 되어, 대가야의 왕 뇌질주일(惱窒朱日)과 금관국(金官國)의 왕 뇌질청예(惱窒靑裔) 두 사람을 낳았는데, 뇌질주일은 이진아시왕(伊珍阿豉王)의 별칭이고, 청예는 수로왕(首露王)의 별칭이라 하였으나, 가락국 옛 기록의 여섯 알의 전설과 더불어 모두 허황한 것으로써 믿을 수 없다.[184]

---

184) 「高靈縣」, 『新增東國輿地勝覽』 제29권, (서울: 民族文化推進會, 1969).

대가야와 금관가야의 시조담이다. 부모가 각각 천신(天神)과 산신에 대응되고 있어 천부지모(天父地母)의 형태라고 볼 수 있으나 기록에 따라서는 정견모주(正見母主)가 하늘과 관련된 신이라도 한다. 정견모주(正見母主)라는 가야산신은 하늘로부터 산에 내려온 신적 존재였다. 이비가라는 천신(天神)이 아버지로 설정되어 있고 뇌질주일과 뇌질청예라는 아들이 태어나 각각 대가야와 금관가야의 왕이 된다는 점은 단군 신화나 동명 신화의 구조와 별 다른 측면이 없다. 다만 천신(天神)의 성별이 항상 남성으로만 표상되지 않았음을 보여준다는 점에서 신화시대의 사회를 이해하는 데 도움이 된다. 정견모주와 이비가의 기능은 각각 웅녀와 환웅, 유화와 해모수의 기능과 같다. 이 기록이 단편적이어서 서사가 전개되는 모습을 구체적으로 알아볼 수는 없으나 건국주는 〈단군 신화〉와 고구려 〈동명왕 신화〉의 주인공과 같이 신성혼(神聖婚)을 한 부모를 통해 신성성을 전이받아 신격을 획득하고 있다.

다. 김알지 신화

신라권의 신화로 〈김알지 신화〉는 건국을 하거나 왕이 된 인물은 아니지만 신화적 인물로 여겨져 왔다. 신라 김씨의 시조로 생각되어 자손들은 김알지의 후손인 것에 긍지를 갖고 있다. 고려에서도 신라의 김알지를 시조로 내세우는 사람[185]이 있었고 김씨 가문이 귀한 가문으로 인정받았음을 볼 수 있다.

① 탄생 이전 세계담

영평(永平) 3년 경신(庚申) 8월 4일에 호공(瓠公)이 밤에 월성(月城) 서쪽 마을을 가고 있었다.

---

185) 김한충은 신라 대보(大輔) 김알지(閼智)의 후손이다. 그의 고조(高祖) 김유렴(庾廉)이 경순왕(敬順王)을 따라 고려 태조에게 귀순하여 공신이 되었다. 『高麗史』, 95권.

156

호공(瓠公)이 김알지를 발견하는 내용이다. 시간은 밤이며 장소는 월성 서리의 시림(始林)이다. 날짜는 8월로 나타나지만『삼국사기』기록에는 탈해 이사금 9년 봄 3월로 되어 있다.[186] '시림'은 그 명칭에서 드러나듯이, 태초의 숲이라는 뜻이며 신성한 공간이다. 이 장소는 혁거세왕 이래 신라인의 입사의례 공간이었음을 보여준다. 이 숲은 신과 통할 수 있는 우주목이 있는 장소로 생각된다.

발견자인 호공(瓠公)에 대한 기록이 그리 많지는 않다. 다만 그가 바다를 건너온 도래자였음을 확인할 수 있다. 발견자로서 호공은 평범한 사람이 아니다. 이미 혁거세왕 시대에 뛰어난 신하이자 신이한 도래자(渡來者)였다.『삼국사기』,「신라본기」에 따르면 혁거세왕의 외교사절로서 마한에 가서 마한왕을 두려워하지 않고 고국의 위엄을 드러냈던 신하였다.[187]

② 입사의례적 탄생담

호공은 큰 밝은 빛이 시림(始林)【혹은 구림(鳩林)이라고도 함】 속에서 나타남을 보았다. 자주색 구름이 하늘에서 땅에 뻗치었는데 구름 가운데 황금궤가 나무 끝에 걸려 있고 그 빛이 궤에서 나왔다. 또 흰 닭이 나무 밑에서 울고 있었다. 이를 왕에게 아뢰었다. 왕이 그 숲에 가서 궤를 열고 보니 그 속에 동남(童男) 하나가 누워 있었다.

호공이 임금에게 이 사실을 알리는 이야기가 나온다. 황금궤를 발견했음에도 자신이 열지 않고 임금에게 고하여 여러 사람이 열어 보았음은 혁거서간과 수로왕의 경우와 같다고 하겠다. 여러 사람이 입사의례를 마친 자

---

186) 九年, 春三月, 王夜聞, 金城西始林樹間, 有鷄鳴聲, 遲明, 遣瓠公視之.「脫解尼師今」,『三國史記』.

187) 三十八年, 春二月, 遣瓠公聘於馬韓, 馬韓王讓瓠公曰, 辰卞二韓爲我屬國, 比年不輸職貢, 事大之禮, 其若是乎, 對曰, 我國自二聖肇興, 人事修, 天時和, 倉庾充實, 人民敬讓, 自辰韓遺民, 以至卞韓樂浪倭人, 無不畏懷, 而吾王謙虛, 遣下臣修聘, 可謂過於禮矣, 而大王赫怒, 劫之以兵, 是何意耶, 王憤欲殺之, 左右諫止, 乃許歸.「始祖 赫居世居西干」,『三國史記』.

를 맞아들이는 절차가 일반적이었던 것으로 추정된다.

이어서 김알지 입사의례의 면모가 기술되고 있다. 신성계와 접촉하는 도구로서 우주목 나뭇가지에 궤가 걸려 있었으며 신성한 임금인 탈해가 그 숲에 가서 궤를 열어 보았다. 이미 입문을 한 샤먼이 새로운 의례 대상자의 입문을 인도하고 있다.

숲 속에서 빛이 난다거나[188] 빛은 황금궤에서 나오고 있었다[189] 한다. 태양의 빛과 황금색은 입사의례와 관련이 있다. 빛은 어둠과 대가 되는 질서의 상징이며 황금 또한 금속 중에서도 완전한 금속으로 여겨져 왔다.[190] 이러한 소재가 존재론적으로 달라진 인간을 나타내는 수사적 장식으로 쓰이는 것은 우리나라에만 있는 예가 아니다.

호공이 빛을 보았을 때 그 빛은 숲의 궤에서 나오는 것이었다. 그 빛이 알지에게서 나오는 것임을 알 수 있는데 인식한 자에게서 후광을 볼 수 있었다는 것은 신성함의 표지(標識)로 후대에 뛰어난 스님의 모습을 형용할 때에도 나타난다. 즉 '원광법사의 머리에 금빛이 찬란하고 일륜의 상이 그의 몸을 따라다님을 왕이 보았고 왕후며 궁녀들도 이를 보았다'[191]고 한다. 이러한 금과 금빛은 재물로서의 가치가 아닌 성스러움을 지닌 물질로서 의미를 가진다. 따라서 상(賞)으로 주는 물건도 금빛의 경우인 예가 많다. 원광법사의 예를 계속 들자면 용이 조사를 맞아들이고 불경을 외우게 하고 주는 것이 금빛의 비단 가사였다. '금'은 후대에서 경제적 가치가 강조되지만 금의 고귀함은 성스러움과 관련되며 귀중한 책을 금박으로 물들인 것도 이러한 맥락에서이다.

자색구름이 하늘에서부터 뻗쳐 있다는 것은 입문자가 천신(天神)과 자

---

188) 見大光明於始林中(一作鳩林), 「金閼智 脫解王代」, 『三國遺事』.

189) 光自櫃出. 「金閼智 脫解王代」, 『三國遺事』.

190) Mircea Eliade 1977, 「제4장 지모(地母), 생식석(生植石)」에서 황금이 지닌 의미를 볼 수 있다.

191) 一時初夜, 王見光首, 金色晃然, 有象日輪, 隨身而至, 王后宮女同共觀之. 「圓光西學」, 『三國遺事』.

158

손관계라거나 천명(天命)으로 땅에 내려오게 되었다는 등 하늘과의 관계를 뜻한다. 여기서 자운(紫雲)은 수로왕신화의 자승(紫繩)처럼 우주목이나 우주기둥의 기능을 하는 소재이다. 하늘과 인간세상이 교통하는 도구로 여겨진 것이다. 이러한 '자운(紫雲)'은 후대의 소설에서 신성성의 상징으로 오색구름, 향기 등으로 바뀌어 나타난다.

③ 능력 제시담

> 동남(童男)이 누워 있다가 일어났다. 마치 혁거세(赫居世)의 고사(故事)와 같으므로, 그 말에 인하여 알지(閼智)라 이름하였다. 알지는 곧 우리말의 어린 아기를 말함이다.
> 동남(童男)을 안고 대궐로 돌아오니 새와 짐승들이 서로 따르며 기뻐해서 모두 뛰놀았다. 금궤에서 나왔다하여 성(姓)을 김씨(金氏)라 하였다.

왕이 궤를 열자 어린 사내아이(童男)가 누워 있다가 일어났다 한다. 이에 이름과 성을 지어주었다. 궤를 탄생의 장소인 궤는 머물었다가 탄생하는 자궁에 해당하는 의례적인 공간이다. 이는 탄생에 앞서 죽음 단계가 선행했음을 나타낸다.

궤 속에 누워 있다가 나온 존재는 어린 남자아이[童男]였다. 어린 아이인데도 바로 일어설 수 있었다는 것은 실제 아기가 아님을 뜻하며 이는 곧 입사의례의 재탄생을 표현하는 방식이다. 어리다는 의미의 '동(童) -'은 알지 신화만이 아닌 여러 신화에 나타나는데 이는 재탄생과 관계된 '새롭다'는 의미에서 취해진 것이다. 입사의례에 대한 보고를 보면 의례를 방금 마친 자를 아기로 취급하며 그 당사자도 유아어를 옹알거린다는 예도 있다. 육체적으로 성인(成人)일지라도 재탄생했기 때문에 어린 아기나 동자, 동녀로 인식되었다.

이어서 이름을 지어준다. 입사의례를 마친 자에게 새로운 존재가 되었음을 인정하는 절차이다. 혁거세왕이 탄생 시 말하길 '알지 거서간이 일어났다'라 했던 고사(古事)와 관련하여 김알지에게 이름을 주었다. '알지'가 입사의례와 관련된 이름임을 알 수 있다. 『삼국사기』에 따르면 '及長, 聰明 多智略, 乃名閼智'[192]이라 하여 청명하고 지략이 많았기 때문에 이러한 이름을 얻은 것으로 나타난다. 여기서 '알지'라는 이름은 '총명한 자'를 뜻하고 있다.

닭은 신적 질서, 혹은 이 세상의 형이상학적 원리를 인식한 존재가 있음을 알렸다. 나무 밑에서 흰 닭이 울었다는 것이나 대궐로 아이를 안고 돌아올 때 새와 짐승들이 서로 따르며 기뻐했다는 것은 온 세상의 뭇 존재와 입문자가 서로 교통 가능한 상태임을 뜻한다. 보통 인간은 지니지 못한 능력을 보여준다. 동물과 교감하는 사실은 〈박혁거세왕 신화〉와 같다.

④ 과업 실현담

> 알지는 열한(熱漢)을 낳고 한(漢)은 아도(阿都)를 낳고 도(都)는 수류(首留)를 낳고 류(留)는 욱부(郁部)를 낳고 부(部)는 구도(俱道)를 낳고 도(道)는 미추(末鄒)를 낳아 추(鄒)가 왕위에 오르니 신라의 김씨는 알지(閼智)에서 시작되었다.

위 단락에는 알지의 자손들이 열거되어 있다. 알지가 열한을 낳고 아도가 수류를 낳는 등 욱부, 구도를 거쳐 미추에 이르고 있다. 미추는 김씨로서는 최초로 왕이 되었다고 한다. 다른 건국 시조들의 행적이 역사적 사실로서 제시되는 반면 알지의 행적은 자신 당사자의 행적이 아닌 후손들의 이름이 나열될 정도이다. 탈해 이사금 시절에 대보(大輔)[193]라는 관직을 맡았다고 하나 신화화될 정도의 사회적 자리는 아니다. 알지 이전에 대보의 직위를 맡은 인물은 호공(瓠公)도 이미 있었기 때문이다.

---

192) 「脫解尼師今」, 『三國史記』.

193) 대보(大輔)는 후대의 이벌찬, 이찬과 거의 같은 성격의 직임(職任)을 수행했던 관직이었다고 한다. 대보는 이벌찬이 존재하지 않던 이전 시기에 한자(漢字)를 빌려 그 지위를 추상적으로 표현한 위호(位號)였다. 河日植, 「신라 京位 관련 사료와 경위의 기원 문제」, 『한국 고대의 신분제와 관등제』, (서울: 아카넷, 2000), 241면 참조.

〈김알지 신화〉는 후손들이 만들어 낸 것일 수도 있는 개연성이 있다. 신라 13대 미추왕(未鄒王)은 김씨 중 최초로 왕이 되었다. 김씨에 대한 정치적 힘을 신장(伸張)하기 위해 신성한 시조가 있다는 것은 큰 도움이 되었을 것이며 이를 위해 김알지라는 인물을 만들어 부각시킨 것이 아닌가 싶다. 몇 가지 사실은 이런 생각을 뒷받침한다. 이런 가설을 점검하기 위해서 관련 사실을 알아보았다. 미추왕에 대해 알아보기 위해『삼국유사』의 미추왕(未鄒王)과 죽엽군(竹葉軍)조를 살펴보았다.

가. 제13대 미추이질금(未鄒尼叱今)은 김알지의 7세손이다.
나. 대대로 현달(顯達)하고 또 성덕(聖德)이 있으므로 첨해왕의 뒤를 이어 비로소 왕위(王位)에 올랐다.
다. 지금 미추왕(未鄒王)의 릉(陵)을 속칭(俗稱) 시조당(始祖堂)이라 하는 것은 김씨(金氏)로서 처음 왕위(王位)에 오른 때문에 후대(後代)의 김씨 제왕(金氏諸王)이 모두 미추(未鄒)를 시조(始祖)라 하니 당연한 일이다.
재위(在位) 23년에 돌아가고 능(陵)은 흥륜사(興輪寺) 동쪽에 있다.

위의 내용은 미추 이질금(재위 기간 262-284)이 김알지의 7세손이라는 사실과 현달하고 성스러운 덕이 있어 왕위에 올랐다는 사실로 정리된다. 그리고 그는 신화적 인물이 될 만한 소이를 충분히 갖추고 있다. 미추왕의 죽음은 생물학적 죽음으로 나와 있으면서도 그 이후의 행적은 여전히 신라를 수호하는 신적 존재로 여겨지고 있다. 호국신으로 여겨져 제향을 받게 되었음이 나타나 있다.[194] 나라를 지켜냈다는 두 사건은 다음과 같다.

첫째, 제40대 유리왕(儒理王) 때에 이서국(伊西國)이 금성(金城)을 칠 때, 댓잎을 기에 꽂은 군사가 홀연히 와서 적을 격파하고 나서 사라졌다고 한다. 다만 댓잎이 미추왕릉(未鄒王陵) 앞에 쌓여 있음을 보고 비로소 미

---

194) 是以, 邦人懷德, 與三山, 同祀而不墜. 躋秩于五陵之上, 稱大廟云.「未鄒王竹葉軍」,『三國遺事』.

추왕의 음조(陰助)의 공(功)인줄 알고 인하여 죽현릉(竹現陵)이라고 불렀다고 한다.

두 번째 사건은 신라 호국신으로 있던 김유신이 후손이 억울하게 사형 당한 것을 신라인들이 자신의 공을 잊은 것이라 하여 신라 수호를 그만두고 떠나려는 것을 미추왕이 허하지 않았다는 것이다. 따라서 신라 사람들은 미추왕의 덕분에 호국신(護國神) 김유신 장군을 잃지 않았다고 여겼다.

신라인들은 미추왕의 나라수호에 감사하여 삼산(三山)과 함께 빠뜨리지 않고 제사지냈다. 그리고 그 순서를 오릉(五陵)보다 위에 두어 대묘(大廟)라고 했다 한다. 즉 미추왕이 시조신으로 여겨지고 제향을 받게 되었음을 알 수 있다. 이처럼 미추왕은 신라에서 중요한 가치를 지닌 인물로 여겨졌다.

그런데 미추왕릉을 시조당(始祖堂)이라고 한다는 점이 관심을 끈다. 이러한 정황은 『삼국사기』에서도 확인된다.[195] 시조를 김알지로 생각하지 않고 미추왕이라고 여겼다는 것인데 이는 김씨 최초의 왕이었기 때문이라고 한다. 기록을 보면 미추왕의 정치력이 상당했었을 것으로 생각된다. 김씨 최초의 왕으로서의 권위와 그리고 죽어서는 김유신을 독려하여 계속 신라를 지키도록 하였다는 일화에서 그의 카리스마적 영향력을 유추할 수 있다. 그렇다면 미추왕의 신화가 아닌 〈김알지 신화〉가 전승하는 이유는 무엇인가?

이 당시는 왕위를 부자간에 계승하던 시기로 이미 인간의 탄생은 자연사(自然事)로 여겨지지 않고 혈통에 의한 관계로 인식되었다. 그럼에도 신화의 효력은 현실적 힘을 지니고 있었다. 신화시대 이후에도 이와 비슷

---

195) 미추왕(味鄒王)은 김씨 성의 시조(始祖)가 됨으로 해서 5묘제의 한 인물이 된 것으로 나타난다. 제36대 혜공왕(惠恭王) 때에 이르러 처음으로 5묘(廟)의 제(制)를 정하였다. 미추왕(味鄒王)은 김씨 성의 시조(始祖)가 됨으로 해서, 또 태종대왕(太宗大王), 문무대왕(文武大王)은 백제(百濟)와 고구려(高句麗)를 평정한 큰 공덕이 있으므로 해서, 모두 3왕(王)을 세세불천(世世不遷)의 부동(不動)의 신위(神位)로 삼고, 거기에 친묘(親廟) 2위(位)를 합해 5묘(廟)로 하였다. 「祭祀」, 『三國史記』.

한 구조를 지닌 신화적 설화, 전설 등이 많다는 사실이 이야기의 효력을 증명한다. 김씨로서 왕위를 이으려면 박씨 집단과 석씨 집단에 비견되는 신성한 이데올로기가 필요했으며 이에 알지의 이야기를 만들었을 가능성이 있다. 이미 미추왕 당시는 신화시대로부터 시기적으로 멀어 전혀 새로운 이야기를 만들기는 어렵던 상황이었고 더욱이 자신을 신화화하기는 어려웠을 것이다. 새로운 이야기를 만들되 알지 이야기는 기존에 권위를 누리던 〈박혁거세왕 신화〉와 비슷한 모방작이 되었다. 혁거세왕 신화의 모티브들이 많이 발견된다. 또 현전하는 신화의 주인공들이 역사와 일정한 관련을 맺고 있는 인물인 반면, 김알지의 생애가 너무 소략하며 그 이후의 행적이 묘연함을 설명하기 어렵다. 홍기문도 단편적으로 전하는 기록들이 서로 모순됨을 지적하였다. 문무왕릉비(文武王陵碑)라거나 보월탑비(寶月塔碑)의 비문에 알지의 전적대신 신성한 시조로 성한왕(星漢王)을 내세우고 김알지를 들지 않는 데에 의문을 표하고 있다.[196] 이는 신라 초기 사람들이 알지에 대한 관념이 별로 없었던 것임을 보여준다. 특히 문무왕릉비의 경우에는 시조(始祖)로 알지를 거론했을 충분한 자리인데도 불구하고, 알지가 아닌 성한왕(星漢王)이 그 자리를 차지하고 있다는 사실이 의문을 더한다. 역사학 연구에서도 알지가 탈해 이사금시기에 출현했다고 하나 김알지의 계보를 보면 김씨 6대가 석씨 3대에 상응하는 등 사실로 받아들이기 어렵다[197]고 보고 알지의 존재 자체가 의문시[198]된다고 지적한 바 있다.

현재 살펴보기에 『삼국유사』 외에 딱히 〈김알지 신화〉가 독립된 조목으로 설정된 기록이 없을 뿐 아니라[199] 『삼국사기』에는 탈해 이사금조에 부

---

196) 홍기문, 앞의 책, 96-97면.
197) 강종훈, 『신라상고사연구』, (서울: 서울대학교 출판부, 2000.7), 87면.
198) 강종훈, 앞의 책, 90면.
199) 김알지의 전적을 노래한 최자(崔滋)와 최해(崔瀣) 시는 있다. 그러나 13세기 이후의 작품이므로 〈김알지 신화〉를 온전히 전한다고는 할 수 없다. 이들 작품은 홍기문, 앞의 책, 95면에 있다.

가되어 나타나며 바로 〈김알지 신화〉 뒤에 미추왕 이야기가 따라온다. 김알지 이야기와 미추왕 이야기가 공존하였을 가능성을 보여주는 기록이다. 이 같은 체제는 미추왕의 신성배경으로 김알지 이야기가 기능하게 되는 구성이다. 미추왕은 생전과 생후에 강력한 왕권을 구가했던 것 같다. 현재까지도 그 사당[200]이 남아 있으며 왕릉의 부장품도 다른 왕릉 못지않으며 일부 부장품은 가장 화려하다는 평을 듣는다. 이러한 추론이 타당하다면 김알지는 마치 조선시대 용비어천가에서 선대조(先代祖)들이나 중국의 성인(聖人)과 같은 기능을 하는 인물이다.[201]

김알지가 실존인물인지 아닌지는 확실한 증거가 없지만 미추왕이 실질적인 김씨 시조로 여겨졌던 사실은 확인이 가능하다. 이러한 상황에서 김알지는 미추왕에게 신성성을 전이해주는 시조신의 역할을 했으며 〈김알지 신화〉는 미추왕의 내력이자 근본이 된 것으로 볼 수 있다. 역사적 실제 여부가 어떠하였든 간에 텍스트에 나타난 김알지의 탄생은 입사의례적 원리를 근간으로 구성되어 있다. 〈김알지 신화〉는 입사의례와 그 후의 시조신이 되어 후손이 누구누구가 있는지를 전하는 단락으로 되어 있다. 즉 입사의례담과 이후의 행적으로 구성되어 있다. 입사의례의 단락 안에 입문을 마친 자의 능력에 대한 언급이 나타나고 있으며 그 이후의 행적은 직계자손을 제시하는 것으로 당사자의 행적을 대치하고 있다.

---

200) 경북 경주시 황남동에 있는 이 사당은 신라 최초의 김씨 임금인 13대 미추왕과 삼국을 통일한 30대 문무왕, 신라 마지막 임금인 경순왕의 위패를 모신 사당이다. 현재 사당 명칭은 숭혜전(崇惠殿)으로 전한다. 그간 여러 번 사당 명칭이 바뀌었다고 한다.

201) 용비어천가(龍飛御天歌)는 조선 왕초의 정치적 정당성을 확보하기 위해 조선왕 선조(先祖)들의 고사(古事)를 중국의 성인과 신적 존재들의 고사에 비견하고 있다. 선대의 무력에 의한 권력 탈취와 왕위계승과정의 골육상잔 등의 윤리적 부담과 정당성의 논란을 없애기 위한 세종의 찬술의도가 드러나 있다. 이윤석, 「해제」, 『龍飛御天歌』, (서울: 솔, 1997), 8면 참조.

라. 금와왕 신화

하늘이 명(命)하고 땅에서 출현하는 전형적인 신화로 동부여의 〈금와왕 신화〉를 들 수 있다. 『삼국사기』 소재 〈금와왕 신화〉는 고구려 〈동명왕 신화〉에 덧붙어 있으며 『삼국유사』에는 「동부여」 조에 전한다.

〈금와왕 신화〉의 전모(全貌)가 드러나지 않는 점은 금와왕의 아들 대소가 왕위에 있을 때 고구려가 동부여를 멸망된 사정과 관련이 있을 것이다. 고구려에 복속된 이래 〈동명왕 신화〉에 덧붙어 전하게 되었지만, 당시에는 다른 신화 못지않게 고대신화의 모습을 갖추고 해당 지역에서 영향력을 발휘했을 것으로 생각된다.

〈금와왕 신화〉는 탄생의 방식이나 신의 활동 영역, 성격 등 고대신화를 이해할 수 있는 실마리를 제공한다. 특히 〈금와왕 신화〉는 돌이 기자(祈子)와 관련된 후대 풍습의 원천을 보여준다. 원래는 자식 얻기를 기구하며 기다리는 장소가 아니라 신성한 자를 맞아들이는 의례의 장소였음을 이 신화에서 볼 수 있다. 돌이 신령한 사물이라는 관념이 이 당시에 있었음을 알게 된다. 그리고 이 신화는 의례적 방식을 통한 출현의 양상을 보존하고 있다. 구조적으로 신라·가야권의 신화와도 유사성이 발견된다.

① 탄생 이전 세계담

> 부여왕(扶餘王) 해부루(解夫婁)가 늙도록 아들이 없어서 하루는 산천(山川)에 제사하여 후사(後嗣)를 구하려 했다.

〈금와왕 신화〉는 부여왕(扶餘王) 해부루(解夫婁)가 늙도록 아들이 없다는 데서 시작한다. 해부루의 후사(後嗣) 걱정은 개인적인 관심이 아니다. 자신이 건설한 질서를 전해 줄 대상이 없으므로 세계가 혼돈에 빠지게 됨을 걱정하는 것이다. 아들 없음을 걱정하고 있는 데서 세계의 질서가 남성으로 표상되던 시대임을 알 수 있다. 이 상황은 입사의례를 통한 탄생 이전의, 카오스의 혼돈된 상황에 대응된다. 마땅히 있어야 할 것, 신적 질서를 표상하는 존재가 요구되는 상황이 형성되고 있다.

이러한 문제를 극복하기 위해 해부루는 산천(山川)에 후사(後嗣)얻기를 기원한다. 제의의 절차에서 보면 신에게 소원을 비는 축원(祝願)에 해당한다. 후속담으로는 축원에 대한 신의 공수와 응답이 뒤따르리라는 예상을 할 수 있다.

② 입사의례적 탄생담

> 해부루가 탄 말이 곤연(鯤淵)에 이르러 큰 돌을 보고 마주 대하여 눈물을 흘렸다.
> 왕이 괴이히 여겨 사람을 시켜 그 돌을 옮겨 놓고 보니, 한 금색(金色) 개구리 모습의 어린 아이가 있었다. 왕이 기뻐하여 말하기를, '이는 하늘이 나에게 아들을 주심이라' 하고 이에 거두어 길렀다. 이름을 금와(金蛙)라 하였다.

후사(後嗣)를 기원하며 제사를 지내며 지내는 동안, 말이 곤연(鯤淵)이라는 못에 이르러 탄생한 자, 즉 입사의례를 마친 자가 있음을 알리고 있다. 말이 등장하여 예시적 기능을 하는 모티브는 혁거세왕의 경우에도 있었다. 앞의 〈박혁거세왕 신화〉에서도 지적한 바와 같이, 말은 지금까지도 동신제(洞神祭) 등에서 받들어지는 신이며[202] 신수(神獸)이다. 특히 부여는 고위관직명을 동물명으로 한 만큼 동물이 신적 질서를 가지고 있다고 여겼다.

곤연이라는 연못과 큰 돌은 탄생의 장소와 소재를 반영한다. 돌은 전통적으로 신앙의 대상이었다. 여기서의 돌은 탈해 이사금의 입사의례에 등장하는 궤나 돌무덤의 기능을 하고 있는 소재이다. 탄생의 장소인 것이다. 돌이 절대적 실재, 생명, 신성성을 표현하는 원형적 이미지라는 점은 세계

---

202) 千鎭基, 「말(馬)에 대한 한국인의 관념과 태도」, 『한국민속과 문화연구』, 안동대학 민속학연구소 편, (서울: 형설출판사, 1990. 12).

166

의 모태인 대여신(大女神)과 동일시된 생식석으로부터 태어난 신들에 관한 수많은 신화를 통해서 증명된다.203) 돌은 그 자체로 인격신으로 나타나지 않으면서도 신적인 능력이나 영험성을 인정받는 사물이다. 살아있는 생명이 아님에도 영(靈)이 깃들어 있다고 생각한다는 점에서 애니미즘적이다. 돌신앙은 상당히 오래전부터 존재해온 관념임을 알 수 있다.

해부루는 말의 동작을 괴이히 여겨 사람을 시켜 그 돌을 옮겨 놓았고 거기에는 한 금색 개구리 모습의 어린아이가 있었다 한다. 입사의례에 해부루같이 왕이 등장하는 예가 적지 않은데 이는 그들이 단지 정치체의 장(長)이기 때문만은 아니다. 그들은 정치적으로 수장(首長)이며 종교적으로는 샤먼이기 때문에 입사의례를 이끄는 인도자의 역할을 한다. 이처럼 왕이나 일정 정치체의 수장이 입사의례에 직접 참여하는 예가 김알지와 혁거세왕, 김수로왕의 경우에서도 보인다. 혁거세왕의 경우는 사로 6촌장 중 소벌공이, 김수로왕의 경우는 9간이, 김알지는 탈해 이사금이 그들의 탄생을 마무리하는 역할을 하고 있다. 그들은 신성계와 교통할 능력이 있었다. 해부루도 기자(祈子)의 축원을 하였으며 이에 공수와 응답을 받아 아이를 얻게 되었다. 고대소설에서 기자(祈子)정성을 올리되 임신의 방식으로 아들을 얻는 것과는 다르다. 후사가 반드시 생물학적 혈육이어야 한다고 보지 않았다.

아이가 땅에서 나옴은 수로왕이나 삼을나가 땅 속에서 나온 예와 같다. 땅은 탄생을 위한 산실(産室)로 기능한다.

아이의 모습은 평범하지 않다. 금색(金色)의 와형(蛙形)이다. 금색(金色)은 호화로움의 상징이 아니라 성인의 정신적 가치를 표현하기 위한 성스러운 상징이다. 개구리형이라 함은 개구리가 땅에서 동면(冬眠)하고 일정 시기에 다시 활동을 시작하기 때문에 그 뜻을 취한 표현으로 생각된다. 땅 속의 개구리는 신적 존재를 표현하는 한 방식이다.

---

203) Mircea Eliade 1977, pp.46-47.

금와를 발견한 후 하늘이 현사(賢嗣)를 주셨다고 생각한다. 이름을 금와(金蛙)라 하였는데 '금색 개구리'는 '신성한 세계의 질서' 정도의 뜻을 지닌 명칭이었던 것으로 추정된다.

해부루가 금와를 발견한 이 부분의 이야기는『삼국사기』,「탈해 이사금(脫解尼師今)」에서 탈해 이사금이 알지를 발견하고 하늘이 준 아들이 아닌가[204] 하고 '알지'라는 이름을 지어 준 일과 구조가 같다. 해부루왕은 '땅'이 아닌 '하늘이 아들을 주었다'고 생각한다. 하늘은 지고(至高)하며 그 명에 따라 세상이 움직인다고 여겼다. 이 신화에서 하늘의 질서는 천지운행(運行)의 원리로 작용하고 있다.

③ 과업 실현담

> 그가 자라자 태자로 삼았다. 부루가 세상을 떠나자 금와는 자리를
> 이어 왕이 되었다.

금와는 하늘이 준 아들로 여겨져 동부여의 태자가 되고 이어 왕이 된다. 더욱 자세한 과업 실현담이 후속될 여지가 있음을 예상할 수 있지만 금와왕의 장자인 대소(帶素) 대에 동부여가 고구려에 의해 멸망되어서인지 더 이상 〈금와왕 신화〉는 자세히 전하지 않는다.

마. 삼을나(三乙那) 신화

이번에 볼 신화는 탐라 〈삼을나 신화〉[205]이다. 전형적으로 하늘이 명(命)하고 땅으로부터 태어나는 탄생 유형을 보여준다. 원문에 따르면 삼을나가 하늘에서 하강했다고도 하고 땅에서 솟았다고도 한다. 나누어 생각해 보면 땅에서 행해진 의례적 탄생에 대해 당시 사람들이 '이 탄생은 하늘의

---

204) 此豈非天遺我以令胤乎.「脫解尼師今」,『三國史記』.
205)「全羅道 金溝縣 羅州牧 耽羅縣」,『高麗史』권 57, 지리 2의 자료를 대상으로 하였다.

168

명(命)을 받아 이루어진 것'으로 인식했다고 하겠다. 이러한 방식의 탄생은 이왕에 본 〈금와왕 신화〉, 〈박혁거세왕 신화〉, 〈김수로왕 신화〉, 〈김알지 신화〉에서도 확인되었다.

① 탄생 이전 세계담

태고에 이곳에는 사람도 생물도 없었다.

삼을나가 출현하기 전(前) 세상의 상황이다. 이들이 오기 전에는 아무런 생명이 없었음을 말하고 있다. 아무런 생명이 없는 곳, 결핍과 부재의 세계가 풍요로운 세계로 전환되어야 한다는 필연성이 도출되고 있다.

② 입사의례적 탄생담

3명의 신인(神人)이 땅으로부터 솟아 나왔는바 맏이는 양을나(良乙那), 둘째는 고을나(高乙那), 셋째는 부을나(夫乙那)라고 하였다. 이 세 사람은 먼 황무지에 사냥을 하여 그 가죽을 입고 그 고기를 먹고 살았다.

삼을나가 땅에서 솟아 나왔다. 땅으로부터 나온 신으로는 금와나 수로를 들 수 있다. 금와는 바위 밑에서 출현했고 수로는 사람들이 땅을 헤쳐 얻었다. 땅에서 나왔다는 것은 탄생을 뜻한다. 신화에서 이러한 모습은 의례적 죽음의 절차를 거친 새로운 탄생을 뜻한다. 땅은 오래전부터 인류에게 모태(母胎)로 인식되었다. 이들이 땅에서 나오지만 하늘의 자손임은 세 처녀와 함께 온 사자의 말에서 나타난다. '西海中嶽 降神子三人 將欲開國'이라 하여 그들이 산에 강림한 신이며 신의 아들임을 알 수 있다. 또 이들은 나라를 세울 의지를 가지고 있었음을 알게 된다. 이는 본토 신화와 같은 맥락을 보여준다. 그들은 하늘에서 강림한 것으로 나타나면서도 실제로는 땅에서 나왔다 한다. 이는 수로와 금와의 출생과 같은 맥락이다. 명(命)은 천명이요, 출생은 땅으로부터 이루어진다.

땅에서 나온 삼인(三人)들은 질서를 표상하는 존재이며 자신들이 지닌 이상(理想)을 펴는 과정에서 짝을 맞아 결혼을 해야 온전한 세상을 이루게 되는 것으로 나타난다. 결혼이 단순 개인사가 아님은 이미 앞의 신화에서 언급한 바 있다. 신성혼(神聖婚)은 세상의 질서를 재편하여 새로운 시작을 이루는 계기로 설정된다. 삼인의 배우자도 이에 걸맞게 입사의례의 모습으로 나타난다.

③ 과업 실현담

하루는 자색 봉니(封泥)를 한 나무 상자가 물에 떠 와서 동쪽 바닷가에 와 닿은 것을 보고 곧 가서 열어 보았다. 상자 속에는 돌함과 붉은 띠에 자색 옷을 입은 사자(使者)가 따라 와 있었다. 돌함을 여니 그 안에서 푸른 옷을 입은 세 명의 처녀와 각종 망아지와 송아지 및 오곡(五穀) 종자가 나왔다.

그 사자가 말하기를 "나는 일본의 사신인데 우리나라 왕이 이 세 딸을 낳고 말하기를 '서쪽 바다 가운데 있는 큰 산에 신의 아들 3명이 내려 와서 장차 나라를 이룩하고자 하나 배필(配匹)이 없다'고 하면서 나에게 명령하여 이 3명의 딸을 모시고 가게 하여 이곳에 왔습니다. 당신들은 마땅히 이 3명으로 배필을 삼고 나라를 이룩하기를 바랍니다" 하고 말을 마치자마자 그 사자는 홀연히 구름을 타고 가 버렸다. 3명은 나이에 따라서 세 처녀에게 장가들었다.

샘물 맛이 좋고 땅이 비옥한 곳을 택하여 활을 쏘아 땅을 점치고 살았는데 양을나(良乙那)가 사는 곳을 첫째 도읍, 고을나(高乙那)가 사는 곳을 둘째 도읍, 부을나(夫乙那)가 사는 곳을 셋째 도읍이라고 하였으며 이때 처음으로 오곡을 심어서 농사를 짓고 망아지와 송아지를 길러서 날로 번창해졌다.

이 단락은 과업을 실현하는 이야기이다. 먼저 배우자를 맞는 이야기가 나온다. 삼을나의 배우자는 수평적 세계로 설정된 먼 곳으로부터 바다를 거쳐 도래한다. 도래의 이유와 방식은 허왕후의 경우와 동일하다. 삼을나가 나라를 이룩하려 하나 배우자가 없어 나라 건설이 미완(未完)의 상태에 있었다. 이 사실을 세 처녀의 아버지가 알고 이들을 보냈다. 여기서 아버지는 생물학적인 아버지이자 이들의 입사의례를 이끄는 인도자이며 물리적 세계 이상을 파악할 수 있는 샤먼적 존재이다. 허왕후의 부모와 같은 기능을 한다.

> ○ 나무상자가 물에 떠 와 바닷가에 닿았다.
> ○ 삼을나가 가서 열어 보았다.
> ○ 상자 속에서 돌함과 사자(使者)가 나왔다.
> ○ 돌함을 여니 그 안에서 세 명의 처녀가 나왔다.

이상의 의례적 상황은 앞서 본 신화에서와 같다. 나무상자와 돌함은 세 명의 처녀가 인식적 탄생을 하는 장소로 다른 신화에서 궤나 합자, 배, 알, 바위 밑, 땅 속 등의 기능을 하는 소재이다. 이들이 물에 떠 와 바닷가에 닿자 삼을나는 수로가 허왕후의 도래를 이미 예견했던 것처럼 가서 맞이한다. 그리고 자신들이 직접 열어 본다. 상자 속에는 돌함과 붉은 띠에 자색 옷을 입은 사자(使者)가 있었다. 다시 돌함을 여니 그 안에서 푸른 옷을 입은 세 명의 처녀와 각종 망아지와 송아지 및 오곡(五穀) 종자가 나왔다고 한다. 세 처녀와 함께 온 신하들과 가져온 망아지, 송아지, 오곡 종자는 허왕후가 도래시에 잉신 등의 신하들과 칠보 등을 가져온 것에 해당한다. 이들은 기능은 모두 시작과 관련된 재화이며 이 물질로부터 풍요로움이 나오게 된다. 따라서 이들은 지상의 풍요로움을 관장하는 지모신의 기능을 하고 있다. 이는 신화의 여성들이 지닌 일반적인 기능이다. 유화가 오곡종자 혹은 보리종자를 아들에게 주었으며 허왕후는 풍요를 누릴 재화와 사람들을 데리고 왔다. 이러한 기능은 후에 선화공주와 평강공주, 후대의 우렁색시 설화 등에서도 나타난다. 돌함이 나무상자가 물에 떠 왔다는 모티브는 허왕후보다는 탈해 이사금의 경우에 가깝다.

배우자를 맞이하고 나서 삼을나는 도읍을 중심으로 하는 국가를 세워 과업을 온전히 실현한다. 활이 점치는 무구(巫具)로서 사용되고 있다. 각기 삼을나는 땅을 정하여 정치체를 세우고 부유해졌다 한다. 일정 지역의 장(長)이 되고 세상의 업(業)을 부지런히 하고 부유하게 함이 그들의 과업이었다.

(2) 샤먼 부모의 명(命)에 따른 도래(渡來)

이방인(異邦人)에 대한 고대인들의 관념은 외경과 신성성, 두려움에 대한 반발 등으로 나타난다. 먼 곳은 잘 알 수 없기 때문에 이방인은 두렵고 신성한 존재로 여겨졌다. 도래인을 신성시한 예는 많다. 우리나라 신화에서도 탈해와 삼을나의 세 배우자, 허왕후가 도래한 대표적인 신이다. 하늘에서 하강한 경우와 달리 이들은 수직적으로 먼 세계에서 온 것으로 되어있다.

〈탈해 이사금 신화〉의 탄생담과 〈김수로왕 신화〉의 허왕후 도래담, 〈삼을나 신화〉의 세 배우자 도래담에는 몇 가지 공통점이 있다. 첫째, 바다를 따라온 도래인(渡來人)이라는 점이며 둘째, 도래하는 직접적인 계기가 부모의 명(命)이라는 점이다. 부모가 이들에게 소속사회를 떠나 다른 곳으로 떠날 것을 명하고 신화의 주인공이나 그들의 배우자는 이에 따른다. 그렇다면 부모들은 무슨 근거로 이들을 보내는 것인가? 본문을 보면 상제의 명(命)인 것으로 나타난다. 상제와 같은 신적 존재의 신탁을 알아들을 수 있는 자는 인간계와 신성계의 매개자인 샤먼이다. 따라서 부모들은 샤먼적 존재이며 또 정치적으로 그 사회의 수장(首長)이다. 샤먼왕은 눈앞에서 일어나지 않는 일도 알 수 있으며 미래를 예지하는 능력도 갖춘 것으로 인식되었다. 결국 입문자들에게 이들은 입사의례를 인도하는 역할을 하는 신부모(神父母)이자 능숙한 원로 샤먼의 역할을 한다.

가. 탈해 이사금 신화

탈해는 신라의 4대왕으로 노례왕의 지위를 계승하였다. 혈연(血緣)에 의한 왕위계승은 아니었다. 탈해는 지혜로 길지(吉地)를 차지하고 있던 경쟁자를 물리쳤으며 이 일로써 사람들에게 인정받았다. 유덕인(有德人)으로 여겨지고 왕이 될 만한 자격을 가진 인물로 떠올랐다.

① 탄생 이전 세계담

가락국 바다 가운데 한 배가 와서 닿았다. 그 나라의 수로왕(首露王)이 신민(臣民)들과 함께 북을 치고 맞아들여 머물게 하려 하니, 배가 곧 달아나 계림(鷄林) 동쪽 하서지촌 (下西知村) 아진포(阿珍浦)에 이르렀다.

고대의 영접의례를 보게 된다. 가락국의 수로왕이 신하와 백성들과 함께 북을 치고 맞아들이는 의례를 베풀고 있다. 이러한 의례는 수로가 탄생할 때 군중이 모여 그들의 바라는 바를 염원하던 사실과도 같은 방식이다. 이 당시 사람들은 소원을 기원하면서 소리를 내었던 것으로 보이는데 여기서는 특히 북이 동원되고 있다.

② 입사의례적 탄생담

그때 갯가에 한 늙은 할멈이 있어 이름은 아진의선(阿珍義先)이었다. 그녀는 혁거세왕 때에 바다에서 고기잡이를 하는 사람의 어머니였다.[206] 배를 바라보고 말하기를 '이 바다 가운데 본래 바위가 없었는데 까치가 모여들어 우는 것은 무슨 일인가' 하고 배를 끌고 가서 찾아보니 까치가 배 위에 모여들고 그 배 가운데 궤(櫃) 하나가 있는데 길이가 20척, 넓이 13척이나 되었다.

---

206) 아진의선에 대해 설명하는 이 부분 - 乃赫居王之海尺之母 - 의 해석이 쉽지 않다. 기존 해석을 보면 '혁거세의 고기잡이 할미였다.'(이병도, 『三國遺事』), '혁거세왕의 고기잡이 할멈이었다.'(이민수, 『三國遺事』, 서울: 을유문화사, 1994.), '혁거세왕의 고기잡이 할멈이었다.'(김태곤 외, 『한국의 신화』, 서울: 시인사, 1988) 이상과 같이 대동소이하다. 다만 '혁거세왕 때에 바다에서 고기잡이를 하는 사람의 어머니였다'(김화경, 「석탈해 신화의 연구」, 『어문학』 제69호, 한국어문학회, 2002. 2. 209면.)라는 해석이 무리가 없다고 생각하여 이를 취하였다.

그 배를 끌어다 수림(樹林) 밑에 두고 길흉을 알지 못하여 하늘을 향해 고하였다. 조금 있다가 궤를 열어보니 단정한 남아와 아울러 칠보(七寶)와 노비가 그 가운데 가득 차 있었다.

'아진의선(阿珍義先)'이라는 할머니가 등장하여 탈해를 맞아들인다. 이름은 한자이름이 아닌 우리말의 차자(借字)로 생각된다. 기록에 의하면 바닷가에 사는 할머니이다. 이름을 나누어 보면 아진과 의선으로 나눌 수 있다. '의선'의 의미는 확인하기 어렵지만 고유 이름으로 생각되며 '아진'이라는 부분은 아진포에 살기 때문에 붙었을 것이다.

아진의선은 탈해의 존재를 발견하고 배를 수림(樹林)까지 끌고 온다. 그 안의 궤를 발견하고는 보통 물건이 아님을 간파한다. 이를 자신이 바로 열어보지 않는 것은 다른 신화에서 왕, 군장과 더불어 입문자를 맞이하는 예와 같다. 발생한 사건에 대해 신에게 길흉을 물었다. 장소는 수림(樹林) 아래이다. 여러 신화의 탄생담에서도 드러나듯이, 수림(樹林)은 신이 내리는 지역으로 생각되었다. 그녀는 신에게 공수를 구하였고 결국 궤를 열어 그를 나오게 하였다. 아진의선은 입사의례에 등장하는 대모(代母), 육체적인 어머니가 아닌 정신적인 어머니로서 기능한다. 육신의 어머니가 아닌 영혼을 인도하는 인도자의 기능을 하고 있다.

까치가 등장하여 인식한 자가 있음을 알리고 있다. 까치는 앞에서 본 〈박혁거세왕 신화〉나 〈김알지 신화〉에서와 같이, 백마, 닭과 같은 역할을 하고 있다.

의례상의 도구로 궤가 나온다. 아이가 든 궤나 함을 여성이 물에서 건져내어 양육하는 이야기[207]는 후대에까지 나타난다. 궤는 땅＝지모신＝담

---

207) 근래에까지 이러한 구조의 이야기가 채록된 바 있다. 1968년에 강화도에서 채록된 한 이야기는 연못에 있었던 일로 인해 동네이름이 생겼다는 전설로, 신화와 전설간의 일정한 구조적 연대성을 보여주고 있다. 동네 근처 연못에 연꽃이 피었는데 이 꽃들 틈으로 예쁜 함 하나가 물에 떠 있었다는 것이다. 이때 마침 이 마을 봉씨가 이를 보고 가서 건졌다고 한다. 집에 가 열어 보았더니 예쁘게 생긴 사내아이가 들어 있었다고 한다.

174

는 용기＝탄생의 장소라는 내적 이미지를 지닌 장소로써 탄생의 산실인 자궁에 해당한다.[208] 궤를 열어보니 단정한 남아와 아울러 칠보(七寶)와 노비(奴婢)가 그 가운데 가득 했다. 칠보라는 것도 위의 가락국기에서 허왕후가 가져온 금(金)과 마찬가지로 대지에서 나온 질서의 상징물이다. 노비들이 나왔다는 것도 순장의 유흔(遺痕)과 관련되는 맥락이다.

> 대접받은 지 7일 만에 말하되 "나는 본래 용성국(龍城國) 사람【또는 정명국(正明國) 혹은 완하국(琓夏國)이라고도 하는데 완하(琓夏)는 혹 화하국(花厦國)이라고도 한다. 용성(龍城)은 왜(倭)의 동북(東北) 일천리(一千里)에 있다.】으로, 우리나라에 일찍이 28용왕(龍王)이 있었는데, 모두 사람의 태(台)에서 나왔고, 5·6세 때부터 왕위(王位)를 이어 만민(萬民)을 가르쳐 성명(性命)을 올바르게 하였다. 8품(八品)의 성골(姓骨)이 있으나 선택하는 일이 없이 모두 대위(代位)에 올랐다.
>
> 이때 우리 부왕(父王) 함달파(舍達婆)가 적녀국(積女國)의 왕녀(王女)를 맞아서 비(妃)를 삼았더니 오래도록 아들이 없으므로 기도하여 아들을 구할 새, 7년 뒤에 큰 알(大卵) 하나를 낳았다. 이에 대왕이 군신(群臣)에게 묻되, '사람으로서 알을 낳음은 고금에 없는 일이니 이것이 불길할 징조라' 하고 궤를 만들어 나를 그 속에 넣고 또 칠보(七寶)와 노비를 배 안에 가득 실어 바다에 띄우면서 축원하되, '인연 있는 곳에 가서 나라를 세우고 집을 이루라.' 하였다. 그러자 문득 붉은 용이 나타나 배를 호위(護衛)하여 여기에 왔노라."

탈해는 자신이 여기에 온 이유에 대해 말한다. 7일이 혹 입사의례와 관계있는 날짜가 아닌가 싶다. 우리 민속에서 7일, 이레는 탄생과 관련되는 날짜 단위였다. 아기가 태어난 지 첫 7일에는 강보(襁褓)를 벗기고 깃 없

그녀는 이 아이를 하늘이 주신 아이로 생각하고 잘 길렀다고 한다. 이 이야기에서 봉씨와 아이의 관계는 아진의선과 탈해의 관계에 대응함을 볼 수 있다. 薛盛璟, 「강화의 民謠와 傳說」, 『연세국문학』, 2, 연세대 국어국문학과, 1969. 10, 111면.

208) 아래 연구에 따르면 여성＝육체＝용기(容器)＝세계가 기본적인 등가적 상징관계에 있다고 한다. Neumann, Erich, *The great mother: an analysis of the archetype*; translated from the German by Ralph Manheim. 2nd ed. (Princeton, N. J.: Princeton University Press, 1983), p.43.

는 옷을 입히고 동여맸던 팔 하나를 풀어주며 두니레(14일)를 지나 세니레(21일)에 산실(産室)의 모든 금기가 철폐된다.[209] 이와 같은 의미로 7의 단위가 택해졌다고 본다.

출자국(出自國)인 용성국은 딱히 다른 문헌에서 찾기 어렵다. 기록에 따라 다파라국(多婆羅國), 완하국(琓夏國) 등으로 나타난다. 현재로서는 그 나라에 대해 알 수 있는 정보가 거의 없다. 일연의 각주대로 왜 동북 천리(千里)를 따라 장소를 비정해보면 시베리아 근처에 해당한다고 한다.[210] 역사 연구는 탈해가 야장왕(冶匠王)적 성격을 지니며 북방으로부터 유입했다고 한다.[211] 확실한 것은 그가 유입한 사람이며 신라의 본토에서 왕이 되려는 목적을 가지고 있었다는 사실이다. 〈가락국기〉에도 가락국의 왕이 되러 왔다면서 왕위를 두고 수로왕과 경쟁을 벌이는 일화가 전한다.

이러한 상황에서 자신이 출자한 본국을 스스로 설명한다. 그는 도래자이지만 하늘에서 온 자가 아니며 먼 곳 이방에서 온 자이다. 성스러운 곳이 수평적 세계의 먼 곳으로 설정되어 있어 천강신화와 다르다. 또 확신할 근거가 없어서 미루어 짐작할 뿐이지만 8성(姓)을 지닌 사람들이 모두 돌아가며 왕이 된다는 사실은 특정(特定) 성(姓)을 가진 자만이 왕이 되는 신라의 정치제도에 대한 우회적인 반박이 아닌가 한다.

자신의 부모에 대해 말하길 아버지는 용성국의 왕이고 어머니는 적녀국의 왕녀, 혹은 여국의 왕녀였다고 한다. 적녀국이 실제 있었는지는 알 수 없으나 여성으로 상징되는 생생력이 암시되고 있다. 이 둘이 결합하였으나 아들이 없자 자손을 구하는 기도를 하였다. 이는 마치 해부루가 금와를 얻기 전에 기도하던 일을 연상하게 한다.

탄생자가 알로 태어났고 이를 불길하다 하여 버리는 것은 〈동명왕 신

---

209) 「이레」, 『한국민속대사전』, (서울: 민중서관, 1998).
210) 원문과 같이 왜(倭)로부터 동북 천리를 따져보면 Kamchatka 반도가 있는 동북 시베리아 일대라고 한다. 김화경, 「석탈해 신화의 연구」, 『어문학』 제69호, 한국어문학회, 2002. 2, 213면.
211) 「한국사」, 2, 460면.

176

화〉를 연상하게 한다. 이처럼 모티브가 비슷한 이유는 시대가 동질적이며 당시의 입사의례 방식도 그 시대가 생각해낼 수 있는 여지에 한계가 있어 서로 간에 연관성을 지니고 있기 때문인 것으로 생각된다. 버려지되 동명이 동물계에 버려지는 것과는 달리, 탈해는 궤에 실려 바다에 띄워졌다. 그러면서 아버지인 왕은 '인연 있는 곳에 가서 나라를 세우라'는 축원을 하였다. 이전에 알로 탄생한 것이 불길하다고 평한 것과는 다르다. 알로 탄생한 것이 불길하다는 생각은 후대적인 것으로 보인다. 이러한 생각은 인간계와 동물계가 구분되어 인식하고 동물이 인간보다 하위에 자리한다는 생각을 하면서 생긴 것이다. 신화시대의 동물은 상서롭고 신성한 존재였다.

칠보(七寶)와 노비를 같이 배에 실었다 하는데 칠보는 대지에 묻혀 있던 질서의 상징으로서의 보물이며 노비는 질서적 존재에 따르는 순장적 차원에서 같이 실렸을 것이다.

용이 호위하였으므로 그를 용왕의 아들로 보기도 한다.[212] 그러나 후속 담에서 그는 스스로를 야장(冶匠)이라 한다. 탈해의 신적 속성에 대해서는 좀 더 면밀한 분석이 요구된다.

> 말을 마치자, 그 아이는 지팡이를 끌며 두 종을 데리고 토함산(吐含山)
> 에 올라 돌무덤(石塚)을 만들고 7일 동안 머물렀다.

토함산의 석총에서 7일 동안 머무른 것을 입사의례와 관련시킨 연구가 적지 않다. 한 연구에서는 석총을 누석단(累石壇), 소도(蘇塗), 제단(祭壇)과 같은 것으로 보고 그가 7일간의 의례를[213] 치르는 것이라고 하였다. 이곳은 모두 신과의 교통을 추구하는 장소라는 공통점이 있다. 입사의례에서 어딘가에 들어가는 것 즉, 굴이나, 묘, 궤 등에 들어가는 일은 원초적 시간인 우주의 밤으로 돌아가는 죽음의 단계를 뜻한다. 게다가 산은 신

---

212) 장주근, 『풀어 쓴 한국의 신화』, (서울: 집문당, 1998), 244면.
213) 尹徹重, 「脫解神話研究」, 성균관 대학교 박사학위논문, 1988, 74면.

과 교통하기 위한 장소이다. 석총은 대지의 산실로써 자궁 이미지와 연관
된 공간이다.

③ 능력 제시담

　　성중(城中)에 살 만한 곳이 있는가 바라보니 마치 초생달 같은 한
산 봉우리가 보이는데 지세(地勢)가 오래 살 만한 곳이었다. 내려와
찾으니 바로 호공(瓠公)의 집이었다.
　　이에 모략을 써 몰래 숫돌과 숯을 그 곁에 묻고 이튿날 이른 아침에 그
집 문에 가서 이것이 우리 조상 때의 집이라 하였다. 호공은 그런 것이 아
니라 하여 서로 다투어 결판을 못 냈다. 이에 관가(官家)에 고하니 관에서
는 '무엇으로써 너의 집임을 증거하겠느냐' 하였다. 동자(童子)가 말하되
'우리는 본래 대장장이였는데 잠시 이웃 시골에 간 동안 다른 사람이 빼앗
아 살고 있으니 그 땅을 파보면 알 것이다'라고 하였다. 그 말대로 파
보니 과연 숫돌과 숯이 있으므로, 그 집을 차지하게 되었다.

이 단락에서 탈해는 살 만한 곳을 찾는다. 다른 신화에서 주인공인
왕들이 궁실을 짓고 건국을 준비하는 대목에 해당된다. 그러나 이 시
기에 이미 신라에 왕이 있었으므로 탈해는 궁실이 아닌 집을 찾았던
것이다. 살 만한 곳을 발견하고는 그곳에 살던 호공(瓠公)을 쫓아낸다.
『삼국사기』에 의하면 호공은 그 족성(族姓)이 자세치 못하나, 본시 왜
인으로 처음에 박(瓠)을 허리에 차고 바다를 건너온 까닭에 호공이라고
일컬었다[214] 한다. 이를 보면 호공도 도래인으로서 그 지역에서 능력을
인정받았고 그 사회에서 어느 정도의 권력을 지니고 있던 귀족이었음을
알 수 있다.
탈해는 자신이 야장(冶匠)이었음을 밝히고 증거로 숫돌과 숯을 보인다.
야장(冶匠)과 숫돌, 숯은 모두 신성한 존재이자 사물로 통하던 시절이었
다. 대장장이의 업을 왕가와 결부, 대장장이가 왕족의 시조가 된 예가 적

---

214) 瓠公者未詳其族姓, 本倭人, 初以瓠繫腰, 度海而來, 故稱瓠公. 「始祖 赫居世
　　居西干」, 『三國史記』.

지 않다고 한다. 과거의 많은 문명권에서 대장장이는 숯과 숫돌(礪炭)로 불을 다루어 철제를 만들어 내는 능력은 신성한 것으로 통하였다. 불은 '보다 빨리 할 수 있는' 수단이자, 또한 자연 속에 이미 존재하던 것과는 다른 것을 만들 수 있는 수단이었기 때문에 불은 세계를 바꿀 수 있는, 따라서 이 세상에 속하지 않는 주술적 종교적 힘의 표명이었다.[215] 더하여 이 시기는 철기시대로 철의 의미가 중요하던 시기였다. 사회적으로 생산력과 종교성을 모두 아우르는 자로서 탈해는 혁거세왕 시절의 신하였던 호공과 비교하여 볼 때 새로운 질서의 표상이었다. 신화에서 구시대의 질서는 새로운 질서로 재편되는 것이 보편적이라는 사실을 생각해 볼 때 탈해의 집차지는 당시로서는 당연하고 정당하게 인식되었을 것이다. 그러다가 그가 정작 왕위에 오르고 2년 정월에 호공(瓠公)을 배(拜)하여 대보(大輔)를 삼았다는 기록[216]이 있어 흥미롭다. 집은 빼앗았지만 혁거세왕 시절부터 신하로 일해 온 그의 능력을 무시할 수는 없었던 것이다.

④ 과업 실현담

> 이때 남해왕(南解王)이 탈해의 슬기있음을 알고 맏공주로 아내를 삼
> 게 하니 이가 아니부인(阿尼夫人)이었다.

입사의례를 마치고 인식적 탄생을 하여 신성한 존재임이 나타난 탈해를 알아보는 이가 있었으니 바로 무(巫)였던 남해왕이었다. 남해왕은 그가 지인(智人)임을 알고 공주와 결혼하게 하였다 한다. 여기서 '지인(智人)'이라 함은 입문자의 면모를 말한다. '성(聖)', '덕(德)'과 더불어 입문자의 덕목으로 여겨졌다. '지(智)'는 단지 비상한 두뇌를 가리키는 것이 아니다. 신과 교통 가능한 자가 미세한 데까지 미치는 밝은 눈과 귀를 통해 얻게 되는 지혜이다.

---

215) Mircea Eliade 1977, p.88, chap. 8.
216) 二年, 春正月, 拜瓠公爲大輔. 「脫解尼師今」, 『三國史記』.

탈해 배우자의 이름은 '아니부인(阿尼夫人)' 혹은 '아효부인(阿孝夫人)'이다. 그 음가(音價)가 '알', '아리' 등에 가까워 알영의 '알'과 같은 예로 생각된다. 입사의례를 마친 자였을 가능성이 있다.

> 하루는 토해(吐解)가 동악(東岳)에 올라갔다가 돌아오는 길에 백의(白衣)를 시켜 물을 구해오라 하였다.
> 백의가 물을 떠 오다가 도중에 먼저 마시고 드리려 하니 그 각배(角杯)가 입에 붙어 떨어지지 않았다. 꾸짖으니, 백의가 맹세하기를 '이후에는 원근(遠近)을 물론하고 먼저 맛보지 않겠습니다'고 하니, 그제야 그릇이 떨어졌다. 이로부터 백의가 두려워하여 감히 속이지 못하였다.
> 지금 동악(東岳) 가운데 우물 하나가 있는데 사람들이 요내정(遙乃井)이라 하니 바로 이것이다.

탈해의 능력에 대해 언급하고 있는 단락이다. 동쪽 언덕에 올라갔다 함은 의례와 관련된 행사를 치른 것으로 여겨진다. 백의(白衣)라는 자로 하여금 물을 구해 오라는 것은 목이 말라서가 아니라 제의에 쓸 물이기에 깨끗해야 하기 때문인 것으로 생각된다. 고고학적으로도 말머리 모양의 각배(角杯)나 멧돼지 등의 동물을 밑받침으로 한 각배가 신라 가야지역에서 출토된 바 있어[217] 이러한 의례에서 사용되었음을 알 수 있다. 백의가 부정(不淨)을 했기 때문에 벌을 받아 각배에서 입을 뗄 수가 없었고 이 일을 계기로 백의는 근신하였다고 한다. 눈에 보이지 않는 일도 알 수 있다는 것은 탈해가 물리적 질서를 뛰어넘는 능력을 지녔음을 증거한다. 일반인이 갖기 어려운 샤먼의 능력이다.

> 노례왕(弩禮王)이 세상을 떠나니 광호제(光虎帝) 중원(中元) 2년 정사(丁巳) 6월에 탈해가 왕위(王位)에 올랐다.

---

217) 대표적인 뿔잔 유물은 다음과 같다.
　　말장식 뿔잔(臺附馬形飾 角杯), 가야 5세기, 호암미술관 소장.
　　마두식각배(馬頭飾角杯), 삼국시대, 출토지: 동래 복천동(福泉洞) 고분군(古墳群) 제7호 분, 동아대학교 박물관 소장.

노례왕의 뒤를 이어 탈해가 왕위에 올랐다. 노례왕과 탈해는 왕위의 차례를 정함에 있어 잇금이 많은 자가 왕위에 오르기로 하였다. 노례왕의 이가 많았기 그가 먼저 왕위에 올랐었다. 잇금이 많은 자가 덕이 많다 하여 정한 것이었다. 장자에게 왕위를 물려주지 않고 덕이 많은 자로 왕위계승을 하였다 함은 입사의례를 마친 자가 정치적 정통성을 가졌음을 보여준다.

옛날 내 집이라 해서 남의 집을 빼앗았으므로, 성을 석씨(昔氏)라 하였다. 혹은 까치로 인하여 궤를 열게 되었으므로 작자(鵲字)에서 조자(鳥字)를 떼고 석씨(昔氏)라 하였다고도 하고 또 궤를 풀고 알에서 벗어져 나왔으므로 이름을 탈해(脫解)라 하였다 한다.

입사의례의 재탄생과 연루된 사건으로 이름을 삼은 예이다. 옛적 고사(古事), 혹은 까치와 관계되어 성을 지었다거나 궤와 알로부터 나왔다 하여 탈해로 이름을 삼은 것도 재탄생과 관련된 이름이다. '탈해(脫解)'된 것을 계기로 새로운 존재가 되었기 때문에 이로써 이름을 삼았다.

⑤ 신적 질서로의 복귀담

재위 23년 만인 건초(建初) 4년 기묘(己卯)에 세상을 떠났다. 소천구(疏川丘)에 장사지냈는데, 그 뒤에 신의 명령이 있어 '나의 뼈를 조심해서 묻으라' 하였다.
그 두골(頭骨)의 둘레가 삼척이촌(三尺二寸), 몸의 뼈 길이가 구척칠촌이나 되었다. 이가 엉키어 하나가 된 듯하고 골절(骨節)이 모두 이어져 있으니 참으로 천하에 없는 역사(力士)의 골격이었다.
뼈를 부시어 소상(塑像)을 만들어 대궐 안에 모시었더니 신(神)이 또 일러 가로되 '내 뼈를 동악(東岳)에 두라' 하므로 거기 봉안(奉安)하게 하였다. 【혹은 왕이 세상을 떠난 뒤 27대 문호왕(文虎王) 때, 조로(調露) 2년 경진(庚辰) 3월 15일 신유(辛酉)밤에 태종(太宗)의 꿈에 매우 사나운 노인이 나타나 말하기를 '나는 탈해인데 내 뼈를 소천구(疏川丘)에서 파내어 소상(塑像)을 만들어 토함산(土含山)에 봉안하라' 하였다. 왕이 그 말을 좇았으므로 지금까지 나라에서 끊이지 않고 제사지내니 이것을 곧 동악

신(東岳神)이라고 한다.】

　탈해의 죽음과 그 이후에 대한 에피소드이다. 탈해의 임종 후 소천(疏川) 언덕[218]에 장사를 지냈으나 왕의 꿈에 나타나 자신의 뼈를 다시 장례하라 명한다. 이는 시체를 한번에 처리하지 않고 육체와 해골(骸骨)을 분리시키는 단계를 거쳐 해골만을 최종으로 매장하는[219] 이차장(二次葬)이다. 뼈를 근본으로 여기고 이를 중시하던 풍속이다. 뼈가 튼실하여 역사(力士)의 골격이라 하였음은 남다른 면모를 지적한 것이며 이는 신성성과 관련된다. 뼈는 근본이기 때문에 신의 세계를 뜻하는 바가 있다. 뼈에서부터 생명이 소생한다는 사고는 고대문명에서 흔히 찾아볼 수 있으며 우리나라에서도 석(釋) 혜통(惠通)의 일화에서[220] 이러한 예를 볼 수 있다. 몸은 죽더라도 뼈는 움직일 수 있다는 믿음, 즉 뼈가 생명력의 근본이라는 사상이다.

　뼈를 부시어 소상을 만들어 동악에 두었고 동악신(東岳神)으로 받들었다. 신의 소상(塑像)을 만들어 모시는 것은 고구려에서 부여신을 만들어 놓고 제사지내는 것과 같다. 육체는 없지만 뼈를 추려 그 근본을 상기하는 관념이다.

3.2. 신성혼(神聖婚)에 의한 탄생

　〈단군 신화〉와 고구려 〈동명왕 신화〉에서는 천신(天神)과 지신(地神)이 인격화(人格化)되어 나타난다. 신의 성별(性別)도 명시적이다. 대부분의 신화에서 이 정도의 인격성과 뚜렷한 성별을 갖춘 신을 찾아보기 어렵

---

218) 『三國史記』, 「脫解尼師今」 조에는 왕을 성북(城北) 양정구(壤井丘)에 장사
　　 지냈다고도 한다.
219) 강인구, 앞의 책, 43면.
220) 「惠通降龍」, 『三國遺事』.

다. 중국도 마찬가지여서 천(天)은 하늘의 명, 하늘의 의지, 자연의 섭리, 운행 정도로만 나타난다. 그리하여 사로 6촌장의 강림에서나 혁거세왕이나 김수로왕, 금와왕의 출생에서도 하늘이 아버지로 나타나지는 않는다. 그러나 단군과 주몽에 이르러 신화는 더욱 정치적인 사건과 밀접해지면서 부계(父系)가 천신으로 계열화된다. 천신은 인격화되고 이름을 갖게 된다. 〈단군 신화〉에서는 환인과 환웅으로 〈동명왕 신화〉에서는 해모수라는 이름을 지니게 된다.

이처럼 부계를 천신으로 계열화하고 인격화하는 것은 정치적 사건과 관련이 있다. 〈단군 신화〉와 〈동명왕 신화〉는 다른 지역의 신화보다 상대적으로 여타의 정치체, 그 수장(首長)과의 갈등이 좀 더 나타난다. 신라와 가야권의 신화는 그 정권이 평화적으로 교체되어 신화를 비롯한 관련 기록에 별다른 갈등이 없다. 그러나 단군조선이나 고구려는 지역적으로도 다양한 선주민, 부족이 있었으며 갈등 상황이 기록에도 나타난다. 송양과의 갈등도 이러한 일례이다.

샤머니즘적 만물정령신앙이 공존하는 가운데 고대국가 형성기에 이르러 신들의 층위가 분화되는 현상이 나타나 하위신(下位神)과 상위신(上位神)이 구분되기 시작한다. 지고신(至高神)이 아버지라는 혈통관계로 설정되면서 그 자손은 막강한 신성성과 함께 정치적인 권위를 얻었다. 이러한 현실적인 필요에 따라 신성계에 대한 기술이 구체화되었다. 이에 따라 신화에서는 주인공 탄생 이전의 세계가 중요하게 되며 다른 신화보다 이 부분이 서사적으로 확대되어 있다.

(1) 〈단군 신화〉

기왕의 연구에서는 신화 내 요소들에 대한 분석이 우세하게 이루어져 왔다. 예를 들어 천부인(天符印)의 의미라든가, 동물, 식물, 천신(天神)과 지신(地神)의 관계 등이 연구되었다. 많은 연구자들이 신화 내 요소의 의미를 잘 밝혀 왔다. 그러나 요소가 가진 특징이 작품 전체에 일반화될 우려가 있으며 서사적 상황을 밝히는 데는 효과적이지 않았다.

고조선이 어떻게 고대국가로서 역사의 표면에 부상되었는지 살펴보자. 고대사회는 원시사회 이래 형성되어 온 씨족을 위시한 혈연, 지연적 조직이 사회의 주요 구성요소를 이루고 있었으나 고대국가는 단순히 이런 조직의 조합이 아니다. 생산력이 발전되면서 사적 소유와 지배, 피지배관계가 강화되면서 공동체적 질서가 한계를 드러내고 마침내 강제적인 권력을 갖춘 조직으로서 국가가 도래해야 할 필연성이 도출되었으며 여기에 부응한 나라가 조선221)이었다. 이러한 배경에서 천신(天神)을 아버지와 조부(祖父)로 내세웠을 가능성이 있다. 그 이전 시대에도 사로 6촌장이나 가야 9간에서처럼 하늘에서 내려온 신 관념은 있었다. 그러나 하늘을 인격화하고 생물학적인 부계로 관념화한 것과는 그 효용의 측면에서 질적으로 다르다.222) 『삼국유사』에 나오는 〈고조선 왕검조선(古朝鮮 王儉朝鮮)〉 조목을 대상으로 계기적 구조에 따라 원문을 살펴보겠다.

① 탄생 이전 세계담

옛날에 환인(桓因)【제석(帝釋)을 이름】의 서자(庶子) 환웅(桓雄)이 있어, 항상 천하(天下)에 뜻을 두고 인간 세상을 탐하여 구하였다.
아버지가 아들의 뜻을 알고 삼위태백(三危太白)을 내려다보매 인간(人間)을 널리 이롭게 할 만하였다. 이에 천부인 세 개를 주어, 가서 다스리

---

221) 金基興, 「韓國史의 古・中世 時代區分」, 『韓國史의 時代區分』, (서울: 신서원), 88-89면 참조.

222) 중국의 고대신화에서도 하늘이 인격화되어 직계 자손을 내려 보낸 예를 찾기 어렵다. 요임금 시절의 이야기를 보면 당시의 거인 발자국을 밟고 아이를 낳았다는 '기(棄)', 제비알을 먹고 잉태한 '설(契)'의 탄생이 신이한 이유로 신성성을 획득하고 있다. 기는 주왕실의 조상이며 설은 상나라 조상이 된다. 시경(詩經)에 따르면 이 모든 신이사가 하늘의 의지(天命玄鳥), 상제의 뜻(上帝是依)과 관련되어 있음을 보여주고 있어 천명(天命)에 의한 일로 인식하였음을 알 수 있다. 유향(劉向), 『열녀전』, (이숙인 역, 서울: 예문서원, 1996).

184

게 하였다.

　웅(雄)이 무리 삼천을 이끌고 태백산(太白山) 꼭대기【태백(太白)은 지금 묘향산(妙香山)이다.】신단수(神檀樹) 밑에 내려와 여기를 신시(神市)라 이르니 이가 환웅천왕(桓雄天王)이다. 그는 풍백(風伯)·우사(雨師)·운사(雲師)를 거느리고 곡(穀)·명(命)·병(病(병))·형(刑(형))·善(선)·惡(악) 등 무릇 인간(人間)의 360여 일을 맡아서 인세(人世)에 있으면서 다스리고 교화(敎化)하였다.

　이 세상을 관장하는 지고신(至高神)으로 환인(桓因)223)이 등장하고 그의 분화된 대리자로 환웅(桓雄)이 등장한다. 한국의 서사문학에서 이야기의 첫머리부터 남성으로 표상되는 지고(至高) 천신(天神)이 본격적으로 제시된 신화는 이 〈단군 신화〉가 처음이 아닐까 한다. 물론 단군조선만이 고유하게 하늘에 신성성을 부여한 것은 아니었다. 부여나 동예에서도 천신(天神)에게 제의를 올렸다. 그러나 동물신도 섬기는 등 다신적(多神的) 세계관을 지니고 있었다. 반면 〈단군 신화〉는 남성(男性)인 지고(至高) 천신(天神)을 이 세상을 주관하는 자로 인식하고 본격적으로 등장시켰다. 이러한 천신(天神)을 아버지화한 〈단군 신화〉는 고조선의 지배 이데올로기로 작용하여 정치적으로 그 당시 지역사회의 사람들을 공감시키고 통합할 이데올로기로 기능하였다. 〈단군 신화〉에서 단군은 샤먼왕으로서 지고신과 인간사회를 잇는 존재였

---

223) 환인에 대해 일반적으로 천신(天神)이라고 생각한다. 그리하여 원명(原名)은 '하느님'이나 '수리님'이었을 것이라고 한다.(李丙燾, 「檀君說話의 解釋」, 『朝鮮史大觀』, 1948. 『檀君神話論集』, 새문社. 1988, 58면.) 대체로 환인을 하늘 위에 계신 광명의 신이라고 보는 데 동의한다. 그렇게 되면 태양숭배사상의 영향을 받은 천신 정도의 의미가 된다. 그러나 정작 〈단군 신화〉에는 환인이 천신으로 명기되지는 않았다. 필자는 그의 이름이 '밝음'이라는 광명적 이미지를 갖고 있는 점과 근접지역인 중국에서 태양신이 원초적 시(市)를 관장했다는 사실(이성구, 위의 책, 32면)을 참고할 때 환인은 특별히 태양신이었을 것으로 생각된다. 중국에서는 태양신으로 인식되던 신농(神農) 혹은 축융(祝融)이 신성지역으로서 시(市)를 건설했다는 것이다. 이를 종합하여 보면 환인은 보편적인 존재로서의 천신(天神)으로 인식되었다기보다는 고조선 공동체에서 신앙하였던 원초적인 태양신의 이름이었을 것이다.

다. 천신으로 표상되는 최고의 신과 왕이 혈연관계로 설정되어 있음을 보게 된다. 신라・가야권의 신화나 〈금와왕 신화〉 등에서도 하늘이 신화의 주인공이 출자(出自)한 원향(原鄕)으로 나타나긴 하지만 〈단군 신화〉에서처럼 생물학적 혈연관계의 부계신(父系神)으로 설정되지는 않았다. 이러한 점에서 이 신화는 파격적이다.

이 단락에 나타나는 환웅, 풍백(風伯), 우사(雨師), 운사(雲師) 등은 절대적 신이 분화된 모습의 신들이다. 이들의 신적인 정체성이나 존재론적 층위는 고정적이다. 이 세상의 원리를 이미 다 알고 있는 자들이며 환인의 대리자들이기 때문에 삼백 육십여 사(三百六十餘事)로 표상된 세상의 모든 일을 주관한다. 이들은 예(濊)지역에서 숭배된 호랑이 등의 동물신들과는 차원이 다른, 하늘로부터 내려온 절대 권위를 보여준다.

이외에 주목해야 할 것으로 환웅이 하강하는 모습을 지적할 수 있다. 그 모습이 샤먼의 모습임은 관심 있게 보아야 한다. 고조선 창건 세력이 샤먼의 속성을 지니고 있음을 보여준다. 고조선은 샤먼이 아직 정치적 권력과 관련을 지니고 있던 신정 국가였다. 환웅은 신성한 질서의 상징인 천부인(天符印)을 지니고 산꼭대기의 나무에 내려와 신시(神市)를 연다. 기존 연구에서 '신시(市)'는 신이 모인 곳이나 신들이 사는 저자[224] 정도의 의미로 여겨졌다. 그러나 '시(市)'는 근래적 의미의 사람이 모여 사는 읍(邑)이나 단순한 교역(交易)의 장소가 아니다. 제정(祭政)의 영역이 분리되지 않은 사회에서 '시(市)'는 제사의례의 거행과 관련된 신성한 장소이다. 중국 서주 말(西周末) 선왕기(宣王期)의 것으로 추정되는 혜갑반(兮甲盤)에 보이는 시(市)의 자형(字形)분석에 따르면 이는 교역 장소를 표지하는 수목의 상형으로서 그 수목은 본래 신이 강림하여 머무는 성소(聖所)였다[225]고 한다. 따라서 신시(神市)는 우주목의 표지(標識)가 있는 신

---

224) 薛重煥, 「'한'思想으로 본 檀君神話」, 『說話文學研究 (下)・各論』, 華鏡古典文學研究會 編, (서울: 단국대학교 출판부, 1998), 29면.
225) 이성구, 앞의 책, 18-19면.

186

이 내리는 신성 장소였으며 공동체의 정신적 중심지였을 것이다.

환웅의 하강 모습은 샤먼이 신과 교통할 수 있는 곳으로 산을 택하고 솟대나 우주목 등을 이용하여 접신(接神)을 하는 모습과 흡사하다. 환웅은 천신(天神)과 교통할 수 있는 샤먼이자 그의 신성성을 전이받은 신성왕(神聖王)으로 나타난다.

> 그때 곰 한 마리와 호랑이 한 마리가 같은 굴에서 살며 항상 신(神) 웅(雄)에게 빌었다. '원컨대 화하여 사람이 되게 해 주십시오' 하였다.
> 이때 환웅신이 신령스러운 쑥 한 줌과 마늘 20개를 주고 이르기를 '너희들이 이것을 먹고 백일 동안 햇빛을 보지 않으면 곧 사람이 되리라' 하였다.
> 곰과 범이 이것을 받아서 먹고 이를 금기한 지 삼칠일(三七日) 만에 곰은 여자의 몸이 되고 범은 능히 조심하지 못하여 사람이 되지 못하였다.
> 웅녀(熊女)는 그와 혼인해주는 이가 없으므로 항상 단수(壇樹)) 아래서 잉태하기를 주원(呪願)하였다.

환웅이 곰과 호랑이를 만나고 있다. 역사학계에서는 곰과 호랑이를 각각의 동물을 숭배하던 집단으로 보고 환웅집단과 곰집단이 고조선사회의 건설에 주역을 담당하는 것으로 보는 경우가 일반적이다.[226]

환웅에 대해서는 그가 확고한 신격을 지닌 존재라는 인식이 공유되고 있으나 곰에 대해서는 여러 가지의 관점이 혼재되어 있다. 번서 웅녀라는 명칭이 주는 혼란인데 웅녀라는 명칭은 곰을 지칭하기도 하고 변신한 여성을 지칭하기도 한다. 선행 연구에서는 곰과 여인의 모습 중 곰에 대해 관심을 많이 가졌었다. 곰을 지상의 원리를 존중한 존재로 대지를 관장하는 여신의 성격을 지니고 있다[227]거나 신적 존재인 지모신의 표현[228]으로 보았다. 땅에서 환웅과 맞서 교섭을 전개한 것이 곰과 호랑이이며 이들은

---

226) 『한국사』 2, 314면.
227) 서대석, 「한국신화의 역사적 전개」, 『한국 구비문학사 연구』, 한국 구비문학회, (서울: 박이정, 1998), 11면.
228) 유동식, 앞의 책, 33면.

지상계를 대표하는 자라고 하였다. 그러면서도 곰이 남성의 몸이 아닌 여성의 몸을 얻었다는 것은 지상계의 원리의 형성을 뜻하는 것[229]으로 그 지상계의 원리가 원래적, 숙명적으로 불완전하고 결함을 지니게 마련인 것을 이미 통찰[230]했다고 하였다.

그러나 본 연구는 인성(人性)과 결부된 곰을 하나의 일관된 존재로 보려는 시도를 아예 하지 않아야 한다고 본다. 즉, 곰과 여인을 동시에 지칭하는 웅녀라는 이름으로 지칭하지 않아야 한다. 여기서는 곰과 웅녀라는 명칭을 구분하여 사용하기로 하였다. 존재의 변환이 이루어진 여성 샤먼을 지칭할 때는 웅녀로, 그 이전의 존재에 대해서 곰이라고 하겠다. 인근 나라이던 예국이 호랑이를 섬겼던 것처럼 곰은 부족과 관련된 신(神)이었을 것이다.

문맥으로 보아도 곰과, 접신(接神)하여 샤먼으로 화한 여인을 동일시하기는 어렵다. 당시의 관점으로 보면 신과 접신하여 샤먼이 된 자는 정치적 권력과 관련이 깊었으며 따라서 곰의 변신담은 적은 비중의 이야기가 아니다. 선학들의 일반적인 지적과 마찬가지로 당시의 곰은 이미 신적 존재였을 것이다. 그렇다면 신적 존재가 입사의례를 굳이 거친다는 것은 어떠한 의미인가? 이는 단군 부계 시조와의 결합을 뜻하는 입사의례이다. 결혼할 자격을 위한 예비적인 절차인데 다만 부계가 절대신으로 나타난 양상을 보면 질서와 제도가 남성우위로 정비되어가는 제도적 관계를 읽을 수 있다.

환웅과 곰이 신성혼(神聖婚)을 하되 그 관계는 일방적으로 주고받는 관계로 나타나기 때문이다. 곰이 여인으로 화했을 때에도 환웅은 웅녀에 대해서 우위를 지닌다. 실제로 곰집단은 곰을 신으로 믿었을 것인데 단군족이 들어오면서 그 우위가 천신(天神)과는 비교되지 않았을 것이다. 따라서 곰은 이미 신으로 여겨졌을 터인데도 인간으로 변한 후에서야 환웅과 결

---

229) 현용준 1992, 369면.
230) 현용준 1992, 370면.

188

합할 수 있었다. 고조선의 정치적 주 세력으로서 단군족과 결합하기 전에 곰은 입사의례의 외피를 입고 있다.

이제 곰의 여성 샤먼으로 변신을 이끌었던 입사의례를 살펴보자. 여기서 우리는 고대 샤먼의 입사의례를 엿볼 수 있다. 왕검조선 항목에 나타난 웅녀의 성인식에 대해서는 여러 연구자들이 언급하였다.[231] 여기서는 존재의 층위가 변화하는 입사의례의 측면에서 살펴보았다.

> ⊙ 그때 곰 한 마리와 호랑이 한 마리가 같은 굴에서 살고 있었다.
> ⓛ 항상 환웅에게 빌되 '원컨대 화하여 사람이 되게 하여 주시옵소서.' 하였다.
> ⓒ 환웅이 신령스러운 쑥 한 자래와 마늘 20개를 주고 이르기를 '너희들이 이것을 먹고 백일 동안 햇빛을 보지 아니하면 곧 사람이 되리라' 하였다.
> ⓔ 곰과 범이 이것을 먹고 근신하기 삼칠 일 만에 곰은 여자의 몸이 되고 범은 지키지 못하여 사람이 되지 못하였다.

⊙에서는 입사의례의 장소로 동굴이 나타나고 있다. 세상살이와 격리된 공간으로써 굴이 신성한 곳으로 소용된 예는 많이 찾아 볼 수 있다. 또한 입사의례가 치러지는 공간은 격리되고 신성한 곳이어야 하는데 굴은 이에 합당한 장소이다. 굴은 낮의 활동을 하기 위한 장소가 아니며 새로운 변신을 꿈꾸는 주술의 공간이다. 탐라국의 삼을나도 모흥굴에서 용출했다고 한다. 굴은 지모신(地母神)을 상징하는 공간으로 탄생이 이루어지는 자궁의 역할을 한다.

ⓛ에서 절대신인 환웅에게 기도하는 곰의 모습을 볼 수 있다. 환웅은 이 세상의 모든 것을 주재하기 때문에 모든 결핍된 상황을 해결할 수 있는 존재로 등장한다. 웅녀는 결핍된 상황을 신에게 알리고 이에 대한 공수

---

231) 김열규 1971, 81면. 여기서 김열규는 웅녀가 입굴(入窟)하는 모티브에 대해 성숙(成熟)의 제의 puberty-ceremony, 그리고 성무식(成巫式)의 입사식(入社式)을 겪으면서 결혼하게 되는 절차를 담고 있다고 보았다.

를 얻기를 바라는 중간자로서의 샤먼의 모습을 가지고 있다.

ⓒ에서 환웅은 공수를 주며 금기를 지키면 원하는 바를 이룰 것이라 한다. 금기는 음식 금기, 일광 금기, 기간 금기, 장소 금기로 고대 샤먼의 입사의례를 추정하게 한다. 새로운 존재로 재탄생하기 위해 입문 이전의 세속적 자신을 소멸해야 하는 가사(假死)의 단계이다. 여기서 금기는 낮 시간에 할 수 있는 활동과 반대의 활동이었다.

ⓓ에서 금기를 지킨 곰이 여인으로 화하였다. 그리하여 신적 질서의 상징, 즉 환웅과 결합할 수 있는 배우자로서의 신과 교통할 수 있는 샤먼이 된다. 여인의 몸이라 함은 입사의례의 결과를 상징적으로 표현한 것이다. 단군부계족과 통합될 수 있는 자격을 얻었다는 뜻이다.

입사의례 후속담은 지상(地上)에 환웅의 신적 질서를 대리할 후손의 출생에 대한 것이다. 웅녀는 그와 혼인해주는 이가 없어서 항상 단수(檀樹) 아래서 잉태하기를 주원(呪願)한다.

위에서 본 바와 같이 웅녀가 치르는 입사의례는 결혼을 예비하기 위한 성인식, 즉 신혼(神婚)을 위한 자격획득 절차였으며 입사의례를 마친 존재는 여인이었다. 여기서 주의해야 할 점은 여인이 보통 인간이 아니라는 점이다. 입사의례가 분명한 이상 곰은 존재론적 층위가 변환되어 신성성을 전이받은 샤먼으로 화하였다. 또 샤먼으로서 신에게 기원하는 모습을 보여준다. 곰은 입사의례를 통하여 신들과 접촉하였으며 신의 자손을 탄생시킬 자격을 갖추게 되었다.

② 입사의례적 탄생담

> 환웅은 잠시 변하여 웅녀와 혼인하여 아들을 낳으니 이름을 단군왕
> 검(壇君王儉)이라 하였다.

단군 부모의 신성혼(神聖婚)에 대한 이야기이다. 입사의례를 마친 웅녀는 신이 내리는 나무, 단수 아래에서 아이 갖기를 축원한다. 이에

환웅이 웅녀와 결합하여 아들을 낳게 된다. 여기서 딸이 아닌 아들의 탄생은 신적 질서가 남성으로 표상되는 고대사회의 모습을 반영한다. 실제로 딸을 먼저 낳았는지, 아들을 먼저 낳았는지, 혹은 단군의 형제가 있었는지는 중요하지 않다. 중요한 것은 신성혼(神聖婚)의 결과가 남성으로 표상되었고 그는 신성계의 지상(地上) 대리자기능을 한다는 사실이다. 가부장(家父長)을 중심으로 하는 혈연에 대한 관심이 고조되기 시작했으며 당시 사회에서 세계의 질서는 남성으로 표상되었다.

③ 과업 실현담

당나라 요임금이 왕위에 오른 지 50년이 되는 경인(庚寅)에 평양성에 도읍하고 비로소 조선(朝鮮)이라 일컫고, 또 도읍을 백악산(白岳山) 아사달(阿斯達)에 옮기었는데, 그곳을 또 궁홀산(弓忽山), 또는 금미달(今彌達)이라고도 하였다.
나라를 1천5백 년 동안 다스렸다. 주(周)의 호왕(虎王) 즉위 기묘(己卯)에 기자(箕子)를 조선(朝鮮)에 봉하매, 단군(檀君)은 장당경(藏唐京)으로 옮기었다.

단군과 그가 건국한 조선에 대한 이야기가 나온다. 도읍을 중심으로 나라가 운영된 성읍국가로 나타난다. 신적 존재인 부모를 통해 탄생하였기에 그의 신성성은 의심되지 않는다. 도읍을 정하고 나라를 세움으로써 과업을 실현하였다. 나라 다스리기를 1천5백 년 동안 하였다는 사실은 역사적 사실이라기보다 그의 신성성을 부각시키고 있다.

④ 신적 질서로의 복귀담

후에 아사달(阿斯達)에 돌아와 숨어 지내다 산신(山神)이 되니, 나이가 1908세였다 한다.

단군의 종말에 대한 단락이다. 1908세의 수를 누린 후 아사달 산신이 되었다. 일정 지역의 산신(山神)이 되었다 함은 아버지 환웅이 태백산정에 강림하였던 일을 떠오르게 한다. 환웅은 하늘에서 내려와 산신이 되었다. 〈단군 신화〉에서 산신은 하늘에 소속된 신이 인간계로 내려와 산에 깃들었으므로 천신(天神)계열의 산신이다. 산신이 되었다 함은 그가 다른 존재로 재생하였음을 말해준다. 당시 사람들은 죽음을 생물학적 소멸로 인식하지 않았다. 이러한 관념은 입사의례적 사고로 죽음을 거쳐 재탄생한다는 원리에 닿아있다.

단군이 우리나라의 정체성과 고유성을 지칭하는 대명사처럼 쓰인 것은 아주 오래되었다. 그러나 일반적으로 〈단군 신화〉라 칭하는 이야기에서 단군에 대한 언급은 거의 찾아볼 수 없다. 단군의 조선(朝鮮) 건국과 치세 과정상의 중국과의 관계, 그의 종말 등이 환웅과 웅녀의 이야기에 비해 소략하게 제시되어 있다. 그런데도 우리는 이 조목의 내용을 〈단군 신화〉라고 부른다. 서사작품으로서 〈단군 신화〉에서 단군은 그 행적이 구체적으로 나타나지 않는다. 그래서 몇몇 연구자들은 여기서 〈환웅 신화〉의 면모를 찾기도 한다. 그러나 환웅이 더 중요한 이야기라면 왜 『삼국유사』의 기재자(記載者)만이 아니라 그 후대의 기재자[232]들은 환웅보다 단군의 의미를 더 취하고 있는가? 왕검조선 항목에 단군 부모에 대한 이야기가 삽입된 이유는 무엇인가? 왕검조선을 이야기하는데 부모의 이야기가 어떤 기능을 하기 때문이라고 생각된다. 신화의 주인공은 세계와 동일시되는 존재로 세계는 신 혹은 신성한 힘들과 관련을 맺고 운행된다. 결국 〈단군 신화〉는 단군의 신성(神性)·지고(至高)함에 강조점이 주어지되 환웅·웅녀담의 소용은 단군의 신성성(神聖性)을 보장해주는 데 있다. 여기서 그들 나름의 역사를 구성하는 방식과 관점을 볼 수 있다.

〈단군 신화〉에서 곰이 입사의례를 하고 환웅과 신성혼(神聖婚)을 하지만 여기에 서사의 중심이 있지는 않다. 환인의 존재, 환웅의 강림, 곰의 입사의례, 환웅·웅녀의 신성혼은 단군의 입사의례적 탄생을 위한 예비적 사

---

232) 李承休, 『帝王韻紀』, 洪萬宗, 『海東異蹟』 등.

건이다. 작품에서 단군의 입사의례 양상이 적극적으로 나타나 있지는 않지만 분명한 사실은 그가 생물학적 탄생을 한 자가 아니라 신성성(神聖性)을 전수받은 자라는 점이다. 부모는 신성성의 근원적 존재이며 그들의 결합으로 새로운 질서적 존재를 표상하는 단군이 탄생한다.

또한 신들의 성별(性別)의 문제에서 볼 때, 천지(天地)는 확고하게 각기 남성과 여성으로 자리 잡았다. 고조선 왕검조선 조목은 남성천신(男性天神)인 환인과 환웅과 제신(諸神), 여성지모신(女性地母神)인 웅녀가 어우러져 단군의 의미를 부각시키고 있는 서사적 전개를 가지고 있다. 세계의 질서 그 자체인 환인과 그 대리신(代理神)인 환웅과 입사의례를 마친 웅녀 사이에서 단군이 태어났으며 따라서 생래적(生來的)으로 신성한 존재인 것이 입증되었다.

다른 신화의 주인공과 달리 탄생담에 의례적 양상이 결여된 것으로 보이지만 실은 같은 원리에서 사건들이 진행되고 있다. 신성성의 근원적 존재인 절대신로부터 신성성이 전이되고 있으며 단군이 이를 전수받아 신성한 자로 인식된다. 이는 입사의례의 원리에서 이해될 수 있다.

(2) 동명왕(東明王) 신화

동명성왕(東明聖王)은 주몽(朱蒙)이라는 인물과 동일인으로도 알려져 있으나 선행 연구에 의하면 동명은 부여의 시조이고 주몽은 고구려의 시조라고 한다. 고구려 주몽의 사후 시호가 동명왕이었다고 한다. 부여는 북이(北夷) 탁리국에서 출자한 동명집단이 남하하여 세운 나라이며233) 주몽집단은 부여가 금와의 치세시 길림지방에서 휘발하(輝發河) 선(線)을 따라 남하234)하여 고구려 건국의 주도세력이 되었다고

---

233) 『한국사』 2, 69면, 72면 참조.
234) 『한국사』 2, 81면 참조.

한다.

고구려 〈동명왕 신화〉도 〈단군 신화〉와 많은 점에서 동질적이다. 천신(天神)과 지신(地神)이 인격화, 고유명사화되고 고구려라는 정치체의 건국주(建國主)의 부모로 설정되면서 종교와 생활, 정치의 영역을 넘나들고 있다.

고구려신화에서 주인공의 부모 이야기가 중요하게 부각된 이유는 나라를 세우는 과정에서 있었던 정치적 경쟁과 관련이 있다. 주몽집단이 나라를 세우고자 한 압록강 중류지방에는 이미 여러 정치세력들이 존재하고 있었다. 서기전 2세기 후반 28만의 인구를 거느린 예군남려(濊君南閭)가 이 지역의 정치적 군장(君長)으로서 존재했다든가, 또 졸본지역에 졸본부여왕이 있었다는 사실 등이 그 예가 된다. 주몽집단은 이러한 선주집단(先住集團)을 병합하여 고구려를 세웠다. 또 스스로를 선인(仙人)의 후예라고 부르던 비류국(沸流國)과도 경쟁을 하였다.

주몽집단이 고구려 건국의 정당성과 당시의 담론으로 신성한 권력을 강조하고자 동명설화를 동원하였다. 건국과정을 동명 신화화하고 지배 이데올로기로 활용하였다. 고구려 건국신화의 변개는 중앙 정계 내에서의 정치적 이해관계와 밀접하게 연관되어 있다.[235] 부여가 고구려에 의해 494년에 멸망된 후, 부여의 〈동명왕 신화〉가 고구려 신화화되었음을 홍기문[236]이 지적한 바 있다.

본 연구에서는 각종 부여, 고구려 건국신화의 차이를 연구하는 데 목적을 두지 않으므로 일단 통칭하여 〈동명왕 신화〉라고 하겠다. 주몽이 후에 동명왕(東明王), 동명성왕(東明聖王)이라는 명칭으로 불리웠기 때문이다. 특별히 구분할 필요가 있을 때 부여 〈동명왕 신화〉, 고구려 〈동명왕 신화〉로 칭하겠다.

부여의 동명왕 신화는 후한서(後漢書)와 양서, 북사(北史) 등에 전하며

---

235) 노태돈, 「주몽설화와 고구려 초기의 왕계」, 『고구려사 연구』, (서울: 사계절, 1999).
236) 홍기문, 앞의 책, 54-55면.

194

고구려 동명왕 신화는 북사(北史), 수서(隨書), 위서(魏書) 등에 전한다. 이외 자료의 출전(出典)에 대해서는 이미 학계에서 정리된 바 있다.[237]

여러 이본 중 대상 작품을 선정한 기준은 다음과 같다. 〈동명왕 신화〉가 전하는 문헌들은 서사단락의 차이가 많이 난다. 여러 이본 중 공통 서사단락을 지니면서도 가장 서사단락이 많은 이본을 선정하여 연구하고자 한다.

아래에서 부여 〈동명왕 신화〉와 고구려 〈동명왕 신화〉를 전하고 있는 대표적인 이본을 대상으로 공통 서사단락을 비교해 보았다.

가. 부여 동명왕 신화

서사단락 \ 문 헌	後漢書	梁書	北史
왕이 출행한 사이에 시녀가 임신하다	○	○	○
왕이 죽이려 하다	○	○	○
임신이유를 설명하다	○	○	○
남아를 출산하다	○	○	○
버렸으나 동물들이 구해주다	○	○	○
임금이 다시 거두어 어미에게 주다	○	○	○
동명은 활을 잘 쏘았다	○	○	○
임금은 동명을 죽이려고 했다	○	○	○
동명은 달아났다	○	○	○
강물에 막혀 건널 수 없을 때 魚鼈成橋하여 건넜다	○	○	○
부여왕이 되었다	○	○	○

---

237) 이복규, 『부여 고구려·건국신화 연구』, (서울: 집문당, 1998). 〈동명왕 신화〉 내용의 변개와 역사적 맥락을 관련시킨 연구는 다음과 같다.
    노태돈, 「주몽설화와 고구려 초기의 왕계」, 『고구려사 연구』, (서울: 사계절, 1999).

나. 고구려 동명왕 신화

문 헌 서사단락	北史	隋書	魏書
부여왕이 하백녀를 잡아 집에 가두다	○	○	○
햇빛으로 잉태하다	○	○	○
알을 낳다	○	○	○
버렸으나 동물들이 구해주다	○		○
부여왕이 깨뜨리려고 했으나 깨지지 않다	○		○
임금이 다시 거두어 어미에게 주다	○		○
한 남자아이가 알을 깨고 나오다	○	○	○
주몽이 활을 잘 쏘다	○	○	○
왕이 주몽에게 말을 키우게 하다	○		○
주몽은 준마를 얻다	○		○
부여 신화들이 주몽을 죽이려고 하다	○	○	○
주몽이 달아나다	○	○	○
강물에 막혀 건널 수 없을 때 魚鼈成橋하여 건너다	○	○	○
세 사람을 물가에서 만나다	○		○
고구려를 세우고 고를 성씨로 삼다	○	○	○

부여 신화에는 신화 주인공의 아버지가 일개 나라의 왕으로 어머니
는 시녀로 나타난다. 반면 고구려신화에는 아버지가 태양신으로 어머
니는 하백의 딸로 나타난다. 위의 도표에서 공통된 서사단락은 다음과
같다.

  ○ 주몽 혹은 동명 어머니가 햇빛 혹은 하늘에서 내려온 달걀만한 기
    운에 의해 임신하다.
  ○ 어머니가 죽음을 면하다.
  ○ 알 혹은 남아를 출산하다.
  ○ 버려지다.
  ○ 다시 구해지다.
  ○ 주몽 혹은 동명의 활 쏘는 능력이 뛰어나다.
  ○ 임금과 신하들이 죽이려 하다.

○ 달아나다.
○ 어별성교(魚鼈成橋)하여 강을 건너다.
○ 왕이 되다.

임신, 출산과정과 기아(棄兒), 뛰어난 능력, 행적이 이어지고 있으며 기본서사의 흐름이 한국 내 기록과 같다. 반면 국내(國內) 문헌이나 비문(碑文)에 기재된 고구려신화는 부모신의 신성혼(神聖婚)에 대한 이야기가 상대적으로 자세하다. 신화의 이야기 중 어느 부분을 늘여 신성성을 추구했는지 볼 수 있다. 중국 기록의 고구려 〈동명왕 신화〉에는 동명왕 부모의 신성혼(神聖婚)과정이 거의 없다. 한국의 기록은 천제와 태양신으로서의 해모수와 일개 국왕의 시녀가 아닌 하백의 딸, 유화가 인연을 맺는 신성혼(神聖婚)에 대한 이야기가 확대되어 있다.

그리고 고구려 〈동명왕 신화〉는 황천지자(皇天之子)[238]라거나 하백지손(河伯之孫), 일월지자(日月之子)[239]의 의식을 마음껏 드러낸다. 고구려 〈동명왕 신화〉는 기왕의 부여 〈동명왕 신화〉를 바탕으로 하되 좀 더 정치적 효용을 높이려는 의도에서 나온 것이다. 역사 연구에서도 시조신(始祖神)으로서 주몽·유화에 대한 신앙이 일반화하는 것은 광개토왕비와 장군총으로 상징되는 장수왕대의 전제적 왕권[240]과 관련된다고 한다.

본 연구에서는 위의 공통 단락을 가지고 있는 자료 중에서 고구려 〈동명왕 신화〉의 면모를 중국 측 기록보다 상대적으로 자세히 전하고 있는 『삼국사기』 소재 신화를 연구 대상으로 선정하였다.

---

238) 광개토호태왕비(廣開土好太王碑).
239) 모두루묘지(牟頭婁墓誌).
240) 전호태, 「고분 벽화에 나타난 고구려인의 신분관」, 『한국 고대의 신분제와 관등제』, (서울: 아카넷, 2000), 143면.

① 탄생 이전 세계담

　　처음에 부여왕(扶餘王) 해부루(解夫婁)가 늙도록 아들이 없어 산천(山川)에 제사하여 후사(後嗣)를 구하려 했는데, 그가 탄 말이 곤연(鯤淵)이란 곳에 이르러 큰 돌을 보고 마주 대하여 눈물을 흘렸다. 왕이 괴이히 여겨 사람을 시켜 그 돌을 옮겨 놓고 보니, 한 금색(金色) 개구리 형상의 어린 아이가 있었다. 왕이 기뻐하여 말하기를, '이는 하늘이 나에게 현사(賢嗣)를 주심이라' 하고 곧 데려다 길렀다. 이름을 금와(金蛙)라 하고 장성하자 태자(太子)를 삼았다.
　　후에 국상(國相) 아란불(阿蘭弗)이 말하기를, '일전(日前)에 천(天)이 나에게 강림(降臨(강림)하여 이르기를, 장차 나의 자손으로 이곳에 나라를 세우게 하려 하니 너희는 다른 곳으로 피(避)하라. 동해(東海)가에 가섭원(迦葉原)이란 곳이 있으니 토양(土壤)이 기름지고 오곡(五穀)에 알맞으니 도읍할 만하다 하였다.'고 하였다. 아란불(阿蘭弗)이 드디어 왕을 권하여 그곳으로 도읍을 옮기고 국호(國號)를 동부여(東扶餘)라 하였다. 그 옛 도읍에는 어디서 왔는지 알 수 없었으나 자칭 천제(天帝)의 아들 해모수(解慕漱)라 하고 와서 도읍하였다.

　　이 단락에서는 주몽이 탄생하기 전의 세계가 펼쳐지고 있다. 부여를 세운 해부루가 금와를 얻어 아들로 삼게 된 내력과 동해가로 천도(遷都)하는 이야기가 나온다. 금와왕의 탄생에 대해서는 별도로 다루었다. 금와의 탄생담 후에는 부여가 동쪽 해변으로 옮겨 동부여(東扶餘)가 된 내력을 담고 있다. 사람에게 직접 천신(天神)이 강림하였다는 모티브가 우리나라 서사물에 나타난 것은 처음인 듯하다. 신(神)이 국상(國相)인 아란불(阿蘭弗)에게 강림하여 공수를 전했다 함은 아란불이 샤먼적 존재임을 말해준다. 특히 아란불의 이름에 '알'에 가까운 음이 들어있음은 당시의 해당 사회 내 가치 있는 인물이던 알영, 알지, 아리영, 아로, 알평 등과 동궤의 인물임을 보여준다. 이 단락은 신화의 주인공이 금와왕과 연루되고 또 동부여에서 출자하게 되는 후속담 때문에 다소 자세히 설명되고 있다.

해부루(解夫婁)가 돌아가고, 금와(金蛙)가 그 지위를 이었다. 이때 금와(金蛙)는 태백산(太白山) 남쪽 우발수(優渤水)에서 한 여자를 만나 내력(來歷)을 물으니 대답하기를, '나는 하백(河伯)의 딸로, 이름은 유화(柳花)입니다. 여러 아우들과 함께 나와 놀고 있을 때 한 남자가 나타나, 스스로 천제(天帝)의 아들 해모수(解慕漱)라 하고 나를 웅심산(熊心山) 아래 압록강가 집 속으로 데리고 가 사사로이 통한 후 가서 돌아오지 않았습니다. 부모는 내가 중매도 없이 남을 따랐다고 하여 꾸짖으셨습니다. 마침내 이 우발수(優渤水)에 귀양살이를 하게 하였습니다.'고 했다. 금와(金蛙)는 이상히 여겨 그를 집 속에 가두었다.

이 단락에서 해부루의 왕위를 이은 금와왕과 유화가 만난다. 그들이 만나게 되는 장소는 산 남쪽의 물가이다. 왕이 뛰어난 인재나 사람을 물가에서 얻게 되는 기록을 적지 않다. 예를 들어 동명의 아들인 유리왕도 사물택(沙勿澤)이란 못가에서 인재를 얻게 된다.[241) 이러한 장소는 당시에 신성 장소로 통하였던 것 같다. 장소로서 이들이 입사의례를 마친 자들임을 암시한다.

유화는 금와에게 자신의 내력을 말한다. 하백의 딸로 이름은 유화인데 천제의 아들 해모수가 산 아래 강가 집으로 유인하여 사통하였으나 홀로 떠나고 돌아오지 않았으며 중매 없이 결혼했다는 이유로 부모에게서 쫓겨나 우발수에서 귀양살이를 하고 있다고 말한다.

하백의 딸이라 함은 유화가 절대신임을 말해준다. 그럼에도 위에서처럼 입사의례의 장소에서 출현한 것은 당시에 입문자를 표현하는 전범적 방식이기 때문이다. 인간에게 행하여졌던 입사의례적 수사(修辭)가 적용된 예이다. 수신(水神)도 지신(地神)과 기능적으로 다르지 않아서 지신이 확대된 모습을 수신이라고 할 수 있다. 원초적 물과 대지는 모두 어머니 상징을 지니고 있는 동류(同流)이다. 하백과 그의 딸 유화는 천신(天神)과 결합하는 짝으로서의 지신(地神) 기능을 한다.

---

241) 九月, 王如國內觀地勢, 還至沙勿澤, 見一丈夫坐澤上石, 謂王曰, 願爲王臣, 王喜許之, 因賜名沙勿, 姓位氏. 「琉璃明王」, 『三國史記』.

해모수[242]는 기록에 따라 천제(天帝)로 나타나기도 하고 천제의 아들로 나타나기도 하나 그 자체로 질서를 상징하는 존재이다. 천제의 아들로 보더라도 이는 다만 천제의 분화된 형상이다. 유화와 천제의 결합은 새로운 질서가 요구되는 상황, 즉 다시 원초적 시간으로 돌아가 세계를 새롭게 하고 질서화하는 과정을 표현한 것이다. 천신과 지모신으로서, 해모수와 유화의 결합은 환웅과 웅녀의 결합과 같은 기능을 한다. 즉 그들은 신화에서 중심적으로 이야기되는 주인공의 배경 역할을 하며 신성성(神聖性)을 전수(傳授)해 준다. 천신과 지신이 모두 인격화되고 있으며 고유명을 갖고 있는데 이는 정치적 이데올로기와 관련이 있다. 부모를 천지신(天地神)으로 설정하였음은 신들 사이에 상하(上下)의 지위가 구분되기 시작하였음을 말해준다. 시기적으로 고대국가의 성립과 일치한다. 동명이 송양과 다툴 때도 굳이 상호간에 조상신의 우위에 대해 언급함은 신들의 우위가 그들의 신성성과 정치적 정당성을 보장해주기 때문이다.

천제가 다시 돌아오지 않았다 함은 새로운 질서를 지닌 인물의 자리를 만들어 주기 위한 것이다. 그리스신화를 비롯하여 많은 신화가 살육으로 계승하는 데 비해[243] 우리나라의 경우는 구(舊) 질서를 표상하는 인물이 자신의 본래 자리로 스스로 물러난다. 이는 환웅에게서도 발견되는 특징이다. 중매 없이 결혼하여 귀양살이를 하고 있다는 부분은 후대 윤리의식에 맞추어져 윤색된 것으로 보인다. 왜냐하면 고대신화 세계관에서 천신과 지신의 결합인 신혼(神婚)은 신성한 것일 뿐이기 때문이다. 중매 없이 결혼했기 때문에 음란한 것이며 야합이라는 생각은 후대적인 발상이다. 혈통이

---

242) 연구자에 따라 해모수 신화를 독립적으로 존재하였던 것으로 보아 해모수가 북부여를 창건한 건국주로 보기도 하였다. 그러나 실제 인물이었다고 볼 증거가 부족하며 신화의 모든 신을 역사화할 수 있는 논리로 귀결된다는 데 문제가 있다. 이러한 논리에 따르면, 신화에 등장하여 건국하는 천제(天帝)는 실제 존재했던 것으로 된다. 서사의 측면에서 신화의 천신(天神)은 주인공에게 신성성(神聖性)을 전수, 확보해주는 배경으로 설정되고 있다.

243) 자세한 예가 『황금가지』 하권에 나온다.

중시되면 결국 여성의 성(性)이 통제되게 되며 결혼이라는 제도를 매개하지 않고 결혼했다는 비난을 사게 된다. 이 같은 윤리의식은 남성의 혈통을 중시하는 가부장적 제도가 본격화되면서 생긴 것으로 추정된다.

② 입사의례적 탄생담

> 햇빛이 비추더니 몸을 피하는 대로 또 따라 비추었다. 그로 인하여 태기가 있더니 닷 되 정도 되는 큰 알을 낳았다. 왕이 그 알을 버려 개와 돼지에게 주었더니 모두 먹지 아니하였고, 또 길바닥에 버렸더니 소와 말이 피해 갔다. 후에 들에 버렸더니 새가 날개로 품어 주었다.
> 왕이 그 알을 쪼개 보려 하였으나 깨어지지 않으므로 어미에게 도로 주었다. 그 어미는 알을 싸서 따뜻한 곳에 두었더니, 한 사내아이가 껍데기를 깨뜨리고 나왔다.

신화의 주인공이 어떻게 태어났는가에 대한 단락이다. 유화의 임신과 동명 출산에 대한 이야기로 나뉘어진다. 여기서 햇빛을 피하려는 것은 입사의례의 금기를 반영한다. 그럼에도 햇빛으로 인해 잉태하는 모티브는 결국 해모수의 신성한 능력을 입증한다. 여기에서 천신과 태양신의 이미지가 겹쳐지고 있다. 숭배되는 천신은 결국 태양신이었다.

해모수는 사실 유화의 곁을 떠난 것이 아니며 오히려 자신의 신성능력으로 유화에게 자신의 질서를 대리수행할 후사를 낳게 하였다. 성인(聖人)의 어디든지 미치는 '밝음'과 그 능력을 당당히 보여주고 있다. 동명은 천제 혹은 천제의 아들을 아버지로, 지모신을 어머니로 하여 알로 태어난다. 난생은 우리나라만이 아닌 다른 나라 신화에서도 신성한 탄생을 표현하고 있다. 난생은 '두 번의 탄생'을 뜻한다.[244] 이러한 난생이 우리나라 신화에서는 어떻게 수용되고 있는가 살펴보자.

아이는 알을 스스로 깨뜨리고 나온다. 알은 변화와 새로운 존재로의 탄생을 이루는 장소로서 자궁을 상징한다. 이곳에서 나오는 행위는 바로 입

---

244) Mircea Eliade 1958, p.54.

사의례를 마쳤음을 말해준다. 당시의 의미로 난생을 볼 때, 알이 갈라지는 것처럼 새로운 우주가 열리는 신성한 탄생이었던 것이다.

다음은 버려지는 문제를 생각해 보자. 개와 돼지우리에 버려지는데 이는 알이기 때문에 버려지는 것이 아니다. 다른 기록들에서 그들은 사람임에도 버려진다. 익숙한 세상이 아닌 타계(他界)에 버려지기는 입사의례의 과정으로 드문 예가 아니다. 시베리아 야쿠트인이나 나나이인의 샤만 탄생담,[245] 중국 주왕실의 조상인 기(棄)의 탄생담만 보더라도 기아(棄兒)모티브가 나온다. 주인공은 버려지고 돼지나 말과 같은 동물의 보호를 받는다. 이는 익숙한 사회와 마을을 떠나 성스러운 곳으로 여겨지는 숲이나, 외딴 곳에서 의례를 치르던 양상을 반영하고 있다. 이 과정은 재탄생을 이루기 전의 소멸과 죽음을 의미한다.

이상의 단락에서 동명모의 임신과정의 신성성과 동명의 입사의례가 있었다. 해모수는 햇빛처럼 이 세상의 모든 만물에 미치는 신성한 능력으로 배우자를 수태하게 하여 자신의 후사를 잇는다. 이는 신성혼(神聖婚)이 투사된 것이며 유화가 버려진 것이라고 볼 수 없다. 특히 버려진 여성이 후대에 부여신으로 추앙되었다고 볼 수 없다. 그리고 동북아시아에서 오래 전부터 숭배되던 버들신[246]으로부터 유화의 신성성이 보편적으로 인정되고 있던 사정을 알 수 있다. 동명은 부모의 신성성을 전이받아 몇몇 절차를 거쳐 입사의례를 마친 자로 표현된다.

③ 능력 제시담

아이의 외모가 영특하여 나이 일곱 살에 평범하지 않았다. 제 손으

---

245) 黃任遠, 장춘식 역, 「샤머니즘 신화(神話)의 유형과 원시적 사유(思惟)의 특징」, 『동북아 샤머니즘 문화』, 전북대 인문학연구소, (서울: 소명출판, 2000. 6), 301면, 304면.

246) 王宏剛·魏洪彬, 앞의 논문.
    李鐘周, 「東北아시아의 聖母 柳花 – 滿洲, 韓半島에서의 柳花神 崇拜」, 『口碑文學研究』 제4집, 한국구비문학회, 1997.

로 활과 화살을 만들어 쏘는데, 백발백중이었다. 부여(扶餘)의 속어(俗語)에 선사자(善射者)를 '주몽(朱蒙)'이라 하므로, 그와 같이 이름을 지었다 한다.

탄생에 이어 이 단락에서는 신화 주인공의 능력에 대해 말해준다. 아이의 외모가 평범하지 않아 영기(英奇)하다는 것과 선사자(善射者)라는 데서 능력이 드러난다. 위의 기록을 보면 부여에서는 선사자를 주몽이라 하였음을 알 수 있어 주몽이라는 이름이 고유명사가 아님을 알려준다. 선사자의 이름으로 '주몽'이라는 칭호가 있어왔다는 것은 선사자가 그 사회에서 중요한 역할을 하기 때문이다. 제의에 바칠 희생(犧牲)을 많이 사냥하는 자는 신성한 자로 여겨졌고 이는 정치적 힘도 가질 수 있는 근거가 되었던 것으로 보인다. 그리하여 금와왕의 장자인 대소(帶素)는 그를 위협적 존재로 인식한다. '주몽'이라는 명칭의 인물은 일개 개인이 아닌 신성한 자였다.

금와(金蛙)에게는 일곱 아들이 있어 주몽(朱蒙)과 함께 놀았는데 그 재능을 모두 따를 수 없었다. 그 장자(長子) 대소(帶素)가 왕에게 말하기를, '동명은 사람의 소생이 아니고 그 위인이 용맹스러우니, 만일 일찍이 그를 도모치 않으면 후환(後患)이 있을까 두려우니, 청컨대 그를 없애소서.' 라 하였다.

이 단락에서는 입사의례를 통해 신의 선택을 받은 인물을 두려워하는 자들과의 정치적 경쟁관계가 나타난다. 신화에서 뛰어난 능력을 지닌 인물은 뛰어난 업적을 이루게 된다. 뛰어나다는 것은 신성하다는 것이며 이러한 능력을 가진 자는 늘 성공하게 된다. 이를 두렵게 여긴 사람들의 훼방이 나타나기 시작한다. 태자 대소는 주몽을 없애려 한다.

왕은 듣지 않고 도리어 주몽으로 말을 기르게 하였다. 주몽이 말의 성질을 살피어 준마(駿馬)에게는 먹을 것을 적게 주어 여위게 하고, 노둔한 말은 잘 먹여 살찌게 하였다. 왕은 살찐 것을 자기가 타고 여윈 것을 주몽에게 주었다.

주몽이 기지(奇智)를 발휘하여 원하는 말을 성취하는 단락이다. 말을 얻는다는 것은 고대언어의 '머리, 중심, 핵심'의 획득을 뜻한다고도 한다. 말이라는 짐승이 어떠한 이유로 다른 짐승과는 달리 중심, 머리 등을 나타내게 되었는지는 지금으로서는 상세히 규명하기 어렵지만 고대서사문학에 나타나는 말은 단지 운행이나 승차용이 아니다. 입사의례 도중에 말을 성취하는 이야기들이 있는데 이때의 말은 세계의 질서, 핵심 등을 뜻한다. 예를 들어 온달이 평강공주의 도움을 말을 획득하는 이야기도 그 한 예이다. 말은 그가 획득한 신적 질서를 실현하는 데 필요한 신성한 도구가 된다는 점에서 중요하다.

> 그 후 들에서 사냥을 할 때 동명이 활솜씨가 좋은 까닭으로, 화살을 적게 주었으나 그의 잡은 짐승은 매우 많았다.

주몽이 지닌 능력의 뛰어남에 대해 재차 언급하고 있다. 곧 질투와 시기를 얻게 되어 정치적 갈등관계가 예상된다. 주몽은 출자(出自)할 수밖에 없는 상황에 놓인다.

④ 과업 실현담

> 왕자(王子)와 여러 신하들이 또 그를 모살(謀殺)하려 하므로, 주몽의 어머니가 비밀히 아들에게 말하기를, '나라 사람이 장차 너를 해치려 하니 너의 재주와 지략(智略)을 가지고 어딘들 못 가겠느냐? 이곳에 지체하다가 욕을 당하느니보다는 차라리 멀리 가서 유위(有爲)한 일을 하는 것이 좋겠다'고 하였다.

어머니 유화가 다른 곳으로 몸을 피하라고 충고한다. 여기서 유화는 어머니의 모습을 보여준다. 고대의 여신은 어머니의 이미지를 가지고 있었음을 읽어 낼 수 있다. 자식의 능력을 정확히 알고 이에 대해 조언을 하는 지혜로운 어머니로 나타난다.

동명은 이에 오이(烏伊)·마리(摩離)·협보(陜父) 등 3명을 벗으로 삼아 도망하다가 엄호수에 이르러 건너려 하였으나 다리가 없었다. 추병(追兵)이 쫓아올까 하여 강물에 고하기를, '나는 천제(天帝)의 아들이요 하백(河伯)의 외손(外孫)으로 오늘 도망하는 중에 추자(追者)가 쫓으니 어찌하랴'고 하였다. 이때 어별(魚鼈)이 떠올라 다리를 만들어 주었다. 주몽(朱蒙)이 무사히 건너자 어별(魚鼈)이 곧 흩어지니 뒤를 쫓는 기병(騎兵)이 건너오지 못하고 말았다.

주몽은 3명의 벗과 함께 도망을 하다가 물을 만난다. 굳이 벗이 3명인 것은 실제의 3명이었다기보다는 셋이 온전함, 완전함을 나타내는 숫자이기 때문이 아닐까 한다. 또 주몽은 물을 건넌 이후에 3명의 조력자를 만나는데 이때의 '3'도 실제의 3명이라기보다는 온전함을 뜻하는 신성한 숫자일 것이다.[247] 물을 만나서 강물에 고하는 것은 초자연적 존재에게 강물의 질서를 제어할 힘을 달라거나 강물의 질서를 제어해 달라는 축원이다. 이에 신은 어별(魚鼈)을 통해 도와준다. 주몽은 샤먼으로서 축원을 하고 신을 움직여 공수를 받아 원하는 바를 이룬다.

주몽은 모둔곡(毛屯谷)이르러 세 사람을 만났는데, 한 사람은 마의(麻衣)를 입고 한 사람은 납의(衲衣)를 입고 또 한 사람은 수조의(水藻衣)를 입고 있었다. 주몽이 묻기를, '그대들은 어떠한 사람이며 성명(姓名)이 무엇이냐?'고 하니, 마의 입은 사람은 말하기를 이름이 재사(再思)라 하고, 납의 입은 사람은 말하기를 무골(武骨)이라 하고, 수조의 입은 사람은 말하기를 묵거(黙居)라 하고 성(姓)은 말하지 아니하였다. 주몽은 재사에게 극씨(克氏)를, 무골에게는 중실씨(仲室氏), 묵거(黙居)에게는 소실씨(少室氏)를 성으로 내려주었다. 여러 사람에게 이르기를, '내가 지금 대명(大命)을 받아 국가의 기업(基業)을 개창(開創)하려 하는데 마침 이 세 현인(賢人)을 만났으니 어찌 천사(天賜)가 아니랴' 하고 드디어 그 재능을 헤아려 각각 일을 맡기고 그들과 함께 졸본천(卒本川)에 이르렀다.

---

247) 다음의 책은 고대(古代)에서 삼(三)이 지닌 의미를 설명하고 있다. 또 기왕의 연구자들이 삼(三)을 어떻게 해석하고 있는지 볼 수 있다. 최철, 『향가의 문학적 해석』, (서울: 연세대 출판부, 1990), 8-13면.

주몽은 세 현인(賢人)을 만난다. 그들은 입사의례를 마친 자의 모습을 하고 있다. 첫째, 만남의 장소가 입사의례의 장소로 일반적인 물가였으며 둘째, 주몽이 그들에게 성(姓)을 주고 있다. 앞에서도 언급하였듯이, 성이나 이름을 주는 것은 새로운 존재로 탄생한 사실에 대한 증표이다. 셋째, 하늘이 보내준 이로 여겼다는 점에서 입사의례적 양상을 볼 수 있다. 이러한 의례적 모습은 세 현인이 주몽의 정치집단에 소속되어 있음을 보여주는 방식으로 생각된다.

> 그 토양(土壤)이 비옥하고 아름다우며 산하(山河)가 험하면서도 견고함을 보고 거기에 도읍(都邑)을 정하려 하였는데, 궁실을 지을 겨를이 없어 단지 비류수(沸流水)가에 집을 짓고 거기 거하여 나라를 고구려(高句麗)라 하고 인하여 고(高)로써 씨(氏)를 삼았다.
> 이때 주몽의 나이는 22세이었다. 한(漢) 효원제(孝元帝) 건소(建昭) 2년이요, 신라(新羅) 시조 혁거세 21년인 갑신(甲申)년이었다.

나라를 세우는 과정에 대해 기술하고 있다. '비류수'라는 물가에 집을 짓고 나라를 고구려라 했으며 자신의 성(姓)을 '고(高)'로 삼았다는 이야기다. 나라와 자신을 등치(等値)하여 인식하고 있다. 신화의 주인공이 세상과 자신을 동일시했음을 보여준다. 고구려에 대한 명칭은 어떤 의미일까? 홍만종에 따르면[248] 고주몽은 요동 구려산(句麗山)에 살았기 때문에 성을 '고(高)'로 하였다 한다. 구려(句麗)는 요동 구려산에서 취한 것이다. 그렇다면 '고구려'는 '구려산에 거하는 높은 자', '신성한 장소의 신성한 자'라고 보아도 무방하다고 생각한다. 이러한 논리는 건국주와 나라를 등가적으로 인식하였음을 뜻한다. 주몽은 일개 개인이 인식되지 않았고 나라로 표상되는 세계로 인식되었다.

---

248) 高句麗始祖, 高朱蒙, 都卒本扶餘沸水上, 朱蒙生於遼東句麗山下, 故以其姓高. 高字冠於山名上, 以爲國號. 「旬五志」, 『洪萬宗全集 上』, 影印本, (서울: 太學社, 1980), 17면.

사방에서 주몽(朱蒙)의 건국(建國)에 대해 듣고 와서 따르는 자가 많았다. 그 지경(地境)이 말갈부락(靺鞨部落)과 붙어 있으므로 침구(侵寇)의 해를 입을까 염려하여 드디어 이를 쳐 물리치니, 말갈이 두려워 복종하며 감히 고구려를 침범치 못하였다.

왕은 비류수에 채엽(菜葉)이 흘러내려 오는 것을 보고 상류에 사람이 살고 있음을 알았다. 그래서 사냥을 하면서 비류국(沸流國)을 찾아가니, 그 국왕(國王) 송양(松讓)이 나와 보고 '과인(寡人)이 바다 귀퉁이에서 후미지게 살다보니 일찍이 군자(君子)를 만나 보지 못하다가 오늘 뜻밖에 서로 만나니, 또한 다행한 일이 아니리오! 그런데 그대는 어디서 왔는지 모르겠다' 하였다.

주몽이 대답하기를, '나는 천제의 아들로 와서 모처(某處)에 도읍을 하였다'고 했다. 송양이 말하기를, '우리는 여기서 여러 대 동안 왕 노릇을 하였지만, 땅이 작아 두 임금을 용납하기는 어렵다. 그대는 도읍을 정한 지 며칠 안 되니, 우리의 속국이 될 수 있겠느냐?'고 하니, 왕은 이 말에 분노하여 말다툼을 하다가 또한 서로 활쏘기를 하여 재주를 시험해 보니 송양이 이기지 못하였다.

2년 6월에 비류국왕 송양이 나라를 바치고 항복하므로 왕은 그곳을 다물도(多勿都)라 하고, 송양을 봉하여 그곳의 주(主)로 삼았다 고구려 말에 옛 땅의 회복을 다물(多勿)이라 하므로 그와 같이 이름한 것이다.

왕으로서 시험을 받는 단락이다. 말갈족을 제압했으며 비류국의 송양(松讓)과 경쟁을 한다. 활쏘기로 승부에 승복하였다는 것은 활쏘기가 단지 기술로만 여겨지지 않았고 이 기술을 지닌 자는 신성한 자로 여겨졌음을 보여준다. 부여에서 선사자를 동명이라 하였다 하지만 부여만이 아니라 당시의 주변국에서는 신성한 능력으로서 활 잘 쏘기를 인정하였던 것 같다. 송양과 경쟁을 통하여 동명은 국왕으로서 당시의 지역사회에서 정권의 정통성을 인정받게 되었다.

3년 3월에 황룡(黃龍)이 골령(鶻嶺)에 나타났고, 7월에 경운(慶雲) 골령에 나타났는데, 빛이 푸르고도 붉었다.

4년 4월에 운무(雲霧)가 사방(四方)에서 일어나 사람이 7일 동안이나 빛을 분별하지 못하였다. 7월에 성곽(城郭)과 궁실(宮室)을 지었다.

6년 8월에 신작(神雀)이 궁궐 뜰에 모여들었다. 10월에 왕이 오이(烏伊)와 부분노(扶芬奴)를 명하여 태백산 동남쪽의 행인국(荇人國)을 쳐서 그 땅을 빼앗아 성읍(城邑)을 삼았다.

10년 9월에 난(鸞)새가 왕대(王臺)에 모여들었다. 11월에 왕이 부위염(扶尉猒)을 시켜 북옥저(北沃沮)를 쳐 멸하고 그 땅에 성읍(城邑)을 두었다.

위 단락은 동명왕의 치국 기간에 있었던 상서로운 사실을 포함하여 역사적 사건들을 기록하고 있다. 황룡이나 푸르면서 붉은 구름, 신작(神雀), 난새가 왕의 신성성을 옹호해주고 있다. 행인국과 북옥저를 친 것은 역사적 사실이다. 이 같은 역사적 사실이 위에서 본 바와 같이 믿기 어려운 사실들과 같이 전해지고 있음은 그들이 역사적 사실과 더불어 신화적 신이사(神異事)를 실제상황으로 생각했음을 의미한다.

⑤ 신적 질서로의 복귀담

14년 8월에 왕모(王母) 유화(柳花)가 동부여(東扶餘)에서 돌아가니, 그 왕 금와(金蛙)가 태후(太后)의 예(禮)로써 장사하고 드디어 신묘(神廟)를 세웠다. 10월에 사신을 부여(扶餘(부여))에 보내어 방물(方物)을 바쳐 그 덕을 갚았다.

19년 4월에 유리(類利)가 부여(扶餘)에서 어머니와 함께 도망하여 오니, 왕은 기뻐하여 태자로 삼았다.

9월에 왕이 돌아가니 나이 40세요, 용산(龍山)에 장사하고 동명성왕(東明聖王)이라 시호(諡號)하였다.

유화가 돌아가고 신으로 좌정된 사실, 동명왕의 후계자, 동명왕의 죽음에 대한 이야기가 나온다. 결국 죽음과 탄생에 대한 이야기이다. 유화와 동명왕은 몸은 죽지만 신이 되거나 원향으로 돌아간다. 후계자인 유리에게 그들의 신적 질서가 전수되어 맥을 잇게 된다. 후계자에게 왕위를 전수하는 것은 그들의 죽음을 탄생으로 바꾸어놓는 사건이기 때문에 중요하다.

동명의 죽음에 대해『삼국사기』에서는 용산(龍山)에 장사지냈다고만 하지만 광개토왕비에서는 그가 용의 머리를 딛고 하늘로 승천하였다고 하기

208

도 한다. 죽음에 대한 이 같은 표현은 그가 자신이 속한 신적인 질서의 세계로 돌아갔다고 여겼기 때문이다. 죽음에 대한 이러저러한 표현은 '육체를 땅에 묻는 것'을 죽음으로 여기지 않았기에 생겨났다. 후계자에게 신적 질서를 전수하고 자신은 결국 원향(原鄕)으로 돌아갔을 뿐이라고 여기던 사상에서 비롯된다.

또 신으로 동명(東明)을 받들었다.『삼국사기』에 나오는 북사(北史)의 기록249)들을 살펴보면 유화와 동명이 신으로 여겨졌음을 알 수 있다. 북사에서는 유화를 부여신이라 하고 부여신의 아들인 동명을 고등신이라 하여 신으로서 섬기고 있었음을 알 수 있다. 또 양서(梁書)의 기록은 왕의 거처 가까운 곳에 사당이 있었음을 알려주는데250) 그들은 나무로 상(像)을 만들어 왕의 거처에서 가까운 곳과 요동성 같은 중요한 성(城)에 모셨다. 기록을 보면 유화가 고구려만이 아닌 부여에서도 신으로 모셔졌음을 알 수 있다. 유화가 고구려를 초월하여 지모신으로 섬겨졌으며, 이전에 그녀가 금와왕을 만났을 때, 유화가 금와왕에게 잡혔다기보다는 지모신을 알아본 금와왕이 그녀를 모신 것으로 생각된다.

한편 동명은 고구려의 시조이자 그 국민들의 근본인 신(神)이 되었으며 유화는 지모신으로서, 또 시조의 어머니로 섬겨졌다. 태양신도 모셔졌던 것으로 보인다. 당서(唐書)에 따르면 기자, 가한 등을 포함하여 태양신에 제사지냈다251) 한다. 태양신은 동명의 아버지로서 질서의 표상이었던 해모수를 연상시킨다.

---

249) 북사(北史) 고구려전(高句麗傳)에 이르기를, "고구려는 항상 10월이면 하늘에 제사드리고, 음사(淫祠)가 많다. 신묘(神廟)가 두 곳이 있는데, 하나는 부여신(扶餘神)이라 하여 나무를 새겨 부인(婦人)의 상(像)을 만들었고, 또 하나는 고등신(高登神)이라 하여, 이를 시조(始祖)라 하고 부여신(扶餘神)의 아들이라 한다. 모두 관서(官署)를 설치하고 사람을 보내어 지키게 하니 대개 하백녀(河伯女)와 동명(朱蒙)이라고 한다" 하였다.「祭祀」,『三國史記』.
250) 於所居之左立大屋, 祭鬼神, 又祠零星社稷.「高句驪」,『梁書』列傳 제48.
251) 당서(唐書)에 이르기를, "고구려 풍속에는 음사(淫祠)가 많고, 영성(靈星)과 태양(日) 및 기자(箕子) 가한(可汗) 등 신(神)에게 제사 드린다."

주몽이 신(神)으로서 사람들에게 감응한 사건[252]이 『삼국사기』, 「고구려본기」에 나온다. 전쟁을 치르면서 어려움을 겪는 고구려인들이 동명신에게 도움을 청한다. 무당은 한 여성을 주몽신에게 보낸다. 축원에 곁들여진 인간 희생물이며 이로 인하여 축원이 이루어지게 된다. 시조신이 수호신(守護神)으로 여겨지는 면모를 볼 수 있다.

한편 국내 자료인 이규보의 동명왕편(1193년)은 구삼국사(舊三國史)를 보고 지었으되, 『삼국사기』에서 자세한 이야기를 김부식이 전하지 않은 것을 안타깝게 여겨 빠진 이야기를 보충하였다고 저술동기를 밝히고 있다. 따라서 『삼국사기』에 전하지 않는 모티브를 살펴보겠다.

○ 하백의 세 딸이 웅심연가에서 놀고 있었다.
○ 후손을 보려는 해모수가 궁전을 짓고 세 딸을 유인하다.

유화와 해모수가 인연을 맺는 이야기에서 구체적인 화소가 빠져 있다. 천제의 아들인 해모수는 자신의 후사를 잇기 위해 기지를 발휘한다. 채찍으로 땅을 그어 구리로 지은 집이 생겼다. 채찍이 주술적 도구로 쓰이고 있다. 입사의례에서 오두막, 외딴 집은 새로운 탄생을 위한 산실로 기능한다.[253]

남성이 여성을 좇는 방식으로 진행되는 인연 맺기의 구체적인 전개는 해모수가 일방적으로 우위를 점하고 있다. 남성으로 표상되는 천신(天神)

---

252) 이세적(李世勣)이 밤낮을 쉬지 않고 요동성(遼東城)을 공격하기 12일에 당주(唐主)가 정병(精兵)을 이끌고 합세하여 (城)을 수백 겹으로 둘러싸니 북과 고함 소리는 천지를 흔들었다. 성에는 주몽(朱蒙)의 사당(祠堂)이 있고 사당에는 쇄갑(鎖甲)과 예리한 창이 있었는데 망언(妄言)하기를 전연(前燕) 때 하늘에서 내려 보낸 것이라 하였다. 바야흐로 포위(包圍)가 급하니 미녀를 단장하여 부신(婦神)을 삼았는데, 무당이 말하기를, "주몽(朱蒙)이 기뻐하시니 성이 반드시 온전하리라" 하였다. 적(勣)이 포차(砲車)를 벌여놓고 큰 돌을 날려 300보를 넘으니 맞는 곳마다 곧 무너졌다. 우리 군사는 나무를 쌓아 누(樓)를 만들고 그물로 얽어서 쳤으나 막을 수 없게 되자 충거(衝車)로 성 위의 집을 쳐서 부수었다. 「寶藏王上」, 『三國史記』.

253) Mircea Eliade 1958, p.54.

210

이 지모신(地母神)보다 우위를 점하는 시대임을 알 수 있다. 앞서 〈단군신화〉에서도 지적하였듯이, 해모수와 환웅, 유화와 웅녀가 기능적으로 동일한 층위에 있다. 천신과 지신(地神)이 결합하되 천신은 남성으로, 지신은 여성으로 표상되었다.

○ 해모수가 하백과의 변신술을 통해 인정받다.

구질서와 신질서의 표상인 하백과 해모수가 변신술을 통해 정체성을 탐색하고 있다. 변신이 가능하다는 것은 그들이 신적 존재임을 보여준다. 이 변신 내기를 통해 확인되는 것은 신적 존재 여부이다. 웅녀의 변신처럼 존재의 층위가 질적으로 달라지는 변신은 아니다. 스스로 변신할 수 있다는 것은 인간처럼 축원을 하고 공수 받는 과정 없이 이 세상의 물리적 질서를 통제할 수 있는 신적 존재임을 증명한다. 변신술은 신적인 능력을 단적으로 보여준다.

○ 하백이 유화를 입술을 늘려 우발수로 귀양 보내다.
○ 어부가 유화를 낚아 금와왕에게 고하다.
○ 입술을 세 번 자르자 비로소 말을 하다.

이상은 입사의례 양상으로 형상화되고 있는 유화의 모습이다. 유화가 본래 절대신임에도 입사의례의 모습을 취하고 있는 이유는 해모수 관련족으로 대표되는 남성 중심의 세계로 사회가 재편되었기 때문인 것으로 생각된다. 금와에게 발견되는 유화는 혁거세왕 시대에 발견되는 탈해나 탈해이사금에게 발견되는 알지와 같다. 입문자는 해당 사회의 수장(首長)에게 발견된다. 신성성을 획득한 입문자가 이미 신성성을 인정받은 자에 의해 발견된다는 논리다. 여기서 입술을 늘인다거나 자른다는 것은 입사의례의 신체 훼손과 관련이 있다. 우발수로 쫓겨 가는 것은 타지(他地)로의 격리이다. 의례 이전 존재와의 단절, 소멸과 죽음을 뜻한다.

○ 주몽을 낳을 때 왼쪽 겨드랑이로부터 낳다.
○ 주몽은 달포가 지나자 말을 하였다.

이상은 주몽의 입사의례와 관련이 있다. 왼쪽 겨드랑이로 낳는 일이 있을 수 없음은 다 아는 사실이다. 이는 알영이 계룡의 겨드랑이나 배에서 나오는 것과 같은 맥락으로 설명할 수 있다. 지모신으로 상징되는 '이물(異物)의 내부에서 나오기'라는 탄생의 한 절차였다. 유화가 아들을 낳게 되는 대목에 적용되었다.

주몽은 아주 어린데도 불구하고 말을 잘 하였다. 그가 지닌 신적 능력을 말해 준다. 설화 중에 〈아기장수 이야기〉가 같은 화소를 지니고 있어서 〈동명왕 신화〉와 비교된다. 아기장수는 어린데도 말을 잘 하고 뛰어난 행동을 보인다. 이에 대해 부모가 두려움을 느끼고 자식을 죽이는 것은 신화와는 전혀 다른 비극적 결말이다. 주몽은 신(神)으로 인식되었기 때문에 그 능력은 신성성을 입증하는 표지로 받아들여졌다.

○ 유화가 비둘기 한 쌍으로 하여금 보리씨를 동명에게 갖다 주도록 하였다.

여기서는 지모신으로서 유화의 능력이 나타난다. 보리씨를 잊고 간 동명에게 비둘기를 이용하여 전해주도록 하고 있다. 비둘기를 제어할 수 있는 신적인 능력을 보여준다. '보리'는 곡식을 상징하며 유화가 이를 관장하는 신임을 알 수 있다.

○ 동명이 화살로 비둘기 두 마리를 떨어뜨린 후 보리씨를 꺼내고 물
  을 뿜으니 들이 다시 살아나서 날아갔다.

동명이 신적 능력을 보여주는데 활로 비둘기를 떨어뜨리고는 다시 그들을 소생시킨다. 삶과 죽음의 영역을 자유자재로 관장하는 능력을 보여준다.

212

○ 부분노 등 세 사람이 비류국에 가서 북과 주라를 들고 왔다.

고구려에 북과 주라가 없어서 나라로서의 위엄이 없다고 하여 신하들이 비류국의 것을 가져왔다. 북과 주라는 신성의 징표이며 단순히 인간이 만들어 사용할 수 있는 것이 아니었다. 북과 주라는 소재(素材) 차원의 물건이 아니며 지배통치의 정당성을 확보해주는 물건이었다.

○ 동명왕이 서쪽을 순행하다 흰 사슴을 얻어 비류국에 물이 들도록 하라고 주문을 외우다.
○ 비류국에 물이 들었고 송양이 나라를 바쳤다.

샤먼으로서 동명왕이 의례를 집전하는 모습이 나타난다. 흰 사슴은 신에게 바치는 희생이다. 우리의 옛 기록에는 흰 꿩이나 흰 사슴 등의 동물이 임금 근처에 나타나거나 다른 이가 발견하더라도 이를 임금에게 바친 예를 기록한 것이 조선시대까지도 보인다. 이들은 희생으로 쓰이기도 했는데, 여기서 동명이 잡은 흰 사슴은 단순 희생이 아니라 동명의 축원을 전달해 줄 수 있는 신적인 동물로 여겨진다. 단순 동물이 아닌 신적인 세계와 통하는 동물로 인식되었다.

동명의 축원이 이루어져 비류국(沸流國)에 물이 들었고 송양이 나라를 바쳤다. 이 중 동명이 물을 채찍으로 치자 물이 빠졌다는 모티브는 그가 물을 관리할 수 있는 능력을 지녔음을 말해준다. 채찍으로 무언가를 이룬다는 것은 해모수가 땅을 채찍으로 긋자 구리집이 생겼다는 것과 같은 맥락이다. 마찬가지로 채찍은 주구(呪具)로 쓰이고 있다.

○ 하늘에서 궁실(宮室)을 만들어 주다.

궁실을 하늘에 지어준 사실로 신성성을 드러내고 있다. 궁실은 신성한 장소로 여겨졌다.

○ 왕위에 오른 지 19년 되던 해 하늘로 올라가서 내려오지 않았다.
○ 구슬 채찍만 용산에 묻었다.

이상은 동명의 죽음과 관련된 기록인데 하늘로 올라가서 육신이 없었다는 것이다. 따라서 그의 유품이자 주술적 도구였던 채찍을 묻는다. 여기서도 부분이 전체를 연역하는 논리가 적용되고 있다. 채찍은 신성한 도구이며 이는 곧 주몽을 상징한다. 주구(呪具)를 묻어두는 행위의 샤머니즘 전통을 볼 수 있다. 그는 하늘로 올라가 자신이 왔던 곳, 원향(原鄕)으로 돌아갔다. 그의 생물학적 죽음을 사람들은 복귀(復歸)로 인식하였다.

Ⅳ. 결 론

본 연구는 신화의 장르적 특징으로 여겨져 온 '신성성(神聖性)'이 서사의 어느 지점에서, 어떻게 구성되고 있는지에 대한 관심에서 출발하였다. 신성성은 신들이 작품에 소재적(素材的)으로 등장하거나 신들이 혈통관계에 있다고 해서 자동적으로 보장되는 가치가 아니다. 특히 조상관계가 드러나지 않는 신화의 경우, 원향(原鄕)이나 출자국(出自國)에 대한 관심을 혈통에 대한 관심으로 볼 필연성이 충분하지 않다.

신이 등장하는 서사 장르는 고대신화 이후에도 발견되며 신성 혈통을 지닌 인물 이야기도 설화나 서사무가, 소설에서도 등장한다. 따라서 신의 존재 여부나 신의 혈통 관념보다는 신화가 신성성의 질(質)과 속성을 어떠한 방식으로, 서사의 어느 지점에서 구성하고 있는지를 밝히는 것이 신화의 장르적 특징을 이해하는 데 도움이 된다.

신화의 신성성은 원초적 샤머니즘과 관련이 있으며 여기에 고대국가 형성기라는 정치적 상황이 신화의 서사화(敍事化)를 가속화하였다. 소국(小國)을 통합해 중앙집권국가를 이루고자 했던 고대국가 형성기 정치체 수장은 사람들에게 능력을 인정받아야 했다. 그 능력은 신성계와 교통할 수 있는 샤먼적 능력이었다.

이러한 상황에서 신성성을 공인받고자 고래(古來)의 입사의례 방식이 이용되었다. 입사의례는 샤머니즘적 세계관이 유효한 사회에서 신성성의 근원적 존재와 접신(接神)하여 의례대상자의 존재론적 변환을 꾀하는 제도였다. 입사의례적 탄생을 통해 신화 주인공은 신성성을 공인받았으며 탄생담은 지배와 통합의 이데올로기로 기능하였다.

고대 기록을 보면 건국 관련 신화 외에도 신(神) 관련 이야기들이 여기저기 흩어져 있다. 그러나 이들은 서사화(敍事化)되지 않고 부분적 이야기로 전한다. 서사화되지 않은 신화의 주인공은 서사화된 신화보다 정치적 성격이 덜하다. 이러한 전승의 모습에서 신(神), 신화와 정치의 상관관계를 볼 수 있다. 현전하는 고대신화의 주인공은 대체로 정치체 수장(首長)이다. 이 신화들은 다른 신 관련 이야기와 달리 정치적 긴장 속에서 형성되었다. 현재까지 전해 온, 서사적 구성을 갖춘 한국의 신화는 고대국가 형성기의 건국(建國)이나 왕위계승, 성씨 창시(創始) 등의 정치적 사건과 결합이 되면서 형성된 이야기이다.

본 연구는 신화의 장르적 특징이 신화 주인공의 입사의례 원리의 탄생담에 있다고 보고 이들의 상관관계에 대해 논의하였다. 먼저 신화의 탄생담에서 입사의례 양상을 입증하였다. 그 다음으로 신화의 장르적 특징이 입사의례 원리의 탄생담에 있음을 밝히고자 하였다.

신화 본문을 보면 신(神)의 탄생이 마치 처음 있는 일처럼 나타난다. 그러나 탄생이 전개되는 맥락을 살펴보면 의례적 방식의 탄생이 결코 처음이 아니며 당시 사람들은 이미 이러한 관념을 지니고 있었음을 알 수 있다. 또 신이한 탄생으로 인하여 왕을 삼았다[254]는 기록은 신이한 탄생에 대한 관념이 이미 있었다는 사실을 말해준다. 이러한 탄생을 한 자가 성인(聖人), 덕인(德人), 지인(智人)으로 인정받았던 면모도 확인된다.

고대의 입사의례 사례를 분석한 연구에 따르면 입사의례는 익숙한 사회와 환경으로부터의 격리(隔離), 단절(斷絕)의 준비단계를 거쳐 의례적(儀禮的) 죽음 단계, 재탄생의 단계로 구성된다고 한다. 입문 대상자로는 샤먼 후보자, 그 해당사회의 성인식(成人式) 대상자, 비밀 결사와 같은 소집단(小集團)에 입문하려는 사람들이 주요 대상이었다. 우리나라에서 기록된 입사의례는 아무래도 샤먼과 수장(首長)이 결합된 예가 많다. 샤먼적 기능의 정치체 수장은 해당 사회의 권력과 가치가 집중된 존재였기에 공동체의 관심과 부합되었다.

---

254) 六部人以其生神異, 推尊之, 至是立爲君焉.「始祖 赫居世居西干」,『三國史記』.

  신화의 탄생담은 개별 신화의 차이에도 불구하고 구조적 연대성이 발견된다. 본격적 입사의례 이전인 준비단계에는 입사의례의 장소가 제시되고 시기와 시간이 설정되고 있다. 그리고 신화에 따라 입문자를 맞이하는 군중들이 축원(祝願)을 하면서 기다리고 있다. 그들은 자신들의 공동체를 새로운 질서로 재편하여 줄 수장(首長)의 탄생을 기대하고 있다. 의례적 죽음으로는 햇빛, 음식, 시간, 장소 등의 금기(禁忌)와 사물의 내부(內部)에서 머물기, 이계(異界)에 버려지기, 의례 인도자로서 정신적 부모, 탄생자를 맞아 목욕시키기 등을 들 수 있다. 재탄생의 양상으로는 산실(産室)로 기능하는 땅으로부터의 탄생, 군중이 모여 입문자를 맞이하기, 머물던 곳에서 나오기, 새 이름 부여하기, 신성한 장소에 거처하기 등의 양상을 확인할 수 있다.

  입문자를 문학적으로 표현, 형상화하기 위한 방식은 일련의 경향을 보이고 있다. 입문자의 탄생은 영적(靈的)인 것이었고 따라서 그 정신성과 정신적 가치를 표현하기 위해 겹눈동자, 팔채(八彩)의 눈썹, 범상하지 않은 골격, 빠른 성장 속도, 태어나자마자 말할 수 있는 능력, 뛰어난 기술, 천지만물의 조응(調應) 등의 방식이 취해졌다. 이러한 외형적 특징에 대한 관심은 그 외모 자체가 아닌 곧 그들이 지닌 신성성(神聖性, the sacredness)이라는 정신적 가치를 형상화하기 위한 것이다.

  입문자의 덕목으로 성(聖)과 덕(德), 지(智)가 나타난다. 이 개념들은 본격적인 유가(儒家)이전의 개념들로 동북아 전반의 샤머니즘적 세계관으로부터 발생되었다. 성인(聖人)은 신(神)의 말·뜻을 큰 귀로 잘 알아듣는 이, 덕인(德人)은 태양신이나 천제(天帝)의 눈을 닮아 밝은, 공동체의 생명력을 보장하는 존재, 지인(智人)은 성(聖)한 이와 덕(德)한 이가 보여주는 능력의 결과로서 현실사회에서의 지혜로운 이를 뜻한다. 우리 신화에서 성지인(聖智人), 성왕(聖王)이나 성아(聖兒), 유덕인(有德人), 유덕녀(有德女), 신(神)하고 성(聖)한 이(駕洛國元君首露者, 天所降而俾御大寶, 乃神乃聖, 惟其人乎.) 등으로 표현되었다.

신화의 주인공에게는 신성성(神聖性)을 전이(轉移)해주는 근원적 존재가 있다. 이 근원적 존재들이 항상 분명하게 인격성을 갖추고 있는 것은 아니다. 더구나 부모신으로 인식되지 않은 예도 많다. 때로는 탈해의 경우에서처럼 인간에 가까운 모습의 생물학적 부모가 절대신과 샤먼의 다중역할을 하면서 신성성을 전이해주기도 한다. 주인공의 신성성(神聖性)을 보장하기 위한 배경으로 혈통관계가 항상 유효했다고는 할 수 없다. 신성성의 근원적 존재에게 인격성(人格性)이나 부모 지위를 부여하는 것은 해당 사회의 정치적 상황, 종교적 관념과 관련되었다. 개별 신화마다 절대신의 인격성(人格性)의 발달 정도나 부모격에 대한 관념은 정도차가 있다. 혈통관계로 신성성이 전수된다는 관념은 고대국가의 왕위계승문제와 가부장제의 형성과 더불어 확고해져 갔다.

결국 신화에서 절대신, 신성성의 근원적 존재가 등장하는 이유는 신화의 주인공에게 '신성성'을 전수(傳授)하는 기능을 하기 때문이다. 신에 대한 이해는 전수의 기능이 전제되는 입사의례의 구도에서 적합하게 이해될 수 있다. 어떤 존재의 '신성성'은 주어지는 것이 아니며 서사적으로 구성된다. 따라서 신의 서사적 기능도 입사의례에서의 신의 기능과 동일한 맥락에 있다.

신화의 서사적 사건이 배열되는 계기적(繼起的) 구조는 신화 주인공(神)의 입사의례적 탄생담을 중심으로 짜여져 있다. 탄생 이전담으로는 탄생 이전 세계에 대한 이야기가 나오며 탄생 이후담으로는 능력 제시담과 과업 실현담이 뒤따른다. 그리고 종결담에 해당하는 신적 질서로의 복귀담으로 끝을 맺는 구조를 지니고 있다.

대개의 신화에서 탄생 이전 세계담과 입사의례적 탄생담, 능력제시담, 과업 실현담, 신적 질서로의 복귀담의 계기적 구조를 볼 수 있다. 이 다섯 단락들 중에서 서사의 중심을 이루고 있는 이야기는 두 번째인 입사의례의 원리로 구성된 신화의 주인공의 탄생담이다. 전후(前後) 서사단락에 대하여 서사진행의 근거와 전제가 되므로 중심이 된다. 탄생담에서 인식적 탄생을 한 자, 신성성을 입증한 자라는 전제가 성립되기 때문에 전후(前

後) 서사적 사건의 내용에 영향을 주고 있다.

신화의 탄생 유형은 크게 두 가지로 나눌 수 있다. 첫째는 의례를 통한 탄생이며 둘째는 인식적 탄생을 위한 예비적 사건인 신성혼(神聖婚)에 의한 탄생이다. 첫째에 해당하는 신화는 탄생·출현의 동기(動機)에 따라 다시 두 가지로 나눌 수 있다. 즉, 〈박혁거세왕 신화〉, 〈금와왕 신화〉, 〈김수로왕 신화〉, 〈김알지 신화〉, 〈삼을나 신화〉처럼 하늘이 명(命)하고 땅에서 태어나는 신화와 〈탈해 이사금 신화〉, 허왕후와 삼을나의 세 배우자 도래담처럼 샤먼 부모의 명(命)에 따라 수평적 세계로 설정된 먼 지역으로부터 도래하는 신화이다. 둘째는 〈단군 신화〉와 고구려 〈동명왕 신화〉가 해당된다.

〈단군 신화〉와 〈동명왕 신화〉는 천신(天神)과 고래(古來)의 지신(地神)을 인격화, 고유명사화, 부모화하면서 신성성(神聖性)을 공공히 한다. 그리고 이로 인해 정치적 정당성을 얻는 효과를 얻는다. 천지신을 인격화하는 경우는 상대적으로 정치적 갈등이 많은 지역에서 나타나며 이 신화들의 천신과 지신은 다른 신화에서의 하늘과 땅과는 그 질적 차이가 있다. 이들은 물적(物的) 존재에 가까운 신령한 자연으로서 하늘과 땅이 아니라 인격화되었으며 생물학적 부모로 여겨졌다.

앞으로 신화 연구에서 유의해야 할 점을 다음과 같이 보았다.

첫째, 고대신화와 중세, 혹은 근세에 지어졌을지 모르는 무가(巫歌), 본풀이까지 신화 범주에 귀속하지 않아야 한다. 입사의례적 탄생담이 전제된 고대의 신화는 서사무가(巫歌), 본풀이류와 소재(素材)는 같지만 서사적 내용이 보여주는 세계, 주인공 신(神)의 속성, 신들의 관계, 신이 지닌 이념 등이 질적인 측면에서 다르다. 이 장르들은 서로 계승관계의 서사물이며 동일 범주의 장르는 아니다. 소재적 측면에서 신(神)이 등장한다고 해서 모두 신화가 아니며 또 세상의 태초를 다루는 이야기라고 해서 시기적으로 오래되었다고 여길 수 없다. 아주 후대에도 태초(太初)를 말할 수는 있기 때문이다. 샤머니즘이라는 연결고리가 없는 것은 아니지만 무가(巫歌)에서 신들의 갈등은 신화에서처럼 신성성을 전이해주는 관계라기보다는 소설적 갈등에 가까운 예도 보여준다. 그리고 몇몇 자료의 종결방식은 이미 신화적 맥락과 다르다. 또 인간사회에 대한 신들의 속성, 역할도 다르다. 따라서 무가(巫歌)류, 본풀이류 등을 신화로 보기보다는 각각 신가(神歌) 혹은 무가(巫歌), 본풀이 등의 서사 하위 장르로 보고 그 관련성을 연구해야 한다.

둘째, 신화에서 신들은 서사적 기능이 다르다. 다른 신에 비해서 신화의 주인공은 탄생담부터 복귀담까지가 밝혀져 있다. 신화의 주인공은 궁극적으로 하나이며 해당 공동체의 정치적 수장(首長)이다. 수장은 샤먼의 능력을 정치적(政治的) 가치로 환원하고 있다. 따라서 서사의 중심은 신화의 주인공이 주(主)가 되며 다른 신 혹은 신성성의 근원적 존재들은 신화의 주인공에게 신성성을 전이하여 주는 배경신으로 작용한다. 따라서 신들은 서로 간에 다른 기능의 관계를 맺고 있기 때문에 어느 한 신만의 신화가 독립되어 있다고 보기 어렵다. 신성성의 전수(傳授)관계에 따른 신들의 관계는 입사의례의 구도에서 이해된다.

신화에서 신화의 주인공의 신성성(神聖性)이 신격의 부모로부터 전이된다는 사고가 항상 유효한 것은 아니다. 신화에서 신의 혈통 관념은 고대국가성립 이후 왕위계승문제와 함께 발달되어 간다. 인류문명이 변화하면서 숭배의 대상도 달라지듯이, 신의 초기형태에는 돌, 나무, 구름 등의 자연물도 포함되었다. 이들 자연물이 점차로 동물신, 인격신이 되고 때로는 인간이 신화(神化)되기도 한다.

'신성성'이라는 신적 가치의 전수, 전이 기능을 하는 근원적 존재가 있다는 사실이 중요하며 그 존재의 현상적 외피는 당시 지역사회의 정치적 상황이라든가 사회적 요구, 관념에 따라 달라진다. 〈단군 신화〉와 고구려 〈동명왕 신화〉에서 절대신이 인격성을 갖춘 부모로 등장하는 반면 〈박혁거세왕 신화〉나 〈김알지 신화〉에서는 인간사회에 참여의지가 다른 신화에

서보다 덜하고 인격성이 특화되지 않은 천신(天神)과 지신(地神)이 나타
난다. 〈금와왕 신화〉, 〈김수로왕 신화〉, 〈삼을나 신화〉의 천신은 인격성이
전제된 지고신(至高神)이다. 세계 질서의 운행자로서 천신(天神)이 인격
신으로 나타난다. 〈금와왕 신화〉에서 천신은 해당 정치체만을 수호하는 신
이 아니다.

셋째, 의례와 문학의 관계를 어떻게 설정할 것인가에 대해서이다. 연구
에 따라 관혼상제(冠婚喪祭) 등 여러 통과의례와 문학의 상관성을 논의하
거나 때로는 고대에 있었던 의례를 재구해야 한다고도 하였다. 그에 따라
문학의 대응 관계를 살펴야 한다는 것이다. 그러나 모든 의례가 문학화되
지는 않았으며 가능한 만큼 제의가 재구된다 하더라도 상고대 문학의 본
질이 바로 드러나지는 않는다. 고대에는 여러 의례가 있었다. 산천제(山川
祭)나 기우제(祈雨祭), 천상제(川上祭), 천신제(天神祭), 시조제(始祖祭)
를 비롯하여 각종 성문(城門)과 일월성신(日月星辰)에 대한 제의가 고대
중국 기록과 『삼국사기』, 「제사조(祭祀條)」 등에서 확인된다. 기복(祈福)
을 구하는 의례를 제외하고 주기적으로 개인과 공동체가 치르는 통과의례
중에서도 서사 장르와 친연성(親緣性)을 갖는 의례가 입사의례이다. 의례
의 성격이 의례대상자의 인식적 변환에 주안점을 두기 때문에 서사적 속
성을 다분히 지니고 있으며 당시의 정치적 상황은 이야기의 서사화를 가
속시켰다.

신화가 의례의 구술적 상관물이라는 원칙에 구애됨 없이도 의례와 신화
의 관계를 생각해 볼 수 있다. 샤머니즘의 세계관에 기초한 관습이자, 세
계를 인식하는 도구로써 입사의례의 전통이 유효한 가운데 고대국가 형성
기 정치체 수장(首長)은 '신성성(神聖性)'을 정치 이데올로기로 추구하게
된다. 이러한 상황에서 서사화된 것이 현재 전승되어 볼 수 있는 건국신화
다. 신화에서 신성성은 의례적 방식으로 구현되어 있다. 모든 신화가 의례
에서 구술되었다고는 보기 어려우나 공동체의 의례 속에서 주요 절차가
재연되었던 경우도 있었다. 의례와 신화와 공동체의 역사는 서로 얽혀 상

고대(上古代) 문화를 형성하였다.

앞으로의 연구에 심도 있는 비교문학적 관점이 요청된다. 우리나라의 신화는 중국의 서사적 전통과 겹치는 부분, 즉 모티브가 동질적이거나 유사하며 상징도 같은 예가 많이 있다. 더구나 우리 신화는 한자(漢字)로 기록되어 있는 만큼, 개념들에 있어서 동질적인 경우가 많다. 신화의 핵심개념들인 성(聖), 덕(德), 지(智)는 이미 중국의 초기문헌들에 나타난 바 있으며 이 개념들은 우리나라에서도 서로 공유하는 문화적 코드였다. 또 환웅이 창설한 신시(神市)도 중국 신화와 관련된다는 점이 선행 역사 연구에서 지적된 바 있다. 폭넓게는 시베리아의 샤머니즘과도 관련이 있어 제 영역에서 정밀한 연구가 요청된다. 동북아시아의 지역적 구도에서 보아야 그 정체성을 온당하게 읽을 수 있을 것이다. 더불어 우리나라 고대 기록에서 발견되는 '서사화되지 않은 신화'와 '서사화된 신화'의 관계가 연구되어야 한다고 본다.

참고문헌

1. 자　료

『高麗史』 57권, 95권.

『國語』 권 第18, 「楚語 下」.

『南齊書』 列傳 第39 東南夷.

『東國李相國集』.

『北史』 列傳 第82.

『三國史記』.

『三國遺事』.

『三國志』 魏書 烏丸鮮卑東夷傳 第30.

『星主高氏家傳』.

『世宗實錄 地理志』 제154권.

『旬五志』.

『新唐書』 列傳 第145 東夷.

『新增東國輿地勝覽』 제29권, 35권.

『梁書』 列傳 第48.

『呂氏春秋』.

『列女傳』.

『後漢書』 東夷列傳 第75.

2. 논 문

권오영, 「무덤에 나타난 불평등성의 발생과 심화과정」, 『한국 고대의 신분
　　제와 관등제』, (서울: 아카넷, 2000).

길태숙, 「〈밭매기 노래〉에서의 죽음에 대한 신화적 해석」, 연세대 국어국
　　문학 박사학위논문, 2002. 2.

金基興, 「韓國史의 古・中世 時代區分」, 『韓國史의 時代區分』, (서울:
　　신서원).

김열규, 「巫俗的 英雄考」, 『震檀學報』 43집, 震檀學會, 1977.

金貞仁, 「中國 神話의 女神 硏究」, 연세대 중어중문학과 석사학위논문,
　　1996. 6.

김화경, 「석탈해 신화의 연구」, 『어문학』 제69호, 한국어문학회, 2002. 2.

閔肯基, 「원시가요 연구(1)」, 『昌原大學 論文集』, 제12권 제1호. 1990.

＿＿＿, 「설화문학론(Ⅱ)」, 『士林語文硏究』, 제6집, 창원대, (1989. 12).

＿＿＿, 「신화시대에 대하여」, 『檀山學志』 제6집, 旅檀學會. 2000. 8.

＿＿＿, 「地名이 생성되는 틀」, 『昌原都護府圈域 地名硏究』, 2000, 83면.

朴恩美, 「甲骨文 形符의 變遷過程 硏究」, 연세대 중어중문학 석사학위논
　　문, 1991. 6.

서대석, 「한국신화의 역사적 전개」, 『한국 구비문학사 연구』, 한국 구비문
　　학회, (서울: 박이정, 1998).

薛盛璟, 「초공본풀이의 서사구조 연구」, 『濟州道言語民俗論叢(玄容駿博
　　士華甲紀念)』, 同刊行委員會, 1992. 10.

薛重煥, 「'한'思想으로 본 檀君神話」, 『說話文學硏究 (下)・各論』, 華鏡
　　古典文學硏究會 編, (서울: 단국대학교 출판부, 1998).

尹勝俊, 「說話의 構造와 形式」, 『說話文學研究 (上)』, (서울: 단국대학교 출판부, 1998).

尹徹重, 「脫解神話研究」, 성균관대 국어국문학 박사학위논문, 1988.

윤혜신, 「입사식의 구조를 통해 본 설화의 유형과 변이 양상 연구 -〈우렁 색시〉를 대상으로-」, 『淵民學志』 제9집, 淵民學會, 2001. 4.

______, 「신화와 서사무가의 비교연구 -신의 탄생담을 중심으로-」, 『檀 山學志』 7집, 전단학회, 2001. 12.

李圭甲, 「漢字의 起源과 造字 方法의 變遷 연구」, 연세대 중어중문학 박 사학위논문, 1992.

李福揆, 「建國神話」, 『說話文學研究(上)・總論』, 華鏡古典文學研究會, (서울: 단국대학교 출판부, 1998).

李丙燾, 「檀君說話의 解釋」, 『朝鮮史大觀』, 1948. 『檀君神話論集』, (서울: 새문社, 1988).

이상일, 「說話 장르論」, 『民談學概論』, (서울: 一潮閣, 1982 초판, 1997 중판).

이윤석, 「해제」, 『龍飛御天歌』, (서울: 솔, 1997).

이재실, 「신화적 상상계와 샤머니즘-통과제의 시나리오로 본 내림굿」, 『샤 머니즘 연구』 제2집, 한국샤머니즘학회, 2000. 2.

李鐘周, 「東北아시아의 聖母 柳花-滿洲, 韓半島에서의 柳花神 崇拜」, 『口 碑文學研究』 제4집, 한국구비문학회, 1997.

이필영, 「샤만과 무당의 호칭에 대하여」, 『韓南大學 論文集』 14집, 1984.

임성래, 「영웅설화의 연구」, 『梅芝論叢』 15권, (延世大學校 梅芝學術研究 所, 1998. 2).

張永伯, 「古代 中國人의 天觀 研究」, 연세대 중어중문학 박사학위논문,

1994. 6.

장주근, 「구비문학」, 『韓國民俗學槪說』, 이두현 외 공저, (서울: 학연사, 1983).

鄭璟喜, 「東明型說話와 古代社會 ―宗敎·社會史的 觀點으로부터의 接近―」, 『歷史學報』 98, 1983.

千鎭基, 「말(馬)에 대한 한국인의 관념과 태도」, 『한국민속과 문화연구』, 안동대학 민속학연구소 편, (서울: 형설출판사, 1990. 12).

최광식, 「韓國古代國家의 支配이데올로기」, 『韓國史의 時代區分』, 韓國古代史研究會 編, (서울: 신서원, 1995).

崔南善, 「壇君 及 其研究」, 別乾坤, 1928. 이기백 편, 『檀君神話論集』에 재수록, (서울: 새문社, 1988).

최선경, 「鄕歌의 祭儀歌的 性格 研究」, 연세대 국어국문학 박사학위논문, 2002. 2.

河日植, 「신라 京位 관련 사료와 경위의 기원 문제」, 『한국 고대의 신분제와 관등제』, (서울: 아카넷, 2000).

황패강, 「朴赫居世神話의 一研究」, 『新羅伽倻文化』 3輯, (嶺南大 新羅伽倻文化研究所, 1971. 6).

______, 「朴赫居世와 Pre―高句麗 神話」, 『한국민속연구논문선(Ⅱ)』, (서울: 一潮閣, 1982).

______, 「研究史」, 『설화문학관계 논저목록』, (서울: 단국대학교 출판부, 1999).

허남춘, 「三姓神話 一考察」, 『濟州道言語民俗論叢』, 玄容駿博士 華甲記念, 同論叢刊行委員會, 1992.

현용준, 「개설」, 『제주도 신화』, (서울: 서문당, 1972).

王宏剛・魏洪彬/장춘식 역, 「만족(滿族) 샤머니즘의 버들 숭배와 문화적 의미」, 『동북아 샤머니즘 문화』, 전북대 인문학연구소, (서울: 소명출판, 2000. 6).

Vladimir Propp, "The wondertale as a whole", 1946, *Theory and History of Folklore*, (University of Minnesota Press, 1984).

3. 단행본

－국내－

김부식, 『三國史記』, 이강래 옮김, (서울: 한길사, 1998).

姜仁求, 『韓半島의 古墳』, 대우학술총서 465, (서울: 아르케, 1999).

강종훈, 『신라상고사연구』, (서울: 서울대학교 출판부, 2000).

金杜珍, 『韓國古代의 建國神話와 祭儀』, (서울: 一潮閣, 1999).

金戊祚, 『韓國神話의 原型』, (부산: 新知書院, 1988 초판, 1996 4판).

김승혜, 『유교의 뿌리를 찾아서』, (서울: 지식의 풍경, 2001).

김열규, 『韓國民俗과 文學硏究』, (서울: 一潮閣, 1971).

______, 『韓國의 神話』, (서울: 一潮閣, 1976).

______, 『韓國 神話와 巫俗 硏究』, (서울: 一潮閣, 1977).

______ 외, 『동북아 샤머니즘 문화』, 전북대 인문학연구소, (서울: 소명출판, 2000).

______ 외, 『民談學槪論』, (서울: 一潮閣, 1982 초판, 1997 중판).

______ 외, 『우리民俗文學의 이해』, (서울: 開文社, 1979).

228

김영일, 『한국무속신화의 서사모형론』, (부산: 세종출판사, 1996).

金仁會, 『한국무속사상연구』, (서울: 집문당, 1987).

金哲俊, 『韓國古代社會硏究』, (서울: 지식산업사, 1975).

金泰坤, 『韓國의 巫俗神話』, (서울: 集文堂, 1985).

羅景洙, 『韓國의 神話硏究』, (서울: 敎文社, 1993).

노태돈, 『고구려사 연구』, (서울: 사계절, 1999).

민긍기, 『昌原都護府圈域 地名硏究』, (서울: 景仁文化社. 2000. 8).

박시인, 『알타이신화』, (서울: 삼중당, 1980).

서대석, 『한국신화의 연구』, (서울: 집문당, 2001).

______, 『韓國巫歌의 硏究』, (서울: 文學思想社, 1980).

안진태, 『신화학강의』, (서울: 열린책들, 2001. 8).

吳出世, 『韓國 敍事文學과 通過儀禮』, (서울: 集文堂, 1995).

尹徹重, 『韓國의 始祖神話』, (서울: 白山資料院, 1996).

이복규, 『부여 고구려·건국신화 연구』, (서울: 집문당, 1998).

李成九, 『中國古代의 呪術的 思惟와 帝土統治』, (서울: 一潮閣, 1997).

李鍾旭, 『新羅國家形成史硏究』, (서울: 一潮閣, 1982).

李志暎, 『韓國 神話의 神格由來에 관한 硏究』, (서울: 太學社, 1995).

일 연, 『譯註 三國遺事』, 강인구 외 4인 옮김, (서울: 이회문화사, 2003).

임재해, 『민족신화와 건국영웅들』, (서울: 천재교육, 1995).

張德順 외 3인 공저, 『口碑文學槪說』, (서울: 一潮閣, 1971 초판, 1989
        중판).

장주근, 『풀어 쓴 한국의 신화』, (서울: 집문당, 1998).

정동찬, 『살아있는 신화 바위그림』, (서울: 혜안, 1996).

趙東一, 『韓國小說의 理論』, (서울: 지식산업사, 1977).

______, 『구비문학의 세계』, (서울: 새문社, 1977).

주경복, 『레비스트로스』, (서울: 건국대학교 출판부, 1996).

최 철, 『향가의 문학적 해석』, (서울: 연세대 출판부, 1990).

『한국사 2』, 한국사편집위원회, (서울: 한길사, 1995).

현용준, 『무속신화와 문헌신화』, (서울: 집문당, 1992).

홍기문, 『조선신화 연구』, 평양: 사회과학원 출판사, 1964, (서울: 지양사, 1989).

- 국외 -

王治心, 『중국종교사상사』, (전명용 옮김, 서울: 이론과 실천, 1988).

彭久松・金在善, 『原文 東夷傳』, (서울: 서문문화사, 1996).

프레이저, 『황금가지 상・하』, (김상일 옮김, 서울: 을유문화사, 1996).

Arnold van Gennep, *Le rites de passage*, 1908, 『통과의례』, (전경수 옮김, 서울: 을유문화사, 1985).

Mircea Eliade, *Forgerons et Alchimistes*, 1977, 『대장장이와 연금술사』, (이재실 옮김, 서울: 문학동네, 1999).

______, 『샤마니즘』, (이윤기 옮김, 서울: 까치, 1992).

______, 『성과 속』, 1957, 이은봉 옮김, (서울: 한길사, 1998).

______, *Rites and Symbols of Initiation*, Translated by Willard R. Trask, (London: Harvill Press. 1958; Reprint, Spring Publications, Incorporated, 1993).

Neumann, Erich, *The great mother: an analysis of the archetype*: translated from the German by Ralph Manheim. 2nd ed. (Princeton, N. J.: Princeton University Press, 1983).

세르기우스 골로빈 외, 『세계신화 이야기』, (이기숙 · 김이섭 옮김, 서울: 까치, 2001. 6).

Harris, Stephen L., Platzner, Gloria, *Classical mythology: images and insights*, 『신화의 미로찾기』, (이영순 옮김, 서울: 동인, 2000).

Frankfort Henri, et al, *The intellectual adventure of ancient man: an essay on speculative thought in the ancient Near East*, (Chicago: The University of Chicago press, 1946).

Simone Vierne, *Rite, Roman, Initiation.*, 『통과제의와 문학』, (이재실 옮김, 서울: 문학 동네, 1996.)

Vladimir Propp, 『민담의 역사적 기원』, 1946, (최애리 옮김, 서울: 문학과 지성사, 1990).

Mark P. O. Morford., and Robert J. Lenardon. *Classical Mythology*, (Longman Publishing Group, Fourth ed., 1991).

Jeremy Hawthorn, *A Glossary of Contemporary Literary Theory*, (London: Edward Arnold, 1992).

大林太良, 『神話學入門』, 兒玉仁夫 · 權泰孝 譯, (서울: 새문社, 1996).

· 저자 ·

윤 혜 신   · 약   력 ·
(尹惠信)   연세대학교 문과대학 국어국문학과 졸업
         연세대학교 대학원 국어국문학과 문학석사
         연세대학교 대학원 한국학협동과정 문학박사

         한국방송통신대학교 출강
         현 연세대 강사

         · 주요논저 ·

         「단군신화의 변화양상과 그 동인에 관한 연구」
         「변신의 층위에 대하여」
         「입사식의 구조를 통해 본 설화의 유형과 변이양상 연구」
         「신화와 서사무가의 비교연구-신의 탄생담을 중심으로-」
         「한국신화의 입사의례적 탄생담 연구」
         「춘향전의 발생과 형성」
         「불상출현담(佛像出現譚)의 서사문학적 위치와 의미」
         「삼국유사 소재 설화에 나타난 천신(天神)의 변화 양상」
         『삼국유사와 여성』(공저)
         외 다수

한국신화의 입사의례적 탄생담 연구

· 초판 인쇄	2006년 5월 20일
· 초판 발행	2006년 5월 20일
· 지 은 이	윤혜신
· 펴 낸 이	채종준
· 펴 낸 곳	한국학술정보㈜
	경기도 파주시 교하읍 문발리 526-2
	파주출판문화정보산업단지
	전화 031) 908-3181(대표) · 팩스 031) 908-3189
	홈페이지 http://www.kstudy.com
	e-mail(e-Book사업부) ebook@kstudy.com
· 등 록	제일산-115호(2000. 6. 19)
· 가 격	25,000원

ISBN   89-534-5018-7 93810 (Paper Book)
        89-534-5019-5 98810 (e-Book)